— QU'EST-CE QUE VOUS FAITES ?

— Je te séduis, avoua-t-il en caressant la ceinture du pantalon de Caro.

— Dans quel but ? demanda-t-elle, la voix à peine plus élevée qu'un murmure.

— Pour le plaisir, mon ange. Et peut-être un peu pour l'intrigue. Je veux savoir si je peux susciter une réaction de ta part au passage.

Les yeux bleus de Caro étincelaient de reproches.

— Ça n'a aucune raison pratique.

— Tout n'est pas fondé sur l'aspect pratique des choses, ma douce, dit-il en glissant sa main sous son chemisier pour explorer sa peau nue. Certaines expériences sont basées sur les sensations.

Il appuya sa paume sur son flanc et s'aventura plus haut, lentement, ce qui donna à Caro la chair de poule, indiquant qu'elle n'était pas aussi réfractaire à son contact qu'elle le prétendait.

— Le stoïcisme résulte de l'évitement des émotions, mais nos corps parlent pour nous.

Il passa son pouce sur l'armature de son soutien-gorge et sourit lorsqu'elle répondit en rougissant.

— Tu as chaud, mon ange ?

— Je… dit-elle en s'éclaircissant la voix – deux fois. Je ne vois pas la pertinence de ce que vous faites.

Sethios fit glisser ses doigts plus haut pour trouver son mamelon et le caresser à travers le tissu.

— Et si je t'offrais quelque chose d'utile ? demanda-t-il en continuant à titiller sa poitrine. Ça te rassurerait ?

Elle ravala à nouveau sa salive et son regard devint bleu nuit. Il doutait qu'elle ait conscience de cette réaction, mais lui la reconnaissait : l'excitation.

Hmm, apparemment, les Séraphins ressentaient en effet des choses.

SÉRIE DE LA MALÉDICTION DES IMMORTELS

Les Liens Du Sang

Sang

SÉRIE DE LA MALÉDICTION DES IMMORTELS

AUTEURE À SUCCÈS USA Today

Lexi C. Foss

Revu et corrigé par : Outthink Edits, LLC

Relecture éditoriale : Heart Full of Ink, Casey Harris-Parks

Design de couverture : Manuela Serra

Photo par : JW Photography

Modèles : Hannah & Aiden

Publié par : Ninja Newt Publishing, LLC

Traduit de l'anglais par Well Read Translation.

eBook ISBN : 978-1-68530-074-6

Print ISBN: 978-1-68530-075-3

❋ Réalisé avec Vellum

À Matt, pour ta compréhension et ton soutien constants.
Tu es mon éternel. <3

Les Liens Du Sang

Série de la malédiction des immortels

Livre Quatre

LES LIENS DU SANG

Une nuit de séduction et de plaisir en échange d'informations…

Caro n'aurait jamais dû accepter un accord aussi stupide. Maintenant, elle doit fuir pour sauver sa vie avec l'être qui l'a mise en danger.

Sethios a vu Caro comme un défi à relever. Un nouveau jouet avec lequel passer le temps. Mais leur arrangement a provoqué une conséquence qu'aucun des deux n'avait prévue.

Car la voyante sait tout. Elle prédit l'avenir. Et sa dernière prophétie change la donne.

Jusqu'où Caro et Sethios iront-ils pour protéger leur destin et celui de leur enfant à naître ?

Parfois, l'amour exige le sacrifice ultime…

Bienvenue dans le monde de La malédiction des immortels, où anges et vampires vivent en secret. Une guerre entre immortels se profile à l'horizon. Quel camp choisirez-vous ?

Note de l'auteure

Les liens du sang est une sorte de préquelle à la série *La malédiction des immortels*. L'histoire de Sethios et de Caro répond à plusieurs questions brûlantes soulevées dans les quatre premiers livres, c'est pourquoi *Les liens du sang* est présenté comme le quatrième livre de la série.

Pour une expérience optimale, je vous recommande de commencer par le début, mais ce n'est pas obligatoire. Si vous ne connaissez pas l'univers de *La malédiction des immortels*, j'ai inclus un lexique contenant des mots-clés et leur définition. Pour les lecteurs qui me suivent depuis le début, vous remarquerez peut-être quelques nouveaux mots-clés. ;-)

Bon, en fait, je vous avoue tout : j'ai écrit cette histoire pour moi-même, car j'avais envie de mieux comprendre les personnages clés. Toutefois, je l'ai tellement aimée que j'ai décidé de la partager avec mes lecteurs. J'espère que vous aurez autant de plaisir à la lire que j'en ai eu à l'écrire.

Au plaisir,

Lexi C. Foss

LA MALÉDICTION DES IMMORTELS LEXIQUE

ÊTRES SURNATURELS

Novice (nom) : L'enfant d'un homme Ichorien et d'une femme humaine, qui n'a pas encore été ressuscité en Hydraien. En général, ils ne possèdent pas de dons psychiques ou surnaturels jusqu'à leur résurrection en tant qu'immortels.

Hydraien (nom) : L'enfant immortel d'un homme Ichorien et d'une femme humaine qui possède deux dons surnaturels ou psychiques et qui n'a pas besoin de sang humain pour survivre.

Ichorien (nom) : Un être immortel d'ascendance inconnue, qui possède un don psychique ou surnaturel, et qui doit boire du sang humain pour survivre.

Immortel (nom) : Un terme général pour désigner un être qui ne vieillit pas et qui est immunisé contre les causes de décès naturelles.

Séraphin (nom) : Un être qui appartient aux plus hauts échelons de la hiérarchie des anges.

MOTS-CLÉS

Arcadia : Club Ichorien renommé situé à New York, qui sert aussi de lieu de rassemblement principal au gouvernement Ichorien.

Lois du sang : Une série de décrets créés par le gouvernement Ichorien en réaction au Traité de 1747.

Fondation humanitaire pour les catastrophes (FHC) : Une organisation d'aide humanitaire mondiale dont le siège social est situé à New York et qui possède une unité paramilitaire secrète conçue pour exterminer les êtres surnaturels hors-la-loi.

Conclave : Le gouvernement Ichorien.

Édit : Une loi ou une règle émise par le Conseil Supérieur des Séraphins.

Anciens : Les premiers Hydraiens, qui forment également le gouvernement Hydraien.

Lignées du destin : Les Séraphins qui peuvent prédire l'avenir.

Conseil Supérieur des Séraphins : Le gouvernement des Séraphins.

Nizares : Les assassins Ichoriens expérimentés qui chassent et tuent les novices.

Poison Nizarin : Une substance verte connue pour tuer les novices et empêcher leur résurrection.

Sentinelle : Un soldat de l'unité du FHC conçue pour supprimer les êtres immortels hors-la-loi.

Traité de 1747 : Un armistice signé par les Hydraiens et les Ichoriens pour cesser les combats et qui désigne les lieux de vie des deux lignées. Ceux qui choisissent de franchir les frontières le font à leur propre risque.

PARTIE I
DES LIENS IMMORTELS

Les Séraphins ne s'adonnent
pas aux plaisirs de la chair.
C'est une tradition humaine
qui n'a aucune valeur pour
les êtres éternels.
— Caro

L'ÉDIT DE SANG

LA MALADIE.

La mort.

La tromperie.

La désolation.

La pourriture, l'humanité et la cupidité étaient disséminées dans la boîte de nuit tandis que se répétaient des rythmes ignobles. Les humains appelaient ça de la musique. Pour Caro, c'était plutôt un enfer.

Comment peut-on aimer ça ?

Au moins, sur son perchoir au fond de la salle, cela ne faisait pas claquer ses dents, contrairement à ce qu'elle avait vécu sur la piste de danse. Comment ces êtres toléraient ça, elle n'en avait aucune idée. Elle préférait la paix et le calme. *La tranquillité.*

Ça ne faisait même pas dix minutes et elle avait déjà le mal du pays.

Elle trouverait Osiris, lui délivrerait l'édit et partirait.

L'empoisonné, comme l'espèce de Caro le nommait, avait vécu trop longtemps parmi les humains et avait adopté leur avidité, mais à un niveau plus élevé. Il avait d'abord créé une lignée d'abominations suceuses de vie qui se faisaient appeler les Ichoriens, puis ceux-ci s'étaient ensuite reproduits avec des humains pour engendrer les Hydraiens.

Blasphème.

Elle les aurait tous massacrés si elle en avait eu l'occasion, mais ses supérieurs estimaient qu'il incombait à Osiris de nettoyer son propre désordre.

Soit.

Caro croisa ses jambes vêtues d'un jean et se mit à taper du pied avec impatience.

Ses notes indiquaient qu'Osiris était le propriétaire de ce pitoyable établissement et le pullulement d'Ichoriens autour d'elle le confirmait. Ils ne pouvaient ni la voir ni la sentir, car elle était assise dans un nuage d'invisibilité, une caractéristique qui convenait à cette mission. Sauf que sa proie restait cachée, ce qui contrariait la raison de sa présence ici.

Le coussin sous elle remua lorsque quelqu'un s'assit bien trop près d'elle à son goût. Elle envisagea d'apparaître juste pour lui dire d'aller se faire voir, mais il la regarda directement avec de brillants yeux verts.

— Ce n'est pas tous les jours qu'un Séraphin nous gratifie de sa royale présence, murmura-t-il avec un regard évaluateur.

Caro fut parcourue par quelque chose de semblable à une onde de choc. Du moins, c'est ce qu'elle soupçonnait. Les émotions appartenaient aux humains.

Il étira un bras le long du dossier du canapé, frôlant son épaule au passage.

— Que nous vaut cet honneur, Votre Altesse ?

— Comment faites-vous ça ? demanda-t-elle lorsque ses doigts l'effleurèrent à nouveau.

— Que faites-vous ici ? rétorqua-t-il.

— Je ne crois pas que ça vous regarde.

— Oh, sur ce point, permettez-moi de ne pas être d'accord.

Il se pencha et envahit son espace personnel.

— Vous êtes sur mon territoire et vous n'avez certainement pas votre place ici.

Bon, la seconde partie de cette affirmation représentait une déduction raisonnablement intelligente. Quant à la première...

— Comment peut-on posséder un territoire ? Vous faites référence à cet endroit épouvantable ?

Le rire de l'homme fit trembler le siège qu'ils occupaient et elle trouva le son étrangement agréable. Les Séraphins ne s'amusaient pas souvent, voire jamais, contrairement aux humains. Sauf que l'être à côté d'elle ne possédait pas une âme mortelle, mais n'avait pas non plus l'air ichorien ou hydraien. Parce qu'il l'avait vue et touchée.

Elle cessa de se voiler puisque ce n'était qu'une perte d'énergie en présence de cet homme.

— Qu'est-ce que vous êtes ? demanda-t-elle tout en cataloguant ses traits.

Il avait des cheveux bruns épais, une peau mate et mesurait plus d'un mètre quatre-vingt avec une carrure musclée qui indiquait qu'il menait une vie saine. Son visage symétrique et sa mâchoire carrée auraient été considérés comme beaux par ceux qui appréciaient les apparences. Et il avait des fossettes quand il souriait, ce qu'il ne faisait pas pour l'instant.

— Dites-moi pourquoi vous êtes ici, dit-il, sa voix soulignant sa puissance.

La rune dans le bas du dos de Caro s'agrandit lorsqu'elle répondit.

— J'ai un message pour Osiris.

Elle écarquilla les yeux.

— Comment... ?

— Donnez-moi le message, l'interrompit-il avec la même autorité sous-jacente.

Caro ferma subitement la bouche, mais la rouvrit lorsque les mots sortirent de sa gorge de leur propre chef.

— Le Conseil supérieur des Séraphins informe par la présente Osiris de l'édit de sang suivant : Vos activités immorales de ces derniers temps sont en violation directe avec votre but dans cette dimension. Utiliser votre don de vie après la mort pour empoisonner le sang de l'humanité vous vaut cinq millénaires de solitude supplémentaires. La clémence vous sera accordée si, et seulement si, vous débarrassez la Terre de vos abominations. Le non-respect de cet édit pourra entraîner d'autres sanctions de la part du Conseil.

Elle leva la main pour couvrir sa bouche, mais ça n'avait plus d'importance maintenant. C'était l'intégralité du message et elle venait de le délivrer à la mauvaise personne.

— Intéressant, dit-il d'un air songeur. En fait, vous ne pouvez pas lui dire ça à moins de vouloir flirter avec la mort.

Il la regarda.

— Et j'espère vraiment que ce n'est pas le cas, ma belle, poursuivit-il en lui tendant la main. Je m'appelle Sethios.

Elle fixa les doigts virils qui la narguaient. Le fait de se serrer la main, c'était très humain. Elle ignora sa requête.

— Qu'êtes-vous ?

Cette question ressemblait plus à un marmonnement derrière sa main et avait probablement l'air ridicule.

Il sourit.

— Dites-moi votre nom et je vous répondrai.

Une condition bizarre à laquelle elle n'était cependant pas opposée. Elle fit retomber sa main sur ses genoux lorsqu'il ramena la sienne à ses côtés. Son autre bras était resté sur le dossier du canapé où il continuait à effleurer l'épaule de Caro du bout des doigts. Un geste étrange, certes, mais pas désagréable.

— Caro, dit-elle. Maintenant, dites-moi ce que vous êtes.

— Caro, répéta-t-il.

Elle aimait plutôt bien la façon dont ça sonnait sur ses lèvres.

— Je n'ai pas de classification d'espèce, ou du moins, on ne m'en a pas donné. Comment appelez-vous l'enfant d'un Séraphin et d'une humaine ?

— Une impossibilité, répondit-elle du tac au tac. Les Séraphins ne s'accouplent qu'avec d'autres Séraphins, et seulement lorsqu'ils ont besoin de progéniture. Pourquoi se reproduire avec une espèce inférieure ?

— Pour le plaisir ? suggéra-t-il.

— Quel genre de plaisir ?

Il sembla alors la regarder bouche bée.

— Le genre sexuel.

— Pourquoi ?

— Comment ça, pourquoi ?

La voix de Sethios contenait une note d'incrédulité qui la déconcertait. La réponse lui paraissait évidente.

— Pourquoi s'engagerait-on dans un tel acte pour le plaisir sexuel ? Ça n'a aucune valeur intrinsèque et ça n'est pas crédible. La reproduction sert un but unique et un Séraphin ne choisirait pas de se reproduire avec un humain. La progéniture serait des plus infécondes.

Il rit encore, ce qui donna à Caro des frissons dans le dos.

Oh, c'est vraiment un son adorable.

— Eh bien, je suppose que c'est donc ma race. Infructueux. Merci d'avoir éclairci ce point, mon ange.

— Séraphin, le corrigea-t-elle. Et de rien, même si je ne vois pas bien ce que j'ai apporté.

— Ouah... dit-il, secouant la tête et riant toujours. Vous apportez la preuve que toutes les rumeurs sont vraies.

Elle cligna des yeux.

— Les rumeurs ?

— À propos des Séraphins, expliqua-t-il.

Devant le regard vide de Caro, il ajouta :

— Que vous êtes tous des êtres insensibles, stoïques, qui ne pensent pas à l'humanité ou ne se soucient pas d'elle.

Caro fronça les sourcils. Elle n'aimait pas trop cette définition de son espèce.

— Je préfère les êtres surnaturels intellectuels qui ont une vision pratique du monde.

— Bien sûr, ma douce. Si vous vous sentez mieux avec ça.

Une phrase étrange.

— Il ne s'agit pas de sentiments.

— Parce que vous êtes tous des êtres insensibles, dit-il en hochant la tête. Les rumeurs sont donc vraies.

Le pli entre les sourcils de Caro se creusa. Il avait clairement besoin de plus d'informations.

— Votre généralisation est inexacte. Certains de mon espèce, en fait, embrassent les émotions par nécessité.

Seulement parce que leurs pouvoirs l'exigeaient, bien sûr. La plupart des Séraphins ayant des pouvoirs liés à l'humanité préféraient également vivre parmi les mortels. Ce n'était cependant pas le cas de Caro.

— Et vous êtes l'un d'entre eux ?

— Non.

— Hmm. Je vois.

Il leva sa main opposée et fit claquer ses doigts.

Une petite Ichorienne aux cheveux blonds hérissés s'approcha avec une expression pleine d'espoir.

— Oui, Sire ?

— Deux bourbons, sans glace.

Elle s'inclina.

— Bien, Sire.

Il reporta son attention sur Caro.

— Qu'est-ce que je vais faire de vous ?

Ses yeux verts se promenèrent sur son chemisier ajusté et son jean, provoquant une sensation inconfortable sur la peau de Caro. Cela lui rappelait le fait de prendre le soleil trop longtemps.

— Je ne suis pas sûre de suivre. Que voulez-vous faire ?

Parce qu'elle n'avait pas l'intention de rester longtemps, même si les manières de cet homme la fascinaient. Comme ce pouce qui frottait le haut de son bras. Pourquoi faisait-il ça ? Et surtout, pourquoi ne l'arrêtait-elle pas ?

— N'est-ce pas la question de la soirée ? murmura-t-il, son regard s'assombrissant pour devenir vert forêt. Plusieurs idées me viennent à l'esprit.

— Oui ? demanda-t-elle, dans l'expectative.

Mais alors qu'il ouvrait la bouche, l'ambiance dans le club changea.

Elle ne le sentait pas, mais elle *savait* qu'Osiris était là. D'après les regards révérencieux qui se déplaçaient dans la pièce, elle trouva son point d'entrée : un escalier en colimaçon qui menait à une plate-forme supérieure. Évidemment. Elle n'avait pas pensé à regarder là.

— Restez assise, exigea Sethios, à ses côtés. Ne parlez que lorsque je vous le dirai et ne vous volatilisez pas.

Son ton et ses ordres la hérissèrent. Elle ouvrit la

bouche pour lui dire ce qu'elle en pensait, mais aucun son ne s'en échappa.

Quelle est cette sorcellerie ?

Peu importait. Elle remettrait son message et en finirait avec tout ça. Sauf qu'elle ne pouvait pas se mettre debout.

Les mots de Sethios traversaient ses pensées et elle commença à comprendre.

Il venait d'utiliser à nouveau la contrainte, tout comme il l'avait fait en la forçant à répondre plus tôt.

C'est incroyablement grossier.

La blonde ichorienne vint servir leurs boissons, mais Sethios lui fit signe de déguerpir. Tout aussi grossier. Non pas qu'elle désirait un verre, mais le comportement de cet homme nécessitait certains ajustements.

Vous allez regretter de m'avoir fait taire.

Elle afficha cette pensée avec un regard furieux qui suscita un gloussement de la part de Sethios.

— Ce regard, je peux l'autoriser.

Oh, quand le sort se dissiperait, elle lui botterait le derrière. Caro n'était peut-être pas la plus puissante des Séraphins, mais sa force devrait être plus importante que celle de Sethios. Ses deux parents immortels la désignaient comme supérieure à la naissance viciée de cet homme.

— Sethios, murmura une voix cultivée, attirant le regard de son compagnon vers Osiris. Je pensais que tu partais.

— C'est ce que je pensais aussi, répondit Sethios.

Caro soupira de soulagement, heureuse d'être enfin en présence de celui qui pouvait l'aider à mener à bien cette mission de mauvais goût. Sauf que sa bouche refusait toujours de coopérer.

— Qu'est-ce qui te préoccupe tant ? dit Osiris d'un air songeur, son regard se posant sur Caro.

Il n'avait pas l'air de la reconnaître.

Bien sûr, c'était le but. Le Conseil l'avait envoyée parce qu'il ne la connaissait pas, ce qui devait rendre plus facile la transmission de son message. Osiris avait tendance à esquiver les Séraphins qui visitaient la Terre, mais il ne pouvait pas éviter une inconnue.

Un seul problème. Elle ne pouvait toujours pas parler.

Quel enfer ! Ça ne se passait pas du tout comme prévu.

Sethios promena ses doigts le long de ses bras, créant ainsi une vague de frissons dans leur sillage. Elle n'aurait pas dû autant aimer ça, mais quelque chose dans cet attouchement lui semblait agréable. Et elle voulait qu'il le fasse encore.

À nouveau de la sorcellerie ?

— Jolie, n'est-ce pas ? murmura Sethios.

— En effet, répondit Osiris. Où l'as-tu trouvée ?

— Elle se promenait dans des endroits où elle n'avait rien à faire.

Sethios continuait à la caresser pendant qu'il parlait, partageant l'attention de Caro entre ce qu'il disait et l'étrange chaleur qu'il faisait naître en elle. Elle pensait que ça pouvait être de la colère contre son comportement autoritaire. Ou quelque chose d'autre.

Osiris enroula une mèche de ses cheveux blond clair autour de son doigt et tira d'un coup sec. Les lèvres de Caro se séparèrent pour former un *aïe* qui ne faisait pas honneur à sa grâce. Puisque Sethios la contraignait à se taire.

Enfoiré.

Elle étendrait désormais son séjour sur Terre jusqu'à ce qu'il meure. Le Conseil approuverait sûrement.

Un nouveau coup sec lui fit monter les larmes aux yeux et fit naître un sourire sur le visage d'Osiris.

— Tu l'as réduite au silence.

Sethios haussa simplement les épaules.

— Je lui permettrai peut-être de crier plus tard, mais pour l'instant, j'apprécie son obéissance.

C'est ce qu'on va voir, fulmina-t-elle.

Osiris passa le doigt enveloppé de cheveux sur sa joue et son menton avant de la relâcher. Il adressa un sourire affectueux à Sethios.

— Bravo, fiston.

— Merci, père, répondit son compagnon.

Cet échange fit écarquiller les yeux de Caro.

Le père et le fils ?

Elle savait tout sur les Ichoriens et les Hydraiens, mais rien sur la procréation des Séraphins. Pourtant, en dévisageant les deux hommes, elle remarqua l'évidente ressemblance. Osiris possédait un air antique que Sethios n'avait pas, mais à part cela, ils se ressemblaient comme deux gouttes d'eau, avec leurs yeux verts, leur peau mate et leurs sourcils marron foncé. Ils paraissaient même avoir le même âge mortel, soit une trentaine d'années, même si l'épaisse chevelure de Sethios lui donnait une allure plus jeune que son père chauve.

Oh, le Conseil serait furieux.

Sethios était une véritable abomination. C'est encore pire que d'empoisonner l'humanité avec une lignée de sang contaminé.

Un assassin séraphin serait envoyé ici pour le détruire.

Les deux êtres étudièrent Caro avec des expressions amusées.

Ils interprétaient probablement mal l'horreur qu'ils lisaient sur son visage et lui donnaient une signification complètement différente. Car elle n'avait pas peur d'eux, mais était plutôt dégoûtée par toute cette situation.

— Eh bien, il me semble que votre soirée sera mouvementée, remarqua Osiris qui lui adressa un clin d'œil, avant de faire un signe de tête à son fils. Amusez-vous bien.

— J'en ai bien l'intention, murmura Sethios en la serrant plus fort contre son solide torse.

Elle grimaça, attendant que la répulsion la frappe, mais elle fut gratifiée par autre chose à la place. Son cœur battait la chamade et son souffle s'était raccourci.

Un pouvoir supplémentaire ? se demanda-t-elle. *Comme c'est curieux.*

Cela empira lorsqu'il pressa ses lèvres contre son cou.

Pouvait-il sentir que le pouls de Caro s'accélérait ?

— Bonne nuit, fiston, murmura Osiris.

— Bonne nuit, répondit Sethios depuis le cou de Caro.

Il effleura sa peau de ses dents, donnant à ses bras la chair de poule. Elle regardait, impuissante, son adversaire s'éloigner, les mains dans les poches, sans se souvenir pourquoi elle était venue ici.

Le Conseil serait mécontent. Sa mission était importante et devait être brève, mais l'abomination à ses côtés avait tout saboté.

Et pourquoi lui mordillait-il le cou comme ça ? Ça lui donnait des frissons.

Elle se tortilla sur son siège, mais il la maintint en place avec le bras autour de ses épaules et une main sur sa jambe. La démonstration de puissance remua quelque chose au fond d'elle. Pas de la peur, car il ne semblait pas lui vouloir du mal, mais plutôt quelque chose de pernicieux.

Qu'est-ce qui m'arrive dans cette dimension ?

— Donc les Séraphins réagissent au plaisir après tout, chuchota-t-il. Fascinant.

Il se leva et tendit la main.

— Suivez-moi. Pas de combat, pas de discussion, et pas d'évaporation.

Elle fut agacée de constater que ses jambes se pliaient aux ordres de l'homme.

Quand ce sort se dissiperait, il allait souffrir.

Parce qu'elle le tuerait.

Doucement.

Après l'avoir bâillonné.

RECEVOIR UN SÉRAPHIN CHEZ SOI

LA COLÈRE de Caro vibrait sous le bras que Sethios avait jeté sur ses épaules. Il essayait de ne pas s'en amuser, mais il ne put empêcher le sourire sur ses lèvres.

Le regard saphir de Caro lui rappelait des pierres précieuses en fusion.

Oh, il avait hâte de voir ce qu'elle ferait quand il la libérerait de son emprise persuasive. Il aimait les combattantes et son allure svelte suggérait force et précision. Une candidate parfaite pour la chambre, sans le côté stoïque. Mais son corps réagissait plutôt bien au sien. Il soupçonnait que le manque d'émotion pouvait être lié à l'inexpérience plus qu'à un véritable trait de caractère séraphique.

Il les guida à travers les rues de New York jusqu'à son immeuble et les fit monter à son appartement-terrasse. L'un des avantages de vivre pendant des millénaires ? L'argent. Il savait comment et où investir, et les ressources de son père, beaucoup plus âgé, l'avaient aidé.

Non pas qu'il se souciait du vieil homme.

En fait, il le détestait plutôt.

Près de trois mille ans passés dans son ombre, à regarder les innombrables meurtres et le chaos sans fin, l'avaient épuisé et ennuyé. La seule personne qui le gardait sain d'esprit, c'était Ezekiel et cela en disait long sur la situation, compte tenu de la propension de son meilleur ami à assassiner des Novices.

— Vous pouvez parler et bouger librement maintenant, mais pas d'évaporation, dit-il à Caro. Vous voulez un verre ?

— Je vais vous tuer.

Elle dit cela si sérieusement qu'il en rit.

— Ah ouais ? Alors je ferais mieux de profiter de ce dernier verre.

Il ignora son regard furieux et entra dans sa cuisine surdimensionnée. *Le vin devrait faire l'affaire.* Il s'empara d'une bouteille de Réserve Mershano dans le placard et remplit deux verres.

— Les Séraphins boivent, non ?

Elle répondit en lui lançant un couteau à la tête. Il le rattrapa par le manche et le posa sur le comptoir.

— Je vais prendre ça comme un refus poli, donc.

Ça en ferait plus pour lui.

Il appuya une hanche contre le comptoir en sirotant le vin rouge et en l'observant de la tête aux pieds.

— Est-ce que la plupart des Séraphins s'habillent selon l'époque, ou vous avez mis ça pour mieux vous intégrer ?

Caro palpa un autre couteau, suggérant qu'il aurait dû la fouiller avant de la relâcher dans son appartement.

Elle ne lança pas celui-ci, mais son regard montrait qu'elle était en train de considérer la position de Sethios et la meilleure façon de le blesser.

Choisis bien, ma chérie.

Sethios appréciait le fait d'avoir en face de lui une personne qui faisait le poids et il pensait que celle-ci représenterait un défi raisonnable. Cependant, elle devait être plus jeune que lui puisque son père ne l'avait pas reconnue. Ce qui était une bonne chose, car le vieil homme avait un faible pour le sang des anges. Éviscérer une si belle femme, cela aurait été du gâchis.

— Pourquoi continuez-vous à me regarder comme ça ? demanda-t-elle fermement.

Il savoura une autre gorgée de son vin, amusé, puis le posa à côté de lui et fronça les sourcils.

— Comme quoi, mon cœur ?

— Comme si j'étais de la nourriture.

— Peut-être que je veux vous manger.

Un pincement se dessina sur les lèvres de Caro.

— Mais vous n'êtes pas ichorien.

— Ça ne veut pas dire que je n'aime pas mordre.

En fait, il aimait plutôt ça. Beaucoup, même. Et le frisson qui la parcourut suggérait visiblement qu'elle pouvait apprécier ça aussi.

Le niveau d'intrigue entre eux était monté d'un cran. Cette femme offrait une nouvelle opportunité – coucher avec un Séraphin qui prétendait ne rien ressentir. Évoquer la passion chez elle serait un défi délectable. Et la séduire serait très divertissant.

Elle fit tourner la lame dans ses doigts habiles.

— Quel âge avez-vous ? demanda-t-elle.

— Un peu plus de trois mille ans pour un humain. Et vous ?

Elle cligna des yeux.

— Vous avez survécu en secret pendant trois millénaires ?

Il récupéra son verre de vin tout en gardant un œil attentif sur le couteau dans sa main.

— Oui. Mon père a jugé préférable que tout le monde suppose que je suis ichorien, ce qu'il a fait, je pense, pour protéger son identité plus que la mienne. La plupart de ses descendants croient qu'il est un être puissant, mais n'ont aucune idée que c'est son sang qui a provoqué leur renaissance immortelle.

Ezekiel faisait partie des rares personnes à connaître la vérité sur Sethios et son père. C'était une tactique intelligente pour se fondre parmi les immortels plutôt que de les gouverner officiellement. Sethios était persuadé que cela changerait un jour, mais pour l'instant, son père semblait satisfait.

— Mais comment ? demanda-t-elle. Je comprends bien pourquoi, le Conseil supérieur des Séraphins vous aurait immédiatement fait assassiner, mais *comment* votre existence est-elle restée cachée toutes ces années ?

Intéressant. Il avait toujours pensé que sa naissance était une abomination, mais son père n'avait jamais confirmé cette impression. Peut-être était-ce la véritable raison pour laquelle il gardait son existence secrète. Mais cela impliquerait que son vieux père tenait à lui et Sethios savait pertinemment qu'Osiris ne se souciait que de lui-même.

— Quelqu'un vous a sûrement vu enfant, non ? insista-t-elle, gardant son arme immobile entre ses doigts.

— Il a déclaré, à l'époque, qu'il m'avait enlevé à mes parents biologiques, ce qui était partiellement vrai puisqu'il a assassiné ma mère mortelle lorsqu'il n'a plus eu besoin de ses services.

Cela s'était passé il y a si longtemps que Sethios pouvait le dire sans sourciller, mais le souvenir était à jamais gravé dans son cœur. Aucun enfant de sept ans ne devrait voir sa mère mourir, surtout de l'horrible manière dont l'avait fait son père.

Caro hocha la tête.

—J'ai étudié sa cruauté.

— Vraiment ?

— Oh, oui. C'est une légende parmi les Séraphins, un exemple à ne pas suivre.

Sethios pouffa de rire.

— Ça m'a l'air de coller. C'est un vrai connard ici aussi.

Elle fit une pause et releva l'un de ses sourcils blonds.

— Vous n'aimez pas votre créateur ?

— À vous de me le dire, mon ange. Est-il le genre d'être que je devrais être fier d'appeler « père » ?

Il finit son vin et se débarrassa du verre vide.

— Séraphin, le corrigea-t-elle, comme elle l'avait fait auparavant. Et non, pas du tout. Il est en train de créer une armée sur Terre pendant que les miens restent assis et le laissent faire sans intervenir, ce qui est totalement inacceptable.

Sa bouche se referma et elle la recouvrit d'une main.

— Je parle à tort et à travers. Vous m'avez encore forcée.

Cela le fit glousser.

— Non, ma douce. C'était de ton plein gré et je trouve ça plutôt fascinant, si je puis me permettre, parce que je crois que tu as raison.

Il avait souvent analysé les motivations de son créateur, notamment pendant la guerre des immortels, il y a plusieurs siècles.

— Il cultive un grand pouvoir. Je suppose que votre espèce aurait une mauvaise surprise si vous décidiez de faire irruption et de créer des problèmes.

Elle le dévisagea.

— Vous avez pu me contraindre.

Il lui adressa un grand sourire.

— Oui.

— Vous ne devriez pas être capable de faire ça.

— Pourquoi pas ? Parce que vous possédez une rune pour déjouer les plans des êtres inférieurs ? demanda-t-il en déambulant vers elle. Comme je l'ai déjà expliqué, je ne suis pas ichorien.

— Vous n'êtes pas non plus séraphin, répondit-elle sur un ton dédaigneux.

Il la repoussa contre le mur de la salle à manger et s'empara de la main armée du couteau lorsqu'elle essaya de lui entailler la joue. Il lui serra les doigts et lui fit lâcher la lame, mettant ainsi fin à la bataille avant qu'elle ne commence.

Dommage. Il voulait plus qu'un combat. Peut-être qu'il provoquerait ça chez elle.

— Je possède la plupart des caractéristiques des Séraphins, murmura-t-il en la serrant dans ses bras.

Elle tenta de le frapper de sa main libre, mais il attrapa son poignet et coinça ses deux mains dans l'une des siennes contre le mur, au-dessus de sa tête.

— Je suis fort, poursuivit-il. Je peux contraindre, tout comme mon père. Et je peux aussi voir à travers les voiles éthérés et les runes ne m'entravent pas.

— Pouvez-vous vous volatiliser ? demanda-t-elle, la voix plus haletante qu'auparavant.

Il prit cela comme une invitation à se rapprocher encore plus, créant un écart minuscule entre leurs corps. Chaque respiration faisait que ses seins parfaits frôlaient son torse, ce qu'ils semblaient tous deux remarquer.

— Non, malheureusement, je ne suis doué ni de cette capacité ni d'ailes.

Seuls les Séraphins dans leur état éthéré disposaient de ces dernières. C'est ainsi qu'il avait remarqué Caro dans le club : ses plumes d'un bleu ardent l'avaient immédiatement attiré. Elles brillaient pratiquement dans l'obscurité. Si son père l'avait repérée en premier, elle aurait souffert. Il eut un frisson en songeant à la douleur et aux mutilations que son créateur aimait infliger à ceux dont il n'avait que faire. D'où le détour de Sethios.

Et peut-être qu'il était un peu curieux, aussi. Un Séraphin à l'Arcadia, ça n'était pas courant.

— Pourquoi me tenez-vous de cette manière ? demanda-t-elle, la tête inclinée vers le haut pour soutenir son regard. Si vous voulez m'attacher, des cordes seraient sûrement plus pratiques.

Il lui fit un grand sourire.

— Attention, mon ange, ou je vais prendre ça pour une proposition.

— Une proposition de quoi ?

Oh, ce serait en effet divertissant.

— As-tu déjà été embrassée ?

Caro fronça les sourcils.

— Un baiser n'a aucune utilité et doit être évité, surtout entre humains. Ça favorise la propagation des maladies. Leur vie est déjà suffisamment courte.

— Nous ne sommes pas humains, souligna-t-il.

— C'est vrai, mais les baisers n'ont aucun intérêt pour un Séraphin. On ne se touche que pour s'entraîner au combat ou pour procréer.

Il écarta les cuisses de Caro avec l'une des siennes et attrapa sa hanche avec sa main libre pour l'empêcher de bouger.

— Et tu as déjà procréé, mon ange ?

— Oui.

Une réponse directe.

— J'ai un descendant dans ma lignée.

— Et as-tu pris plaisir au processus de fornication ?

Il préférait le terme *baiser*, mais Caro semblait favoriser un langage plus formel.

Elle fronça le nez.

— Le plaisir, c'est pour les humains.

— Vraiment ? demanda-t-il en faisant glisser sa jambe vers le haut, ce qui eut pour résultat d'accélérer la respiration de Caro. Je trouve l'acte très agréable.

Elle ravala sa salive.

— Qu'est-ce que vous faites ?

— Je te séduis, avoua-t-il en caressant la ceinture du pantalon de Caro.

— Dans quel but ? demanda-t-elle, la voix à peine plus élevée qu'un murmure.

— Pour le plaisir, mon ange. Et peut-être un peu pour l'intrigue. Je veux savoir si je peux susciter une réaction de ta part au passage.

Les yeux bleus de Caro étincelaient de reproches.

— Ça n'a aucune raison pratique.

— Tout n'est pas fondé sur l'aspect pratique des choses, ma douce, dit-il en glissant sa main sous son chemisier pour explorer sa peau nue. Certaines expériences sont basées sur les sensations.

Il appuya sa paume sur son côté et s'aventura plus haut, lentement, ce qui donna à Caro la chair de poule, indiquant qu'elle n'était pas aussi réfractaire à son contact qu'elle le prétendait.

— Le stoïcisme résulte de l'évitement des émotions, mais nos corps parlent pour nous.

Il passa son pouce sur l'armature de son soutien-gorge et sourit lorsqu'elle répondit en rougissant.

— Tu as chaud, mon ange ?

— Je... dit-elle en s'éclaircissant la voix − deux fois. Je ne vois pas la pertinence de ce que vous faites.

Sethios fit glisser ses doigts plus haut pour trouver son mamelon et le caresser à travers le tissu.

— Et si je t'offrais quelque chose d'utile ? demanda-t-il en continuant à titiller sa poitrine. Ça te rassurerait ?

Elle ravala à nouveau sa salive et son regard devint bleu nuit. Il doutait qu'elle ait conscience de cette réaction, mais lui la reconnaissait : l'excitation.

Hmm, apparemment, les Séraphins ressentaient en effet des choses.

Il allait approfondir cette découverte au maximum une fois qu'elle aurait cédé.

— Que pouvez-vous bien avoir à offrir ?

La question de Caro n'avait pas la vigueur qu'elle voulait manifestement lui donner. Cela plut beaucoup à Sethios.

— Je sais où réside Osiris, répondit-il. Et je pense que tu te rendras compte que seuls très peu d'entre nous connaissent cette information.

Elle trembla lorsqu'il retira sa main pour s'aventurer plus bas. Il voulait tester les limites de son désir.

— Ce n'est pas utile, argua-t-elle, même si elle se cambrait subtilement contre lui.

Oh, ce qu'il ne donnerait pas pour être dans sa tête en ce moment. Le débat qu'elle avait avec elle-même devait être amusant.

— Non ? demanda-t-il alors que ses doigts firent sauter le bouton de son jean et descendre la fermeture éclair. Combien de temps comptes-tu errer sur Terre, mon ange ? Car Osiris ne fréquente pas souvent l'Arcadia. Il n'est venu que parce qu'un Conclave se tenait. Et je suppose que c'est la raison pour laquelle ton Conseil t'a envoyée ce soir.

Elle lutta pour soutenir son regard alors que l'un de ses doigts passait sur la couture de sa culotte. De la soie. Un choix intéressant pour un Séraphin.

— Quand se tiendra le prochain Conclave ? demanda-t-elle dans un souffle.

Des accents bien sensuels pour quelqu'un qui se

plaignait du sexe. Comment pouvait-elle ne pas l'entendre ?

Sethios explora plus bas, jusqu'à la jonction humide entre ses cuisses.

— Oh, mon ange, tu n'opposes même pas de résistance.

Il posa son front sur le sien en combattant l'envie de lui arracher son pantalon et de la baiser contre le mur. Parce qu'elle était plus que prête et que son espèce ne se brisait pas. Il pouvait y aller aussi fort et aussi longtemps qu'il le voulait.

Bon sang.

Les images qui bombardaient ses pensées lui firent presque perdre sa concentration, mais il les maîtrisa.

Il n'y aurait pas d'introduction lente au sexe, mais il obtiendrait d'abord son consentement.

Et il pourrait la faire supplier un peu, juste pour le plaisir. Après l'avoir baisée au moins une fois.

— Quant à savoir quand, poursuivit-il, en faisant référence à sa question concernant le Conclave, ça pourrait se produire dans des mois ou des années. À moins que tu ne songes à causer des problèmes en ville ?

La gorge de Caro se mit à frémir alors qu'elle essayait de former des mots, mais le pouce de Sethios avait trouvé un point sensible qu'elle ne pouvait ignorer. Il jouait de son corps avec habileté, créant des vagues de frissons qui partaient de son bassin et se propageaient dans tous ses membres.

Elle essaya de libérer ses bras, mais il les tenait fermement, refusant de lui laisser un poil de liberté. Un jeu de pouvoir dont il avait besoin pour la conquérir. Elle estimait que sa naissance la rendait supérieure, mais il allait lui prouver le contraire.

Sa mère mortelle l'avait fortifié plus qu'elle ne le

pensait. C'est ce qui l'ancrait et lui avait donné le pouvoir qu'il revendiquait comme son don ichorien. L'hypnose était très utile et suffisamment proche de la contrainte pour que peu de gens réalisent l'étendue de ses capacités.

Non pas qu'il ait cherché à utiliser l'un ou l'autre de ces talents sur Caro à cet instant.

La baiser jusqu'à l'oubli serait tellement plus doux avec un consentement approprié.

— Qu'en dis-tu, mon ange ? chuchota-t-il, ses lèvres effleurant les siennes. Je te donnerai les informations dont tu as besoin en échange d'une nuit dans mon lit. Cela te semble-t-il suffisamment pratique ?

TES VÊTEMENTS OU TES COUTEAUX

CARO N'AURAIT PAS DÛ DONNER son accord.

Osiris se rendait sûrement plus souvent à l'Arcadia que ne le laissait entendre Sethios.

Cela dit, son commentaire sur la raison pour laquelle le Conseil supérieur l'avait envoyée ce soir était exact. Ils lui avaient demandé d'attendre la fin du Conclave, puis d'approcher sa proie.

Mais Sethios l'avait trouvée en premier.

Et maintenant, il la touchait de façon instructive.

Elle frissonnait sous ses soins diaboliques. Les sensations qu'il invoquait la déconcertaient. À la fois chaudes et froides, soulignées par le désespoir. Elle ne les comprenait pas, mais se sentait obligée d'en apprendre davantage.

Elle pouvait sûrement supporter une nuit. Et si elle le distrayait suffisamment, il lui fournirait peut-être l'information plus rapidement, ce qui lui permettrait de le tuer. Ses supérieurs approuveraient son élimination de cette dimension et se montreraient probablement reconnaissants de ses efforts.

Il fit quelque chose à ses parties féminines et son estomac se contracta de la manière la plus délicieuse.

Quelle est cette magie noire ?

Les Séraphins ne sont pas censés ressentir, mais elle avait sans aucun doute ressenti *ça*.

Lors de son seul et unique accouplement avec un mâle, elle était seulement restée allongée pendant les quelques minutes qu'il avait fallu à Adriel pour accomplir son devoir. Il n'y avait pas eu de bruits ou de paroles, juste un accouplement nécessaire et inconfortable pour procréer. Si seulement la technologie fonctionnait sur les Séraphins aussi bien que sur les humains. Hélas, le destin avait opéré sa magie de façon mystérieuse.

— Nous ne pouvons pas nous reproduire, réussit-elle à dire alors qu'il exerçait plus de pression.

Elle crut que cela lui ferait mal, mais finalement pas. Son corps tremblait sous l'effet de cette gratification inconnue.

— Ce n'est pas un problème, ma douce, murmura-t-il d'une voix rauque et basse. Je suis stérile.

Elle hocha la tête en comprenant.

— Le destin ne permettrait jamais à ta graine de prospérer. C'est une abomination.

Il gloussa.

— Attention, mon ange. Tu me donnes envie de donner une leçon à cette bouche délinquante.

— De quel genre ?

Elle parlait déjà plusieurs langues, dont plusieurs langues anciennes. Que pourrait-il lui apprendre de plus ? L'âge de Sethios ne pouvait être comparé à son ancienneté. Elle prospérait parmi les nuages, tandis que lui errait sur Terre.

Il passa sa langue sur ses lèvres, la plongeant dans un silence stupéfié.

C'est... plutôt agréable.

Ça lui donnait des frissons.

Bien mieux qu'un poing dans la figure, c'est certain, mais également humide.

Il a le goût du vin.

— Marché conclu ? demanda-t-il contre sa bouche. Ou te faut-il plus de raisons ?

Elle ravala sa salive.

— Combien de minutes vous faut-il ?

Il avait parlé d'une nuit à l'origine, mais elle voulait un délai plus précis.

— Des minutes ? répéta-t-il avec un amusement évident. Si je dois te donner ce dont tu as besoin, alors il me faudra des heures, mon amour.

Elle cligna des yeux, surprise.

— Des heures ? Certainement pas.

— Accepte et je te montrerai pourquoi.

Il retira sa main de son jean juste au moment où celle-ci allait produire quelque chose de délicieux.

— Je veux ton accord, mon ange.

Il entretint la pression entre ses jambes avec sa cuisse et une chaleur comme elle n'en avait jamais connu se répandit dans son sang.

Surnaturel.

C'était le seul mot qui lui venait à l'esprit.

Cette dimension perturbe mes sens.

Pourtant, quelques heures de cette expérience bizarre en échange des informations qu'elle cherchait et de la possible opportunité de le tuer ensuite constituaient une utilisation pragmatique de son temps.

Mais elle avait besoin de ses armes.

— Rendez-moi mes couteaux, exigea-t-elle alors qu'il explorait à nouveau l'étendue de sa peau sous son chemisier.

Il semblait faire une étrange fixation sur ses seins.

— Tout à l'heure, dit-il.

— Maintenant, répliqua-t-elle.

Ses yeux verts brillaient de défiance.

— Et moi qui pensais que tu n'étais pas du genre pervers.

Elle fronça les sourcils.

— Je ne comprends pas votre logique.

— Ça va venir, répondit-il. Mais je veux ton consentement.

— Et je veux mes lames.

— Tu les auras, annonça-t-il en retirant sa main de son abdomen pour l'enrouler autour de son cou. Mais essaye de me taillader et tu le regretteras.

La menace qui sous-tendait ses paroles et la position qu'il occupait ne la décontenancèrent pas. Elle avait prévu de le poignarder, pas de le taillader.

— OK.

Il sourit, comme s'il voyait qu'elle n'était pas d'accord.

— Alors, on est d'accord, mon ange ?

— De combien de minutes, ou plutôt d'heures, avez-vous besoin ?

— Sept devraient faire l'affaire.

Elle haussa les sourcils.

— Sept heures ?

— Oui. Cela équivaut à une soirée.

Peut-être avait-il l'intention de dormir aussi ? Ça collerait bien avec ses plans. Elle pourrait apprendre un peu de son corps, recueillir ses informations et enfin l'exterminer pendant qu'il se reposerait. Toutes les raisons pratiques pour être d'accord.

Sauf que...

— Qu'est-ce que vous y gagnez ?

— La satisfaction, répondit-il en faisant glisser sa main vers sa nuque.

Ses doigts trouvèrent un point de pression qui entraîna un relâchement des tensions qu'elle n'avait pas réalisé avoir.

Oh, j'aime beaucoup trop ça.

Il continua à masser cet endroit-là tandis que sa cuisse se déplaçait subtilement entre ses jambes. Très étrange, et pourtant bon.

— Tu m'offres une nouvelle opportunité d'exploration, poursuivit-il d'une voix basse. Ce que je considère comme une rareté à mon âge.

— Parce que je suis un Séraphin.

— Oui.

Il fit glisser son nez sur sa pommette en soufflant.

— Ton excitation est enivrante, mon ange.

Ses lèvres se portèrent vers son cou pour déposer un baiser langoureux contre sa jugulaire. Elle tremblait de façon incontrôlable.

Encore.

L'adrénaline semblait monter en elle, mais elle ne savait pas comment la libérer. Tout était si percutant et stimulant. Mieux qu'un combat, mais plus épuisant qu'une course. Sa perplexité la laissait pantoise. Elle voulait encore plus de cette exquise confusion.

— Très bien, chuchota-t-elle. J'accepte vos conditions : sept heures de mon temps en échange d'informations sur la localisation de votre père.

— Hmm.

Il lui mordilla la gorge avant de s'écarter et de récupérer ses lames sur le sol. Elle eut presque froid, sans lui serré contre elle, mais ses yeux parcourant sa peau la réchauffaient.

Sethios lui tendit ses deux armes.

— Tu porteras ça, et seulement ça, dans mon lit.

Elle cligna des yeux.

— Pardon ?

Avec Adriel, Caro avait porté une robe de cérémonie. Il n'avait même pas vu ses cuisses, il avait juste soulevé le tissu, accompli son devoir et était parti pendant qu'elle attendait que la graine s'enracine en elle. Elle avait fait tout ce qu'elle pouvait pour s'assurer que ça marcherait du premier coup, pour ne pas avoir à revivre cette expérience. Le fait qu'elle s'était bien préparée avait également profité à Adriel : les Séraphins mâles n'aimaient pas la faiblesse émotionnelle associée à l'orgasme.

— Tu voulais retrouver tes jouets et je te les rends, mais tes vêtements restent ici.

Il fit tourner les lames avec une habileté qui indiquait un certain entraînement.

— À toi de voir, mon ange.

Elle passa sa langue sur ses lèvres.

— Je veux mes couteaux.

— Alors je veux tes vêtements.

Elle le regarda fixement.

— Ce n'est...

— Pas pratique, termina-t-il à sa place. Pour toi, peut-être, mais je vais te montrer pourquoi c'est pratique une fois que tu te seras déshabillée.

Tout en la dévisageant, il continuait à faire tourner la dague entre ses doigts avec une habileté experte.

— On arrête de discuter. Soit tu es d'accord, soit tu ne l'es pas.

— Bien, répondit-elle. J'accepte votre demande irrationnelle.

La nudité ne l'avait jamais dérangée. Elle retira ses bottes, ôta son jean déjà défait, son chemisier et ses sous-vêtements, puis tendit la main.

— Mes couteaux.

Les lèvres de Sethios frémirent.

— Envie de te battre avec moi, chérie ?

Non. Il s'était montré plus que capable quand il l'avait plaquée contre le mur. Un sang-mêlé ne devrait pas être doté d'une telle force, mais la lignée d'Osiris l'emportait sur celle de Caro. Et apparemment, son fils avait hérité de talents similaires.

— Je souhaite en finir avec notre accord pour pouvoir poursuivre mon chemin.

— Vraiment ?

Il retourna les objets acérés dans sa main et lui tendit les manches.

— Ma chambre est au bout du couloir. Je t'y retrouve dans cinq minutes.

Elle le regarda avec curiosité.

— Vous ne voulez pas commencer maintenant ?

— Non, mon ange. L'anticipation fait partie du plaisir. Tu verras.

Elle en doutait fortement, mais prit quand même ses couteaux.

— Alors je vous attendrai dans la chambre.

— Parfait.

Coucher avec un sang-mêlé. Cela enfreignait probablement quelques règles, mais pour commencer, il n'aurait pas dû exister, donc elle doutait que de telles règles aient jamais été écrites.

Elle avait besoin de localiser Osiris pour délivrer son message ; cela restait donc dans le cadre de sa mission. Et si une petite partie d'elle se sentait éclairée par l'occasion d'expérimenter quelque chose de nouveau ? Ce n'était pas tous les jours qu'elle se mêlait aux mortels. On pouvait très bien considérer ça comme une opportunité d'apprentissage. Une exploration approfondie de l'intimité du monde humain.

Oui.

Très bien.

Décidée, elle lui adressa un signe de tête et se dirigea vers sa chambre.

Peut-être lui apporterait-il la preuve que ses théories sur les rapports sexuels prolongés sont un acte humain inutile. Le plaisir n'avait aucun fondement significatif. Il se rendrait vite compte de l'inutilité de cet arrangement, mais au moins elle aurait ses informations.

Et peut-être la vie de Sethios.

LA PERFECTION.

Des courbes, des jambes à n'en plus finir, de longs cheveux blonds, une peau qui rougit facilement... Oh, oui, Sethios allait beaucoup aimer ça.

Mais il voulait d'abord enseigner à Caro l'art de l'anticipation. Cette femme pensait tout avoir compris, persuadée qu'elle resterait insensible et sans passion, mais il avait vu l'intérêt dans ses yeux bleus étincelants. Elle ne comprenait pas ça et le combattrait certainement, mais il avait l'intention de finalement la convaincre.

Caro nagerait dans le plaisir, encore et encore.

Il sirota son nouveau verre de vin et sourit. C'était une façon de couronner une soirée jusque-là monotone. Lors du dernier Conclave, deux pauvres âmes avaient subi les foudres de son père devant témoins.

Sethios avait autrefois apprécié les séances de torture, mais ces dernières années, elles avaient perdu de leur charme et de leur attrait. Il comprenait que le but était d'instiller la peur chez les Ichoriens et de les garder dans le rang, mais la nature répétitive de tout cela avait vieilli au fil des siècles.

Quelque chose d'important allait se produire. Il le sentait dans toutes les fibres de son être, mais ne savait pas ce que c'était. Peut-être que Caro en était l'instigatrice, ou juste son message.

Ce serait une honte de l'envoyer à son père demain matin. Il la torturerait et la mutilerait sans doute avant de la renvoyer avec son propre message au Conseil supérieur. Comme il l'avait fait la dernière fois qu'ils avaient envoyé quelqu'un pour délivrer un édit.

Pourquoi avaient-ils dépêché une si belle créature ici ? Ils devaient bien savoir qu'elle subirait la furie d'Osiris.

Il posa le verre en cristal sur le comptoir avec un haussement d'épaules.

Bah, tant pis. Ce n'étaient pas ses affaires. Il lui avait promis une adresse et la lui donnerait, après l'avoir initiée au plaisir au-delà de ses rêves les plus fous. Ce qu'elle ferait ensuite ne le concernait pas.

Il déboutonna sa chemise et la jeta sur le tas de vêtements sur le sol.

La façon dont elle s'était déshabillée sans effort l'avait énormément amusé. Une femme à l'aise dans la nudité, c'était rare de nos jours, mais Caro n'avait pas du tout eu l'air embarrassée. Son assurance était soulignée par son ignorance, une chose à laquelle il prendrait plaisir à remédier. Quand il en aurait fini avec elle, elle ne se reconnaîtrait pas.

Sethios ajouta ses chaussures, ses chaussettes et son maillot de corps à la pile, mais garda son pantalon. Il ferait en sorte que Caro le retire.

Bon.

Il était temps de s'amuser avec un Séraphin nu et ses couteaux.

4

AILES AVEC VUE

CARO ADMIRAIT l'horizon de la ville de New York. Elle n'avait jamais compris l'attrait de voir de haut, mais les fenêtres de Sethios, du sol au plafond, offraient un beau panorama.

Les lumières de la ville illuminaient sa chambre aux couleurs brunes et noires, y compris le lit monstrueux qui prenait un quart de l'espace. La raison pour laquelle il ressentait le besoin de posséder un matelas aussi grand lui échappait. Il accordait clairement plus d'importance au sommeil qu'aux aspects pratiques.

Elle passa son pouce sur la poignée de son arme avant de la faire tourner dans sa main, de la même manière qu'il l'avait fait il y a quelques instants. Le poignarder quand il entrerait paraissait un plan valable. Si elle le blessait assez gravement, il pourrait se montrer coopératif et livrer la position de son père.

Sinon, elle pourrait accéder à sa demande d'une nuit au lit en échange de l'information.

Quel genre d'être considérait cette demande comme pratique ?

Un être humanisé.

Le pauvre homme n'avait aucune idée de la façon dont cette dimension avait dévalorisé son esprit. D'accord, sa naissance était une atrocité en soi, ce qui suggérait que le destin l'avait dans son collimateur depuis le début.

— Essaye, mon ange.

La voix de Sethios lui parvint du seuil de la chambre, derrière elle.

— Je réfrène mon avantage persuasif pour te donner un champ de bataille équitable, mais nous jouons pour les termes de notre accord.

— Séraphin, rétorqua-t-elle en se retournant pour croiser son regard. Et quel jeu suggérez-vous maintenant ?

Il s'éloigna de l'entrée sombre et pénétra dans la lumière qui provenait des fenêtres. Elle se doutait déjà qu'il possédait une forme athlétique, mais l'absence de chemise le confirmait. Tout en finesse, des lignes musclées, et un abdomen sculpté par un travail acharné. Elle pouvait admirer cela, car elle savait ce que ce type de physique exigeait.

— Eh bien ? demanda-t-elle, attendant qu'il se lance.

Les lèvres de Sethios se retroussèrent.

— Tu es une guerrière dans l'âme, Caro. Montre-moi ce que tu peux faire avec tes jouets.

Elle cligna des yeux.

— Vous voulez que je vous combatte ?

— Je désire que tu essayes, oui.

Essaye, venait-il de dire. Pour la deuxième fois.

— Vous ne me croyez pas capable de vous battre.

— Pas le moins du monde, mais je suis prêt à me donner un handicap en n'engageant pas mes dons. À moins que tu ne préfères que je te mette à genoux tout de suite et que je commence notre marathon de sept heures ?

Quelle arrogance !

— Je ne m'agenouillerai jamais devant vous, dit-elle, persuadée. Et vous devriez faire attention à ceux que vous sous-estimez.

Devant le défi, les pupilles de Sethios étincelèrent.

— Prouve-moi que j'ai tort, mon ange.

— Séraphin, corrigea-t-elle pour la millième fois. Les anges sont un mythe.

— Tu essayes vraiment de gagner du temps, murmura-t-il en se rapprochant. Montre-moi quelque chose d'amusant ou je baise d'abord ta bouche. Pendant que tu seras à genoux.

Le sang de Caro s'échauffa devant la menace de la rabaisser de la sorte.

— Je n'ai pas donné mon accord pour ça.

— Tu as accepté de passer une nuit dans mon lit, ma chérie, ce qui signifie que tu vas suivre mes règles, annonça-t-il en pénétrant dans son espace personnel. Je commence à m'impatienter, Caro. Tu semblais...

D'un coup de lame, elle lui trancha la joue et s'esquiva hors de sa portée avant qu'il ne puisse réagir. Elle tournait maintenant le dos à la porte, ce qui lui donnait l'avantage.

— Que se passe-t-il si je gagne ?

Il lui fit face.

— Si ?

Il la nargua en passant son pouce sur la blessure qu'elle venait de lui faire.

— Si tu perds, je te baise jusqu'à demain, dit-il en commençant à s'avancer. Dans la position que je veux, comme je veux, où je veux.

Elle rebondit sur ses talons, calculant son prochain mouvement.

— Cela ne répond pas à ma question.

— Je préfère ne pas perdre de temps en frivolités,

murmura-t-il en se rapprochant de plus en plus. Essaye encore.

Ses mains pendaient librement à ses côtés, lui donnant un air faussement à l'aise. Chaque pas contenait une retenue létale et mettait en évidence le prédateur tapi au fond de lui.

Cet homme respirait le danger.

Le pouls de Caro bourdonnait sous l'effet de l'anticipation. Se battre était l'un de ses passe-temps favoris, bien que peu de Séraphins apprécient cette activité. La plupart de ses semblables considéraient que c'était inutile, mais cela faisait maintenant des décennies que Caro sentait le désastre poindre à l'horizon – un sombre murmure à son oreille. Elle n'avait pas pris la peine de le mentionner aux membres du Conseil supérieur, car son jeune âge et son inexpérience feraient qu'ils l'ignoreraient.

Cela ne l'avait pas empêchée de se préparer.

Elle retourna son couteau et le frappa à l'abdomen, mais il fit un bond en arrière en gloussant.

— Mieux que prévu, mais loin d'être suffisant.

Caro plissa les yeux face à l'insulte. Elle n'avait pas encore essayé de lui faire du mal, mais ça allait changer.

Il bloqua sa première tentative avec son avant-bras, puis contra son coup de pied avec sa cuisse. Ce n'étaient que des mouvements pour tester le temps de réaction de Sethios et elle dut admettre, à contrecœur, qu'il était assez bon.

Caro lança l'un de ses couteaux pour tenter de le déconcentrer en l'obligeant à attraper l'objet mortel avant qu'il ne s'enfonce dans son crâne.

Elle utilisa cette distraction momentanée pour se volatiliser, se glisser derrière lui et lui entailler l'épaule avec son autre lame. Il se tourna à mi-chemin, attrapa son poignet et la fit tournoyer pour placer son dos contre son torse.

— Pas mal, murmura-t-il, ses lèvres près de son oreille.

Elle lui envoya son poing dans la cuisse, mais il accrocha son avant-bras et arrêta le mouvement avec la facilité d'un homme beaucoup plus fort qu'elle.

— On rejoue, mon ange ?

Sa poitrine se gonfla alors qu'elle prenait une respiration nécessaire. Il la battait bien trop rapidement et sans utiliser la contrainte.

— On vous a correctement instruit.

— Depuis bien plus longtemps que tu n'es en vie, dit-il doucement. Quel âge as-tu, Caro ?

Ça ne servait à rien de lui mentir.

— Près d'un siècle maintenant.

— Si jeune.

Il lui mordilla le cou en repliant ses bras sur son ventre.

— Ton pouls m'indique que tu apprécies notre petite querelle. Dis-moi, c'est l'idée de me faire du mal qui t'excite autant ? Ou autre chose ?

— Les combats décuplent l'adrénaline, c'est ce que vous percevez. Rien de plus.

Le gloussement de Sethios vibra dans son dos.

— Oh, Caro, tu n'as pas idée, n'est-ce pas ?

Il libéra ses bras.

— Lâche le couteau et place tes mains contre la fenêtre.

Elle laissa tomber l'arme contre sa volonté.

— Ce n'est pas nécessaire, grogna-t-elle alors que ses mains se posaient sur la vitre.

— Comme tu as perdu, ce n'est pas à toi d'en décider.

Il se pencha pour récupérer la dague. Elle n'avait aucune idée de ce qu'il avait fait de l'autre, mais supposait qu'il l'avait rangée.

— Et maintenant ? râla-t-elle, attendant la prochaine vague de contrainte.

— Un échange de bons procédés, mon ange.

Il fit glisser le fil tranchant le long de sa colonne vertébrale, assez fort pour qu'elle le sente sans faire couler le sang.

— Tu m'as fait saigner, alors tu vas saigner aussi.

Caro écarquilla les yeux.

— Pardon ?

— Chut.

Il se servit de son autre main pour rassembler ses cheveux sur une épaule et embrassa sa nuque.

— Je suis encore en train de me demander où je souhaite exiger la réparation, ma chérie. Ne gâche pas mon plaisir.

Le métal glissa jusqu'à ses fesses, puis jusqu'à l'arrière de ses cuisses. La chair de poule parcourut ses bras quand il se mit à genoux derrière elle.

— Qu-Qu'est-ce que vous faites ?

Elle essaya de lui faire face, mais ses mains sur la vitre la maintinrent en place.

— Écarte tes jambes, dit-il en la forçant à s'exécuter.

Elle sursauta lorsque la pointe de la lame rencontra l'intérieur de sa cuisse.

— Sethios, réussit-elle à dire, la bouche sèche.

Il y avait beaucoup trop d'options mortelles à cet endroit.

— J'ai toujours été un fan de l'artère fémorale, murmura-t-il. Et les Séraphins guérissent si vite.

Caro poussa un cri lorsque l'acier entailla sa peau d'un geste rapide et efficace. Sans avoir à regarder, elle savait que cette entaille était bien plus profonde que celles qu'elle lui avait infligées à la joue et à l'épaule. Ses gènes de Séraphin guériraient la lacération en quelques minutes, mais la mutiler de cette façon semblait futile, bien qu'exubérant.

— Magnifique.

Le mot sortit dans un souffle contre sa jambe.

— Je considère que nous sommes quittes, mon ange.

Sa langue apaisa la douleur en léchant la plaie ouverte qu'il avait créée.

La confusion traversa les pensées de Caro.

Pourquoi est-il... ?

Oh.

Ça, c'est nouveau.

La chaleur émanait de son contact, se propageant jusqu'à son sexe et au-delà. Elle se mordit la lèvre pour retenir le gémissement qui menaçait de s'échapper de sa gorge.

Cela n'avait aucun intérêt pratique de réagir ou de profiter de cette situation.

Il voulait une nuit et elle était déterminée à la lui accorder en silence. Parce que rien...

La pulpe de son pouce balaya son sexe de façon si inattendue que ses genoux faillirent ployer.

— Reste debout, les mains contre la vitre, dit Sethios. Ne bouge pas ton corps de cette position tant que je ne t'en donne pas la permission.

La réponse de Caro se transforma en un grognement lorsque la langue de Sethios suivit le chemin de son pouce.

Elle n'avait jamais...

Ce n'était pas...

— Que... ?

Elle fut incapable d'exprimer sa pensée. Elle se brisa quand la bouche de Sethios se referma sur son clitoris. Elle connaissait l'objectif, l'avait vu faire des milliers de fois, l'avait lu dans divers guides de référence, mais n'avait jamais compris la véritable raison. Jusqu'à présent.

Son front heurta la vitre tandis que ses membres tremblaient, éprouvant le besoin de s'effondrer. Mais sa coercition la maintenait debout. Cela créa un mélange enivrant d'irritation, de confusion et de bonheur – toutes des émotions qu'elle n'avait pas à connaître.

Mais la langue de Sethios faisait des cercles d'une manière qui dépassait la raison.

—Je ne... C'est...

Son souffle vacilla lorsque des vagues de chaleur inconnues la parcoururent de la tête aux pieds.

— A-acceptable...

S'il avait répondu, elle ne l'avait pas entendu par-dessus les battements de son cœur. Ceux-ci lui rappelaient un tambour, résonnant rythmiquement dans ses oreilles alors qu'elle luttait pour se tenir debout. Chaque coup de langue faisait ricocher de violentes décharges dans tous ses membres.

Ses ongles griffèrent le verre pour tenter de fermer les poings, mais elle ne pouvait pas obéir à cette simple demande. Sethios lui avait interdit de bouger, ce dont son corps se souvenait même si son cerveau défaillait.

Le pouce de Sethios plongea dans son sexe tandis que sa main opposée caressait sa cuisse. Elle n'avait aucune idée de l'endroit où il avait mis son couteau, elle s'en inquiéterait plus tard.

Cède, la supplia une partie sombre d'elle-même. *Éprouve ces sensations.*

Non.

Sa voix logique était au mieux faible. *Ne lui donne pas cette satisfaction.*

C'est une expérience d'apprentissage. Accepte-la.

Oh, Sethios.

Ses genoux tremblaient alors que les derniers vestiges de sa raison se brisaient sous ses assauts. Les flammes recouvrirent chaque centimètre carré de son corps, l'engloutissant dans un enfer de luxure. Elle reconnaissait les signes, les avait étudiés, mais n'avait jamais pensé à les autoriser.

Pourquoi ai-je vécu sans cela ? chuchota son esprit. *Quel gâchis !*

Il retira son pouce et le remplaça par deux doigts tandis qu'il s'enfonçait profondément dans son vagin, la frappant à un endroit dont elle ignorait l'existence. Son cœur se serra et se déploya alors qu'un orgasme la fit basculer dans la sensation. Elle ne s'attendait pas à ce que ça soit... si... *chaud.*

Intense.

Figé dans le temps.

Je ne sens plus mes jambes.

C'est trop, oh c'est juste trop.

Caro frissonna, accablée par tout cela et incapable de le digérer. Et le son qui s'échappa de sa bouche – elle ne savait pas que ses poumons pouvaient le permettre.

D'une certaine manière, elle était restée debout pendant tout ce temps, comme il lui avait ordonné, mais cela lui faisait presque mal d'obéir. Ses jambes ne demandaient qu'à se replier, ses mains transpiraient à cause de l'effort et sa tête nageait dans une mer d'émotions interdites.

Sethios la lécha profondément avant de quitter le sommet entre ses cuisses, son gloussement la faisant vibrer au plus profond d'elle-même.

— Oh, mon ange, tu ne me déçois pas.

SETHIOS PASSA ses mains sur les fesses fermes de Caro et le long de sa colonne vertébrale tremblante. Le magnifique rougissement qui teintait sa peau pâle lui plaisait énormément.

— Tu as aimé ça, murmura-t-il en déposant un baiser dans sa nuque. Maintenant, c'est mon tour.

Il glissa ses doigts dans ses cheveux blonds et lui tira la tête en arrière.

— Mets-toi à genoux et enlève mon pantalon.

Ça ne servait à rien de perdre du temps. Ils avaient sept heures ensemble et il avait l'intention d'en profiter chaque minute. Une fois qu'il aurait l'avantage, ils pourraient commencer à parler sérieusement.

Caro faillit tomber sous son commandement. Ses doigts agiles trouvèrent sa ceinture et son regard engourdi s'était arrêté sur lui. Oh, il approuvait ce regard. Ce serait tellement amusant de baiser sa bouche pendant qu'elle le regarderait avec cette lueur de défi dans ses beaux yeux.

— Attention, ma chérie, tu me donnes des idées vivides, murmura-t-il alors qu'elle faisait glisser la fermeture éclair avec beaucoup plus de force que nécessaire.

— Est-ce qu'elles impliquent que je vous poignarde ? demanda-t-elle, d'un ton marqué par un grognement qu'il souhaitait reproduire au lit.

— Tu me taquines, maintenant, Caro.

Son sexe durcit en se souvenant d'elle alors qu'elle essayait de se battre contre lui, sans vêtements. C'était l'une des expériences les plus érotiques de sa très longue vie.

Ils joueraient plus avec ses armes une fois qu'il l'aurait baisée. Il ne pouvait pas attendre de tester ses limites. Elle avait à peine bronché quand il lui avait tranché l'artère fémorale – une blessure qui aurait lentement tué un mortel. Mais elle était déjà guérie et bien vivante.

Elle baissa son pantalon sans cérémonie, comme si elle

ne se souciait pas du tout du fait qu'il ne portait pas de sous-vêtements en dessous, mais il vit ses narines s'agiter. Ses pupilles se dilatèrent également et son regard se posa sur son paquet.

Tu n'es pas si immunisée contre moi après tout, n'est-ce pas, ma chérie ?

Son orgasme avait un goût si doux sur sa langue.

Le goût de la victoire.

Il l'avait invitée à se battre contre lui sachant que ça ferait monter son adrénaline. Puis il avait utilisé la douleur pour faire une brèche dans ses murs de stoïcisme et cela avait magnifiquement fonctionné en sa faveur.

Sethios passa sa main sur son visage et sourit en voyant sa pose soumise.

— J'aime tellement les femmes à genoux.

— Si je pouvais me lever, je le ferais, répondit-elle, son irritation évidente.

Tant d'émotions fougueuses pour un Séraphin. Il adorait ça.

— Tu peux te lever, murmura-t-il en lui tendant la main.

Elle refusa, comme il s'en doutait, et se mit sur pieds avec grâce. Sa dignité et son assurance le déroutaient. Tant de femmes auraient déjà frémi ou se seraient allongées sur le sol en sanglotant, mais elle soutenait son regard avec furie. Ça ne faisait que l'exciter davantage.

— Comment veux-tu que je te baise, ma chérie ? Contre la vitre ou penchée sur le lit ?

Il ignorait la raison pour laquelle il laissait le choix. Pourtant, il attendait sa réponse avec impatience.

Elle regarda la fenêtre et son lit avec intérêt, le surprenant davantage. Il s'attendait à une répartie sur l'aspect pratique de l'une ou de l'autre position, mais elle semblait prendre son offre au sérieux.

Carrément parfait.

Pourquoi ses partenaires de lit habituelles ne pouvaient-elles pas agir de la sorte ? Elles se soumettaient toutes à sa volonté, tandis que Caro se tenait à ses côtés comme une égale malgré le pouvoir évident qu'il exerçait sur elle.

— La fenêtre, murmura-t-elle en se tournant pour poser à nouveau ses paumes contre la vitre. J'aime la vue.

Amusé, il lui adressa un sourire narquois.

— Pourquoi penses-tu que c'est la position dans laquelle je te veux ?

Elle inclina ses hanches d'une manière qui le surprit.

— Vous me direz si ça ne vous convient pas.

— Très juste, convint-il en faisant glisser son pouce sur sa lèvre inférieure. OK, mon ange.

Il allait lui donner une vue dont elle se souviendrait.

— Volatilise-toi, mais ne pars pas.

Elle jeta un coup d'œil par-dessus son épaule lorsque ses ailes semi-translucides apparurent, ombrageant la pièce dans de magnifiques nuances de bleu clair et de bleu foncé. Il explora les plumes du bout de ses doigts qu'il fit glisser jusqu'à sa colonne vertébrale.

— Peux-tu les étendre ? demanda-t-il, impressionné par leur beauté.

Il voulait définitivement la baiser dans cet état.

Les ailes azurées s'étendirent devant ses yeux alors qu'elle faisait ce qu'il demandait, de manière stupéfiante. Il lui semblait qu'elle était bien plus complice de ce jeu qu'elle ne voulait l'admettre.

— Garde-les comme ça, dit-il en formulant son exigence, mais sans la contrainte.

Elle haussa les épaules et se remit à admirer l'horizon de New York, mais il perçut le tremblement de sa colonne vertébrale. Qu'elle le réalise ou non, son corps n'était pas aussi indifférent à lui qu'elle voulait le croire.

Il saisit ses hanches et la souleva sans prévenir, laissant ses pieds pendre dans les airs.

En réponse, elle poussa un petit cri et ses ailes battirent contre son torse pour lui permettre de se maintenir en place.

— Les mains sur la vitre, lui rappela-t-il quand elle eut fini de lutter pour trouver l'équilibre.

Elle s'accrocha à la fenêtre alors qu'il la positionnait exactement où il voulait et se mit à la pénétrer par-derrière.

Le halètement de Caro lui indiqua qu'il avait été trop brutal, mais son fourreau chaud et humide enserra son sexe avec empressement. Il posa sa bouche sur son cou et sourit lorsque ses plumes se froissèrent contre lui.

— C'est trop, mon ange ?

— Je vais m'adapter, souffla-t-elle.

— Oui, tu vas t'adapter, dit-il en balançant lentement ses hanches.

En temps normal, il la baiserait comme il le voudrait, mais son étroitesse confirmait son expérience limitée.

Elle avait besoin d'une pénétration langoureuse et il désirait qu'elle y prenne du plaisir sans entrave. La forcer à avoir des orgasmes faisait partie de ce qui rendait cela si agréable.

Elle replia ses mollets vers le haut pour les reposer contre l'extérieur de ses cuisses. Et bon sang, c'était sa réponse la plus sexy jusqu'à présent. Elle lui donna un accès plus profond alors qu'elle tenait le haut de son corps en équilibre contre la fenêtre et pressait son sexe contre lui.

La force qu'il lui fallait pour maintenir cette position et la désinvolture avec laquelle elle le faisait l'attiraient d'autant plus.

Bon sang, il avait failli jouir rien qu'à cause de cela.

— Putain, Caro.

Il appuya sa tête contre sa nuque et se délecta de son être angélique. Les nouvelles expériences étaient si rares dans sa trop longue vie qu'il voulait prolonger le moment et en profiter.

Mais sa queue exigeait de l'attention.

— N'hésite pas à crier, murmura-t-il en commençant à bouger sérieusement.

Il enfonça ses doigts dans ses hanches et se glissa en elle, encore et encore, prenant son plaisir avec une brutalité qui aurait détruit la plupart des humains. Mais plutôt que de se briser, elle se déplaçait vers lui, répondant à ses poussées et gémissant chaque fois qu'il touchait son point G.

Son corps n'avait manifestement aucun problème à céder au plaisir et d'après les sons qui s'échappaient de ses lèvres, il comprit qu'elle avait renoncé à le combattre. Il grogna contre son cou en adoptant un rythme destiné à les soulager tous les deux. Chaque gémissement qui sortait de sa bouche était comme une supplication de la baiser plus fort, ne lui laissant pas d'autre choix que de la forcer à tomber dans l'oubli avec lui.

— Jouis pour moi, Caro, demanda Sethios alors qu'il s'engageait en cascade dans un état orgasmique.

La chaleur humide le saisit fermement, en extrayant sa semence alors qu'elle se brisait autour de lui dans un cri qui ressemblait beaucoup à son nom. Il sourit contre son cou, adorant chaque frémissement et tremblement.

Toute la nuit, se promit-il.

Il la prendrait encore et encore, jusqu'à ce qu'elle ne puisse plus marcher.

Et puis il la reprendrait.

En commençant dans le lit.

Il ne lui laissa pas le temps de s'acclimater, mais l'éloigna de la vitre et la jeta sur le matelas. Ses ailes disparurent et ses jambes s'écartèrent dans une invitation indéniable.

Il allait définitivement la mordre cette fois-ci.

En plusieurs endroits.

— Encore, murmura-t-il en se glissant sur elle.

Ses magnifiques yeux bleus clignèrent vers lui et elle hocha la tête.

— Oui.

5

LE JEU DE LA PERSUASION

CARO SE RÉVEILLA dans un état second, sa tête flottant quelque part dans les nuages. Ses couteaux avaient disparu depuis longtemps, tout comme son sens de la raison.

Les Séraphins n'ont pas besoin du plaisir.

C'est faux.

Tout à fait inexact.

Pourquoi le Conseil cachait-il la vérité ? Afin de procréer, les Séraphins mâles devaient éjaculer. Ce qui signifiait qu'ils ressentaient nécessairement *quelque chose* pour qu'un orgasme se produise. Pourtant, depuis tout ce temps, elle avait pensé qu'il s'agissait d'une simple réaction physique due à la nécessité.

Caro n'avait jamais envisagé d'essayer de se stimuler, car ses supérieurs lui avaient dit que cela ne servait à rien. Les seuls séraphins qui en avaient besoin pour que leurs dons fonctionnent embrassaient les sensations et les émotions, et Caro n'en avait pas besoin. Par conséquent, elle n'avait jamais essayé. Et oh, elle avait vraiment eu tort de se priver de ça.

Sethios m'a fait crier pour lui.

Et ça m'a plu.

Elle frémit alors que le souvenir sensuel du corps de Sethios rejoignant le sien défilait dans ses pensées. Ses cuisses se resserrèrent lorsqu'une sombre envie lui échauffa le sang. Le bras musclé enroulé autour de sa taille nue n'aidait pas. Si elle tournait ses hanches, elle toucherait son entrejambe.

Comprendrait-il l'invitation ? L'accepterait-il ?

Caro se mordit la lèvre pour ne pas gémir, à la fois par besoin et par frustration. C'était le moment où elle devait essayer de le torturer pour obtenir des informations et ensuite le tuer, pas chercher à forniquer à nouveau.

Baiser, corrigea son cerveau. C'était ainsi que Sethios avait appelé ça. *Baiser.*

Des images séduisantes assaillirent ses sens et la firent se tortiller. Elle voulait plus de ces sensations délicieuses, celles qui faisaient trembler ses membres et créaient des étoiles derrière ses yeux.

C'était si mal, mais ça semblait si bon.

Combien de décennies de sa vie avait-elle passées dans un cocon logique, refusant d'éprouver des émotions ? Sethios avait brisé sa bulle rassurante et lui avait fait découvrir une partie cachée d'elle-même. Pourrait-elle oublier un jour ? Et revenir à son état antérieur ?

J'ai perdu la tête, réalisa-t-elle.

C'est cette dimension. Ça perturbe mes perceptions.

Ou c'est Sethios.

Non.

Pourquoi l'aurait-il altérée de cette façon ?

Peut-être pour l'empêcher de transmettre son message à Osiris. Ou comme un moyen de se protéger lui-même de l'inévitable. Car Sethios devait mourir. Pour les Séraphins, il était une abomination. Même s'il lui avait inspiré des explosions qui avaient envoyé son âme dans une dimension de non-existence.

Ses veines se glacèrent alors que son objectif lui revenait lentement en tête. Si elle échouait dans sa mission de transmettre l'édit à Osiris, le Conseil supérieur enverrait quelqu'un d'autre et Caro serait réprimandée.

Elle frissonna à l'idée de ce que cela impliquerait. Les Séraphins ne pouvaient pas être tués, mais ils pouvaient souffrir. Et c'était ce qui arriverait si elle n'accomplissait pas sa tâche, surtout s'ils entendaient parler de sa nuit au lit avec Sethios.

Caro devait se libérer de son emprise. Tout de suite. Sinon, elle risquait de perdre encore plus son discernement. Parce que cela ne pouvait pas continuer. Le fait même de considérer de prolonger le temps passé ensemble allait à l'encontre de toute forme de rationalité. C'était déjà assez grave qu'elle ait accepté cet échange dès le départ.

Elle tenta de se dégager de son étreinte et poussa un cri au moment où l'environnement changea brusquement. Son dos se heurta au matelas lorsqu'il coinça ses deux poignets au-dessus de sa tête dans l'une de ses mains.

— Bonjour, murmura-t-il en s'installant sur elle. Tu vas quelque part ?

Ses intenses yeux verts se mirent à briller, ce qui accéléra le pouls de Caro. Il lui avait lancé ce regard hier soir, juste avant de la mordre. Elle s'était attendue à ce que ça fasse mal, mais au lieu de ça, ça n'avait fait qu'enflammer son système sanguin.

—Je... Notre...

Elle se racla la gorge en luttant pour contrôler sa bouche capricieuse.

— Vous me devez une adresse.

— Ah oui ?

Sa main libre descendit jusqu'à sa hanche.

— Et tu pensais me la demander après avoir quitté mon lit ?

Elle passa sa langue sur ses lèvres en réfléchissant à la réponse à lui donner.

— Je... euh... prévoyais de m'habiller d'abord.

— Vraiment ? demanda-t-il en haussant un sourcil. Intéressant. La plupart des femmes ne quittent pas volontairement mon lit et ne le font pas sans ma permission expresse.

L'homme possédait une arrogance qui hérissait ses plumes invisibles.

— Si vous voulez que je demande la permission, alors vous pouvez attendre très longtemps.

Elle avait accepté ses penchants alpha la nuit dernière par pur plaisir mais, à cet instant, elle désirait ardemment retrouver ses couteaux.

Où les a-t-il mis ?

Il sourit.

— Parfait. Ça me va bien d'avoir à attendre ici, mon ange.

L'excitation chaude de son entrejambe ponctuait son argument contre sa chair intime.

— En attendant, dois-je trouver un moyen de nous faire passer le temps ?

Les cuisses de Caro se contractèrent alors qu'elle luttait contre l'envie de se cambrer contre lui. Il l'accepterait comme une invitation, une invitation que son corps lui donnait volontiers pendant que son cerveau élaborait des plans d'évasion.

— J'ai respecté ma part du marché, dit-elle en réfléchissant à ce qu'elle allait faire ensuite. Vous me devez une adresse.

Il laissa tomber sa tête dans son cou et embrassa

l'endroit où il l'avait mordue la nuit précédente. Le naturel de sa réaction face à un acte aussi dégradant la stupéfiait encore. Cela lui avait beaucoup trop plu.

— Ton pouls est en train de chanter, Caro, souffla-t-il contre sa peau tendre. Qu'est-ce qui te met dans cet état, ma chérie ? Le fait de songer à quelques heures de plus dans mon lit, ou la possibilité très réelle que ta mission se termine mal ?

Sa langue glissa le long de sa gorge, provoquant un frisson dans cette dangereuse partie d'elle-même – celle qui pensait que rester avec lui quelques jours de plus était la meilleure résolution.

— Ou peut-être, songea-t-il, t'ai-je surprise au milieu d'un plan qui impliquait tes couteaux.

Sa main se resserra sur sa hanche tandis qu'il changeait de position pour glisser son érection épaisse dans la chaleur qui l'attendait. Elle rejeta sa tête en arrière dans un gémissement mêlé à un grognement, à la fois furieuse et fascinée.

Leur nuit était finie et cet acte seul brisait leur accord, mais son corps refusait de le combattre. Son sexe avait accueilli sa pénétration avec un serrement avide qui avait enflammé son sang. Une nouvelle fois.

— Hmm.

Il se retira lentement jusqu'à ce que son extrémité effleure à peine son entrée.

— J'adore vraiment ce son, Caro. Fais-le encore pour moi.

Il la pénétra si fort et si vite qu'elle n'eut d'autre choix que d'obéir.

— Sethios, souffla-t-elle, ses mains se refermant en poings. Ce n'est pas...

Une flexion brusque du bassin de Sethios fit taire ses protestations.

Ce n'était pas juste.

Il avait trois mille ans d'expérience des plaisirs de la chair, alors que la sienne se limitait à la nuit dernière. Elle n'avait aucune chance contre sa maestria.

— Tu disais quelque chose, ma chérie ? demanda-t-il, son corps se reposant sur le sien. Souhaites-tu sortir de mon lit ?

Elle eut un frisson.

—Je...

Un violent tremblement secoua ses entrailles, envoyant une énergie grésillante dans tous ses membres. Les mots lui manquèrent. Lui enfoncer une lame dans le corps semblait approprié, mais elle souhaitait aussi qu'il continue.

Son regard verdoyant lui sourit, tout en la dévisageant.

— Tant de contradictions, murmura-t-il. Je désire toujours ta bouche autour de ma bite, Caro. On fait ça maintenant ? Rien que ton indécision m'amènerait quasiment à jouir rapidement. Je n'aurai pas le temps de savoir si tu as l'intention de mordre ou d'avaler.

— Mordre, gémit-elle alors qu'il plongeait à nouveau en elle. Sans aucun doute, mordre.

Il gloussa.

— Attention, ma chérie. Ça pourrait me plaire.

Caro était certaine que ça lui plairait, peut-être un peu trop. Il accéléra le rythme tout en maintenant ses hanches là où il les voulait. Cela empêchait Caro de vraiment ressentir l'impact comme elle le souhaitait, la retenant ainsi à la limite du vrai plaisir.

— Sethios.

Son nom fut prononcé comme une supplique alors qu'elle luttait pour changer de position, sans y parvenir.

— Besoin de quelque chose ? demanda-t-il, d'un ton paresseusement satisfait, tandis qu'il ralentissait ses mouvements.

— Mon couteau, grommela-t-elle, ses mains se crispant de frustration.

Non pas que le poignarder l'aiderait, mais ça lui apporterait une certaine satisfaction.

— Hmm.

Il fit glisser son nez sur sa joue et relâcha sa hanche. Le bas de son corps tenait aisément celui de Caro même si elle essayait de profiter de sa liberté.

— Tut-tut, s'impatienter n'est pas convenable.

— Se moquer ne l'est pas non plus, dit-elle en serrant les dents.

— Ah non ?

Une arête vive chatouilla les côtes de Caro, provoquant un fléchissement de sa respiration.

Mon couteau...

— C'est ce que tu cherchais, mon ange ? demanda-t-il en approchant l'arme de sa poitrine.

Il plaqua le métal froid contre son téton dur.

— Je te l'ai gardé en sécurité toute la nuit, au cas où tu aurais eu des idées intrigantes.

Il enfonça sa queue en elle si fort qu'elle perdit le fil de ses pensées.

— Sethios, souffla-t-elle.

— J'aime la façon dont tu dis mon nom.

Il appliqua juste assez de pression sur la lame pour comprimer sa peau sans l'entailler.

— Dis-le encore.

— Sethios.

Le sang de Caro se réchauffait et se refroidissait en réponse à la contrainte. Elle se rendait bien compte de la menace que représentait sa position, mais elle ne pouvait pas se résoudre à se volatiliser. Le jeu de pouvoir lui avait plu, même s'il manquait de logique. Mais peu d'hommes pouvaient la contrôler de cette manière et il y était parvenu sans effort.

— Si belle, murmura-t-il, sa virilité palpitant en elle.

Elle poussa un petit cri quand il entailla son tendre téton, faisant couler le sang.

— Arrête de te débattre, mon ange.

Il se retira d'elle et fit descendre sa bouche sur ses seins, tout en maintenant ses mains au-dessus de sa tête. Sa langue nettoya la plaie alors qu'il en créait une autre juste en dessous. Les membres de Caro lui criaient de bouger, mais elle ne pouvait pas. Il l'avait persuadée de ne pas lutter.

Ça devrait l'exaspérer, non lui donner des fourmillements d'anticipation dans les veines.

Sa bouche chaude recouvrit son pic tendu et provoqua un gémissement de sa part. L'électricité grésillait dans l'air quand il transperça sa peau avec ses dents.

Abomination, chuchota son esprit.

Encore, la supplia son âme.

Un casse-tête qu'elle ne pouvait pas résoudre tant que son bas-ventre réagissait au contact de Sethios se créa.

Elle se volatilisa, puis réapparut et se volatilisa à nouveau alors qu'il la torturait avec sa bouche. Il était passé à l'autre sein et elle ne s'en était même pas rendu compte. Sethios tenait la dague au niveau de la gorge de Caro et elle n'avait pas les idées assez claires pour s'en inquiéter.

— Putain, Caro, chuchota-t-il, la voix remplie d'admiration. J'aime le fait que tu ne te brises pas.

Les mots de Sethios se mêlèrent au doute dans son esprit, car elle se sentait brisée. Les Séraphins n'étaient pas censés apprécier le plaisir, mais Caro ne pouvait ignorer la morsure de Sethios. Ça picotait et brûlait, et elle tremblait sous lui.

Il la libéra de son emprise et se mit à genoux à côté d'elle. Un feu faisait rage dans son regard alors qu'il contemplait ses seins.

— Tourne-toi sur le ventre.

Le ton de sa voix était accentué par la puissance. La sensation que cela procurait à Caro titillait chaque nerf, la poussant à accepter la soumission par choix plutôt que par force. Elle s'appuya sur ses avant-bras et attendit son prochain ordre.

— Derrière en l'air, exigea-t-il.

Caro se releva sur ses genoux et fut surprise lorsque la main de Sethios atterrit sur l'une de ses fesses.

— Tu ne quittes pas mon lit sans ma permission.

Elle le regarda de travers par-dessus son épaule.

— C'est ce qu'on va voir.

Il sourit.

— Comme tu voudras.

Sa main claqua à nouveau contre son derrière, mettant son sang en feu. Elle essaya de bouger, de lui dire ses quatre vérités, mais ses membres restèrent bloqués tandis qu'il la regardait avec amusement.

— Tu ne peux pas remuer, ma chérie ? demanda-t-il d'une voix innocente en se positionnant derrière elle. C'est dommage, vraiment.

— Qu'est-ce que...

Il l'empala par derrière, lui coupant le souffle. Le front de Caro s'écrasa sur ses avant-bras tandis qu'elle luttait sous son assaut pour reprendre sa respiration. La sensation se mêlait à la douleur alors qu'il prenait son corps avec une férocité qui aurait brisé la plupart des êtres.

Elle saisit les draps, ses ongles prêts à en déchirer la soie. Chaque poussée frottait les marques fraîches sur son derrière, lui rappelant son acte dégradant.

Il lui avait donné *une fessée*.

Quel culot !

Si elle avait eu sa lame, elle l'aurait poignardé.

Comme s'il l'avait entendue, il pressa le fil tranchant sur son cou et entailla sa peau. Sa langue suivit la piqûre alors qu'il se drapait sur son dos.

— Ta fureur est addictive, murmura-t-il. Et elle fournit le plus doux des défis.

Elle grogna sous lui.

— Je vais vous tuer.

— Bien sûr, mon ange.

Il l'embrassa dans le cou.

— Soulève-toi sur tes mains.

Son corps obéit même si son esprit se rebellait. Caro avait besoin de sa raison, de n'importe quoi pour surmonter les émotions qui faisaient bouillir son sang, un mélange alambiqué de fureur et d'excitation, parce que malgré tout, son corps aimait tout ce qu'il lui faisait et en désirait tellement plus.

Cette dimension m'a détruite.

Elle frissonna lorsqu'il fit descendre le métal le long de sa cage thoracique, puis autour de ses seins. Plutôt que de l'entailler comme il l'avait fait auparavant, il effleura doucement son mamelon dur avec la pointe avant de la faire glisser vers le bas.

— Reste bien immobile, murmura-t-il lorsque la pointe toucha ses plis sensibles.

La foudre frappa les entrailles de Caro, mais la persuasion de Sethios la maintint en place.

La lame semblait trop tranchante, mais la sensation était à la fois si bonne.

— Sethios, souffla-t-elle, son esprit étant incapable de prononcer d'autres mots.

Si elle bougeait d'un pouce, il la trancherait dans sa zone la plus délicate, peut-être même qu'il se couperait aussi puisqu'il était encore en elle. Mais le côté dangereux lui plaisait, créant un mélange hypnotique de terreur et d'exaltation.

Ce genre de geste demandait de la confiance, ce qu'elle n'était pas prête à lui donner, mais il ne lui laissait pas le choix.

Et même s'il exerçait un contrôle total sur elle, elle ressentait la sécurité qu'il lui offrait. Il voulait qu'elle y prenne plaisir parce que ça augmentait le sien. Tout cela était une façon de tester ses limites et de la forcer à ressentir quelque chose. Et pourtant, elle n'arrivait pas à le détester pour cela. Pas quand il avait éveillé une conscience si violente en elle.

Les lèvres de Sethios caressèrent son épaule tandis qu'il poursuivait ses soins mortels plus bas. Il remua en elle avec précaution, profondément, stimulant une série de désirs sombres dont elle ignorait l'existence avant lui.

— Encore, le supplia-t-elle d'une voix rauque.

— Petite friponne, répondit-il contre son cou.

Ses dents perforèrent sa peau, juste au niveau de sa jugulaire, injectant de l'euphorie directement dans son système sanguin. Elle ne savait pas que les Séraphins pouvaient faire ça, ou peut-être que c'était seulement la lignée d'Osiris, mais elle n'avait jamais été aussi contente.

L'adrénaline se mêla à la lubricité, la faisant basculer dans l'oubli. Le nom de Sethios s'échappa de sa bouche alors que les affres du ravissement fusionnaient avec son âme.

J'ai tout abandonné.

Mais la chute en valait tellement la peine.

Ses membres ne la tenaient debout que par la seule volonté de Sethios, car tout son corps avait envie de s'effondrer dans un monceau de bonheur. Mais il prenait son plaisir d'elle, s'enfonçant dans sa chaleur accueillante, jusqu'à ce qu'il éclate dans un grognement qui fit trembler la pièce. L'arme disparut lorsqu'il les fit rouler sur le côté, sa bouche toujours dans le cou de Caro et ses bras entourant son abdomen.

Elle se débattit pour reprendre le contrôle, pour penser plus clairement, mais rien de ce qu'ils venaient de faire n'était raisonnable.

Une série de contrecoups frappa son bas-ventre, lui donnant des frissons jusqu'aux orteils, tandis que Sethios l'embrassait paisiblement dans le cou et murmurait quelque chose d'étrange à ses oreilles. Elle songea qu'il parlait peut-être copte, ou une autre langue ancienne d'avant sa naissance, mais les mots étaient mélodieux.

— Je ne comprends pas, chuchota-t-elle, la gorge endolorie à force de crier.

— Je te garde, dit-il en embrassant à nouveau son cou. Pour l'instant, en tout cas.

Elle cligna des yeux.

— Quoi ?

— Tu as bien entendu.

Il la mit sur le dos et la fixa de ses yeux séduisants.

— Je te garde, Caro.

Il embrassa sa joue et roula hors du lit pendant qu'elle le regardait, bouche bée.

— Vous ne pouvez pas me *garder*.

Une vague de vertige la frappa alors qu'elle essayait de se redresser, la forçant à se rallonger dans son lit. *OK, ça, c'était bizarre.*

— Bien sûr que si, en fait.

Il ouvrit un tiroir tout en parlant.

— Et c'est ce qui va arriver, jusqu'à ce qu'on ait fini.

— Ce n'était pas notre accord.

— Peut-être pas, dit-il en enfilant un short de sport. On peut renégocier pendant le déjeuner.

— Je... Ce n'est pas une négociation.

— Pas encore, non. Mais ça viendra. Dans la salle à manger.

Il lui sourit et ouvrit sa main pour révéler ses couteaux. *Comment ? Où ?*

— Rejoins-moi quand tu pourras, mon ange. Et ne songe même pas à te volatiliser ou à disparaître. Je maîtrise parfaitement la situation.

Il lui fit un clin d'œil et s'éclipsa par la porte de la chambre pendant qu'elle s'efforçait de déterminer la meilleure façon de répondre à tout cela.

Comment combattre une telle absurdité ?

Elle ne pouvait pas demeurer ici, alors qu'elle n'avait pas achevé sa mission. Elle ne voulait pas non plus *rester* avec lui.

Mensonge.

Bon, son corps ne serait pas contre des vacances prolongées, mais son cerveau avait besoin de bien plus que quelques jeux de séduction pour s'épanouir.

Elle se tira du lit et tressaillit lorsqu'elle fut prise d'un nouveau vertige.

Qu'est-ce qui m'arrive ?

Les Séraphins ne souffraient pas de maladie ou d'accès de faiblesse. Mais elle se sentait vraiment mal.

Lui avait-il fait quelque chose pendant son sommeil ? Lui avait-il donné l'ordre de réagir de manière humaine ?

Elle fronça les sourcils. Pouvait-il faire ça ?

Non.

Ce n'était pas tant lui qu'elle – une réaction à l'assaut de sentiments étrangers. Près d'un siècle à vivre dans un silence stoïque l'avait engourdie et avait fabriqué une armure impénétrable autour de son âme angélique.

Mais Sethios l'avait fait craquer et avait forcé la beauté qui sommeillait en elle à émerger.

Elle s'attendait à ce que le regret rejoigne ses autres émotions, mais ce ne fut pas le cas. Au lieu de cela, elle ressentait une étrange poussée de satisfaction et un désir tout aussi fort de donner une leçon à Sethios. Pas par colère ou par vengeance, mais par pur défi.

Il lui avait donné des ordres comme on le ferait avec un enfant, lui avait aussi donné une fessée, puis avait proclamé qu'il la gardait. Eh bien, elle n'était pas un objet qu'on pouvait posséder.

Il semblait avoir besoin d'une leçon, où elle lui rappellerait que les Séraphins n'étaient pas les êtres supérieurs pour rien.

Et pour cela, elle avait besoin de discrétion, de précision et du parfait stratagème.

Oui.

Un dernier jeu avant de partir.

Ensuite, elle achèverait sa mission.

6

DES LIENS DU SANG DÉVASTATEURS

SETHIOS EUT un sourire en voyant les vêtements de Caro sur le sol du salon. Viendrait-elle ici dévêtue pour leur négociation ? Il l'espérait certainement. Et si elle était en colère, ce serait encore mieux.

Un petit combat nu conviendrait parfaitement à son humeur. Les couteaux étaient dans sa poche, juste au cas où elle voudrait à nouveau jouer avec.

Il prit deux grandes tasses dans le placard et mit la cafetière en marche. Les Séraphins devaient sûrement aimer la caféine. Sinon...

Une présence familière lui titilla l'échine, interrompant sa réflexion.

Hmm. Mauvais timing. En temps normal, il aurait été heureux de recevoir la visite de son meilleur ami, mais Sethios préférait narguer son ange en privé. Pour aujourd'hui, en tout cas. Peut-être qu'il inviterait Ezekiel à venir jouer demain.

Ez, murmura-t-il lorsque l'Ichorien se matérialisa à ses côtés. *Je suis en plein...*

— Il arrive.

Une pointe d'urgence soulignait ces mots, amenant Sethios à croiser le regard d'ébène de son ami.

— Qui ? demanda-t-il, curieux.

— Ton père.

Sethios pouffa de rire.

— Je vois.

Osiris n'était jamais venu. Toutes leurs interactions se faisaient seulement par le biais de convocations ou pendant les Conclaves. Sethios sortit une troisième tasse en céramique du placard.

— Je suppose que tu restes pour le café.

Ezekiel prit la tasse et la posa sur le comptoir.

— Skye a prédit la disparition d'Osiris et tu es impliqué, toi et une entité inconnue.

Sethios cligna des yeux en direction de son plus vieil ami.

— Quoi ?

— Il est déjà en chemin. On doit décamper. Tout de suite.

Ezekiel tendit la main vers lui au moment où Caro arriva dans la pièce, portant des vêtements de Sethios.

— Merde.

Son meilleur ami sortit un couteau et le lança sans sourciller. Le métal scintilla dans la lumière du soleil de début d'après-midi qui filtrait par les fenêtres, tandis que le fil tranchant se dirigeait vers la tête de Caro.

Sethios ne réfléchit pas. Il réagit juste.

Volatilise-toi jusqu'à moi. L'ordre la frappa plus vite que la lame, la forçant à se déplacer à ses côtés. Caro se heurta à lui et il la retint avec son bras.

Ezekiel les regarda bouche bée, les sourcils haussés.

— Eh bien, bonjour, l'entité inconnue.

Ces yeux mouchetés d'or rayonnaient d'admiration.

— Un Séraphin ?

—Jolie, non ?

L'amusement effleura Sethios lorsque Caro grogna à cause de son ton.

— Et s'il te plaît, ne la tue pas, Ez. Je n'ai pas fini de jouer.

Il lui ordonna mentalement de rester immobile avant qu'elle ne puisse réagir, puis sourit quand elle lui lança un regard furieux.

— Tu peux parler, ma chérie, la railla-t-il.

En fait, je t'y encourage.

Ezekiel secoua la tête comme s'il se réveillait d'un envoûtement.

— Nous n'avons pas le temps pour ça. Tu dois te sauver. Tout de suite.

Sethios eut un sourire narquois.

— À cause d'une prophétie.

Il avait subi la fureur de son père plus d'une fois et avait survécu. Ce ne serait pas différent. Cela dit, il devait d'abord renvoyer Caro chez elle ou la forcer à disparaître. Il n'était pas encore prêt à la perdre.

— Quelle prophétie ? demanda Caro. Et quel voyant l'a délivrée ?

— Skye. Elle a prédit la mort d'Osiris de la main de son fils et de quelqu'un sans visage.

—Je ne connais pas de « Skye », dit-elle en fronçant les sourcils.

— Rien d'étonnant à ça, dit Ezekiel. Je risque ma vie en me trouvant ici, Sethios. Soit tu viens avec moi, soit tu acceptes ton sort, mais je ne vais pas attendre qu'Osiris sente ma présence chez toi.

Il tendit la main en fronçant les sourcils.

— Décide-toi.

Sethios réfléchit un instant et haussa les épaules.

— J'apprécie l'avertissement, Ez. Mais je vais m'en occuper.

C'était ce qu'il faisait toujours, d'une manière ou d'une autre. De plus, il avait aussi un Séraphin à sa disposition. Elle pouvait faire en sorte qu'ils se volatilisent pour les emmener n'importe où dans le monde, ou même dans la dimension angélique. Un mécanisme d'évasion parfait.

Ezekiel secoua la tête, la tristesse se dégageant de lui.

— Tu as toujours été aussi têtu qu'un âne.

— C'est l'hôpital que se fout de la charité.

— Bien vu, murmura son meilleur ami. Mais accorde-moi une faveur.

— Bien sûr.

Il ferait son possible, en tout cas.

— Reste en vie. Tu es l'un des rares êtres vivants que j'arrive à tolérer.

Ezekiel disparut avec ces mots solennels.

Sethios sourit.

— Pareil, mon vieux pote. Pareil.

De l'énergie flotta vers lui, la seule indication qu'Ezekiel l'avait entendu, puis l'essence de son ami s'évanouit.

— Hmm.

Sethios se servit une tasse de café fraîchement préparé, puis une autre pour Caro.

— Dis-moi ce que tu as prévu pour Osiris.

Il introduisit la contrainte dans ses paroles, ne lui laissant pas d'autre choix que d'obéir.

— Transmettre le message du Conseil supérieur des Séraphins.

— Et que comptes-tu faire après ça ?

— Vous tuer, répondit-elle simplement.

Il sourit.

— Bon, cette menace ne concerne pas mon père. Il se

peut qu'il soit déçu, mais je ne pense pas qu'il prenne ça pour sa propre mort.

Sethios évalua la tenue qu'elle avait choisie, chemise blanche et caleçon.

— J'approuve, mon ange.

— Que je vous tue ?

— Que tu essayes, la corrigea-t-il. Surtout dans mes vêtements.

— Les miens n'étaient pas dans la chambre et c'était la seule option pratique.

— Comme je l'ai dit, j'approuve.

Il était sur le point de lui accorder la permission de bouger quand les poils de ses bras se hérissèrent.

— Bon, eh bien.

Sethios n'avait pas vraiment douté d'Ezekiel, mais s'était plutôt interrogé sur la plausibilité de l'affirmation de son ami. Osiris ne venait jamais en ville sans raison, ce qui indiquait qu'il avait pris cette prophétie beaucoup trop au sérieux.

Ça va être amusant.

Ou ça va faire mal.

Peut-être les deux.

Il appuya sa hanche contre le comptoir et prit sa tasse de café, offrant l'image de la nonchalance même.

Caro se tenait à côté de lui, les poings serrés.

— Libérez-moi.

Elle n'avait visiblement pas senti l'imminence du destin tragique qui les attendait tous les deux.

— Je ne pense pas que ce serait sage, murmura Sethios.

En fait...

— Ne parle pas, ne te volatilise pas, ne bouge pas sans ma permission.

Son ton ne laissait aucune place à la flexibilité ou à la négociation.

La fureur se dégageait d'elle, ce qu'il aurait trouvé amusant en d'autres circonstances.

— C'est pour te protéger, mon ange.

Et lui aussi, d'ailleurs.

— Si je prends ta main et t'appelle « mon amour », alors fais-nous disparaître à Paris.

Il souffla sur son café avant d'en boire une gorgée. La pauvre Caro devrait attendre pour déguster la sienne. Il ne lui faisait pas confiance, au cas où elle voudrait lui envoyer le liquide brûlant au visage.

Cinq.

Quatre.

Trois.

Deux.

Toc, toc.

Sethios posa sa tasse et se rendit dans le hall de son appartement.

— Père, le salua-t-il en ouvrant la porte. Quelle surprise !

Cette dernière remarque était dirigée vers les deux sous-fifres ichoriens dans le couloir. Leurs noms lui échappaient. Non pas que ça ait un quelconque intérêt, ils étaient sans importance de toute façon.

— Vraiment ? demanda son père.

Son regard fouilla l'appartement par-dessus l'épaule de Sethios, presque comme s'il pouvait sentir l'énergie d'Ezekiel. C'était possible. Et si c'était le cas, il l'imputerait à une vieille essence. Leur étroite amitié n'était pas un secret.

Sethios haussa les épaules et revint dans la cuisine pour prendre son café. C'était à la fois une distraction et un moyen de se rapprocher de son issue de secours, s'il en avait besoin.

— Que me vaut ce plaisir ? demanda Sethios, les traits figés dans une expression indifférente.

Son père regarda Caro avec intérêt, tout comme les deux sous-fifres derrière lui.

— C'est la fille d'hier soir ?

— Oui.

— Elle est toujours en vie ?

Ce n'était pas une question, mais plutôt une affirmation surprise.

Sethios haussa une épaule.

— Elle m'amuse. Pour l'instant.

Une vérité qui n'avait pas besoin d'être expliquée.

— Je sais à quel point tu détestes la ville. Alors pourquoi es-tu ici ?

— Droit au but, comme toujours.

Le regard de son père n'avait pas quitté Caro.

— Permets-lui de parler.

— Tu souhaites qu'elle se mette à crier ? demanda Sethios en souriant. C'est un beau son, mais je préfère d'abord finir mon café.

— Ce n'était pas une demande.

Non. Ça ne l'était certainement pas.

— Dis-moi pourquoi tu es venu, dit Sethios en posant son café. Ce n'est pas pour elle.

— Ai-je besoin d'une raison pour rendre visite à mon unique progéniture ?

— Oui.

Son père détourna finalement son regard de Caro et le reporta sur son fils.

— Tu caches quelque chose.

— Toujours.

Ça ne servait à rien de le nier.

— Mais ce n'est pas pour ça que tu es là.

— Non.

Son père se rapprocha et reporta son attention sur Caro.

— Il y a quelque chose de familier chez vous.

Elle ne parla pas, ne bougea pas, ne cligna même pas des yeux.

C'est bien, mon ange.

— Parce que tu l'as déjà rencontrée, lui rappela Sethios en feignant l'ennui. Arrête de faire ton cirque et dis-moi pourquoi tu es là.

— Skye a eu une vision ce matin, une vision inquiétante. Mais tu le sais déjà, n'est-ce pas ?

Les anciens yeux verts se posèrent sur lui.

— Je peux sentir la récente présence d'Ezekiel. Nous discuterons de cela plus tard.

Les sourcils de Sethios se froncèrent.

— La présence d'Ezekiel est un élément constant dans cet appartement, père. Contrairement à la tienne. Et quelle vision a eu ton précieux jouet pour te faire réagir de façon étrange ?

— Dépose tes armes, exigea plutôt son père. Sur le champ.

Donc, c'est comme ça qu'on va la jouer.

— Je vois.

N'ayant pas le choix, Sethios posa les couteaux de Caro sur le comptoir.

— J'allais les utiliser sur elle, au cas où tu te posais la question.

— Agenouille-toi, vint le commandement suivant.

Bien. Il n'y aurait donc ni débat ni discussion, juste une réaction rapide face à un avenir potentiel.

— Vu ton comportement, je suppose que cette prophétie me dépeint moi, ton fils, comme une sorte de menace, dit-il en tombant à genoux sous la persuasion. Et nous n'allons pas en discuter.

C'étaient des affirmations, pas des questions, car le comportement de son père lui fournissait déjà les réponses.

Sethios avait espéré éviter cela pendant au moins quelques siècles encore, mais il semblait que son père ne soit pas du même avis. Peut-être s'était-il rendu compte de la puissance de son fils et cherchait-il une excuse pour le faire tomber.

Ou peut-être que son père s'ennuyait et avait besoin d'un nouveau défi.

Ou bien la prophétie se réalisera d'elle-même et je causerai, en effet, l'éventuelle perte d'Osiris.

Peu importait l'explication, Ezekiel avait apparemment eu raison de suggérer à Sethios de s'enfuir.

Il n'avait pas la possibilité de raisonner avec son père. Il s'en était douté, mais il devait d'abord le constater par lui-même.

Heureusement qu'il avait déjà plusieurs plans de secours pour ce scénario.

— Je suis déçu de voir que tu fais confiance à une voyante plutôt qu'à ton propre sang, ajouta Sethios sur un ton neutre.

Il était inutile de faire passer une quelconque émotion. Cela n'aiderait ni ne réglerait le problème en question.

— Ses visions se confirment toujours.

Son père n'avait pas l'air de s'excuser ni de s'inquiéter.

— Nous verrons comment sa prophétie évolue une fois que je t'aurai enfermé à perpétuité.

— Ça paraît aussi sinistre qu'impossible, murmura Sethios.

Surtout parce que je ne vais pas me plier à tes conneries.

— Tu vois, grâce à quelques ordres, tu as transformé ta conquête en animal de compagnie. Je suis plus que capable de te faire la même chose.

— Je vois.

Donc, on en est arrivés là.

— Et moi qui pensais qu'on pourrait en discuter de manière civilisée, mais au lieu de ça, tu veux faire de moi une marionnette.

— Ça pourrait être temporaire.

Ça m'étonnerait.

— Tu as toujours voulu me contrôler.

Une chose qu'il avait reconnue il y a des millénaires.

— Je suis surpris que ça t'ait pris si longtemps pour essayer.

— Qui te dit que je n'ai pas déjà réussi ?

Un rictus odieux se dessina sur la bouche de son père, ce qui provoqua des remous dans l'estomac de Sethios. Il reconnaissait ce regard. Il se produisait à chaque Conclave, juste avant que son créateur ne s'adonne à son penchant pour la torture.

Ce destin était toujours inévitable.

Les liens du sang importaient peu pour la plupart des êtres anciens. Les personnes ayant dépassé un certain âge ne possédaient aucun remords ou humanité, sauf dans des circonstances uniques.

Pour eux, le lien père-fils n'avait jamais vraiment existé. Sethios était un outil à utiliser, pas un fils ou un descendant.

Il n'y aurait ni pitié ni clémence, surtout si Osiris pensait que son héritier était une menace. Et c'était apparemment le cas, grâce à la prédiction d'une voyante.

C'était un miracle qu'il ait fallu à celle-ci autant de temps pour prédire un tel avenir.

Parce que si quelqu'un pouvait supplanter Osiris, c'était bien son fils.

Mais pas aujourd'hui.

— Je suppose qu'il ne reste qu'une seule chose à faire,

dit Sethios en prenant la main de Caro. Il tourna son regard vers le sien.

— N'est-ce pas, mon amour ?

Sa contrainte se déclencha, lui serrant les tripes alors que le monde changeait autour de lui.

La capacité d'Ezekiel à traquer n'avait rien à voir avec l'évaporation. Des éclairs de couleur l'aveuglèrent quasiment, les teintes étant assorties aux ailes bleues et blanches de Caro. Quand les bras de celle-ci l'attrapèrent par le cou, il enroula les siens autour de sa taille et ils tourbillonnèrent dans un tunnel de son et de lumière inconnu qui lui fit presque perdre conscience.

Puis il se retrouva au milieu d'une ruelle parisienne, le dos collé à un mur de briques et un ange écumant de fureur devant lui.

7

LIGNÉES FAMILIALES

— ESPÈCE DE SALAUD ! dit-elle en le giflant deux fois. Maintenant, je dois à nouveau me volatiliser vers ton appartement pour lui parler. Et il sera probablement déjà parti. Au moins, je récupérerai mes couteaux.

— Ne te volatilise pas, réussit à dire Sethios avant qu'elle ne disparaisse.

Il mit toute son énergie dans ce seul ordre, la forçant à rester. La garder en vie pour l'instant leur était salutaire à tous les deux.

Elle lui donna un coup de poing, ce qui le fit tomber à terre en un fatras qui ne lui ressemblait pas. Merde. Ce truc de téléportation lui avait pompé beaucoup d'énergie.

Il secoua la tête pour chasser le bourdonnement de ses oreilles, tout en réaffirmant son emprise persuasive. Elle tomba à genoux à côté de lui en poussant un cri aigu alors qu'il la forçait à se baisser et la maintenait là. Il la garderait comme ça jusqu'à ce qu'il puisse à nouveau respirer correctement.

Des menaces lui parvinrent à l'oreille alors qu'elle énumérait toutes les façons ingénieuses dont elle comptait l'émasculer une fois qu'elle aurait retrouvé ses armes. Ses lèvres se retroussèrent malgré la gêne qu'il ressentait dans tout son corps.

Note à moi-même : Je n'aime pas me volatiliser.

Le don d'Ezekiel rendait le monde noir et, en un clin d'œil, un nouveau décor se matérialisait.

Le moyen de transport de Caro l'avait rendu malade et désorienté. Comme si c'était mal de voyager avec elle. Pas étonnant que son père ait rejeté cette partie de sa nature.

Sethios secoua la tête pour s'éclaircir les idées.

Ils devaient se mettre en route. Son créateur ferait appel à Ezekiel pour les traquer. Ce n'était qu'une question de temps avant que son meilleur ami ne le localise et ne le signale à Osiris.

Sethios aimait sa capacité à contraindre, mais détestait qu'elle puisse être utilisée aussi facilement contre lui-même.

Il se força à se mettre debout, ses jambes tremblant sous l'effort. Ils avaient besoin d'argent, de vêtements et d'un moyen de transport. De préférence dans cet ordre.

Et il avait besoin de la participation de Caro, ce qu'elle n'accorderait pas de son plein gré, si l'on en croyait ses menaces continues.

La contraindre demandait de l'énergie et il avait besoin de toutes ses forces s'ils voulaient survivre. Il n'avait d'autre choix que de la convaincre de collaborer avec lui ou de l'abandonner.

— Si tu retournes à lui...

Sethios fit une pause pour s'éclaircir la voix. À l'entendre, il n'avait pas l'air d'être dans son assiette.

— Il va t'anéantir.

— Je n'ai pas peur de lui.

Sethios douta sérieusement de son intelligence à ce moment-là.

— Tu devrais. Je peux te contrôler, mon ange. Ce qui veut dire qu'il le peut aussi et, contrairement à moi, ce ne sera pas seulement pour te baiser.

Elle le regarda de travers.

— Il ne peut pas me faire de mal.

— Qu'est-ce qui te rend si sûre de ça ?

— Je suis un messager du Conseil supérieur des Séraphins. Me faire du mal revient à une condamnation à mort immédiate.

Sethios sourit, même si cela manquait d'humour.

— Cela ne fera pas peur à Osiris. Demande à ton Conseil ce qui est arrivé au dernier messager qu'ils ont envoyé ici avec un édit.

Son père ne se souciait aucunement des répercussions et il ne craignait certainement pas les êtres qui l'avaient chassé.

Elle fronça les sourcils.

— Je suis la première à avoir été chargée de cette mission.

Il secoua la tête.

— Non, mon ange. Ce n'est pas vrai. Le même avertissement a été donné il y a plus de trois siècles. Et tu sais ce que je pense ?

Il ne lui laissa pas l'occasion de réfuter ce qu'il venait de dire.

— Je pense que le fait qu'Osiris te fasse du mal, c'est précisément ce que ton Conseil espère obtenir pour pouvoir intervenir ici.

Cela semblait assez logique à Sethios. Envoyer un joli petit Séraphin pour délivrer un message, puis se venger quand il serait torturé et mutilé. Cela dit, selon cette même théorie, ils auraient dû réagir dès la première fois.

Ses lèvres se pincèrent tandis que des tas de possibilités apparaissaient devant ses yeux.

— Vous êtes certain qu'ils ont envoyé quelqu'un il y a trois siècles ?

— À quelques décennies près, répondit Sethios en haussant les épaules. Le temps n'a pas d'importance, mais un messager est arrivé avec un message similaire que mon père n'a pas apprécié. Après avoir passé un temps fou à torturer le Séraphin qui osait lui dicter sa conduite, il a découpé l'homme encore vivant et l'a vraisemblablement renvoyé à l'expéditeur. À moins qu'il n'ait peut-être enterré le pauvre bougre dans un trou quelque part. Je ne suis pas resté dans les parages pour le savoir.

Le seul moyen de mettre un Séraphin hors d'état de nuire, c'était de l'enterrer, ce que son père lui avait appris ce jour-là. Il avait creusé un trou dans le sol et avait contraint l'être angélique à s'y introduire. La terreur de celui-ci avait été palpable, même s'il avait obéi. Sethios en aurait eu des cauchemars s'il n'était pas déjà bien habitué aux frasques de son créateur.

— Fais-moi confiance, mon ange. Tu ne veux pas transmettre ce message.

— Pourquoi devrais-je vous faire confiance ? demanda-t-elle avec insistance, en jetant un regard acéré à sa position toujours agenouillée.

— Tu ne devrais pas.

Il la libéra de sa contrainte, sauf pour l'évaporation. Elle sauta immédiatement sur ses pieds et s'éloigna de quelques pas.

Il se passa la main dans les cheveux et soupira.

— Écoute, je ne vais pas te forcer à demeurer ici. Rester en vie est plus important pour moi que de m'inquiéter de ce que tu vas faire. Mais je peux te promettre que ça ne va pas bien finir pour toi si tu lui transmets le décret.

Il frotta son torse nu et jeta un coup d'œil au nom de la

ruelle. Il ne le reconnut pas, ce qui signifiait donc qu'il n'était pas dans le quartier de son appartement. Il allait devoir la contraindre à faire en sorte qu'ils se volatilisent une dernière fois, sauf s'il pouvait la convaincre de coopérer.

— Tu n'as pas un peu envie de savoir pourquoi on est tous les deux liés à une prophétie ? demanda-t-il, en pensant à haute voix. Je ne crois pas aux coïncidences et, comme tu es le seul changement récent dans ma vie, tout est lié d'une manière ou d'une autre.

— Parlez-moi de votre prophétesse.

— Skye ? Elle est l'un des biens les plus précieux de mon père, et elle n'a jamais tort.

Les sourcils de Caro se relevèrent.

— Alors vous voulez tuer Osiris ?

— Anéantir serait plus exact.

Sethios n'éprouvait pas d'amour pour son créateur.

— Mais il vous a créé.

— Et il vient aussi de menacer de me transformer en marionnette ambulante, souligna-t-il. Je ne lui suis utile que lorsque je suis obéissant. Et apparemment, selon la voyante, je ne suis plus capable d'obéir. Ou du moins, je suis sur le point de le trahir. Et si l'on en croit Ezekiel, tu es la raison de ma prochaine trahison. Je meurs d'envie de savoir pourquoi, mon ange. Une idée sur la question ?

Elle secoua lentement la tête.

—Je vous ai dit mon but. Je suis un simple messager.

— Hmm.

Il passa son pouce sur sa lèvre inférieure alors que les souvenirs de la nuit dernière défilaient derrière ses yeux.

— Je pense que tu es bien plus que ça. La question, c'est : quoi d'autre ?

Caro fronça les sourcils.

— Et vous avez l'intention de le découvrir ?

— Oui. Entre autres choses. Mais je ne pourrai pas faire de recherches si Osiris nous trouve ici.

Elle passa sa langue sur ses lèvres et redressa sa colonne vertébrale.

— Il ne pourra pas nous suivre.

— C'est vrai, mais il se servira d'Ezekiel. Il traque ses proies par le sang et il a goûté au mien.

Sur l'ordre du père de Sethios.

Caro lui adressa un sourire dérobé, qui semblait presque narquois.

— Tout comme vous avez goûté au mien.

Un commentaire étrange, surtout lorsqu'il était accompagné par ce sourire.

— Pas dans les mêmes circonstances, mais oui.

— Non, ce n'est pas ce que je veux dire. Mon sang vous accorde une immunité temporaire contre toute détection.

Il la fixa du regard.

— Je vais avoir besoin de plus d'explications.

— Le Conseil m'a envoyée parce que je ne peux pas être identifiée. C'est pourquoi Osiris ne m'a pas reconnue comme un Séraphin.

Elle parlait comme si son explication devait lui paraître évidente.

— Mais je t'ai identifiée sur le champ.

Elle eut un grognement impatient.

— Vous l'avez su seulement parce que vous m'avez *vue*. La lignée de mes ancêtres constitue le cœur de la dissimulation des auras. Je pourrais être n'importe qui et tant que mon essence coule dans vos veines, personne ne peut nous identifier.

Merde alors !

Comme s'il avait besoin d'une autre excuse pour la mordre. Caro le narguait déjà assez, avec toute cette peau crémeuse exposée et son aura angélique. Le fait de savoir qu'elle pouvait également lui fournir une protection infinie par un simple prélèvement de son sang lui prouvait qu'elle lui était indispensable.

Sethios n'avait plus d'autre choix que de vraiment la garder. Parce qu'elle lui fournissait une échappatoire qu'il n'aurait jamais crue possible.

La rendre docile serait un avantage, mais il ne considérait plus ça comme une condition.

— Combien de temps ça dure ? demanda-t-il.

— Comme vous êtes le premier à vous être abreuvé de mon sang, je n'en ai aucune idée.

Hmm, ça n'était pas la réponse qu'il attendait.

— Si je suis le premier, comment sais-tu que ton essence me rendra non identifiable ?

Elle haussa les épaules.

— C'est ce à quoi on s'attend. Les dons des Séraphins se développent au sein de leur lignée et, bien que certaines lignées soient plus puissantes que d'autres, cela fonctionne relativement de la même manière. Prenez la vôtre, par exemple. En donnant le sang d'Osiris aux mortels, on leur accorde le don de la vie ou, je suppose, de la résurrection. C'est ainsi qu'il a pu créer une armée d'abominations immortelles.

La répugnance teintait sa voix, indiquant à Sethios un accès potentiellement exploitable. Elle avait signalé son dégoût à plusieurs reprises, y compris sa désapprobation au sujet de la vie de Sethios, mais ils pourraient débattre de ça plus tard.

— Tu n'approuves pas les frasques de mon père.

Ce n'était pas une question.

Elle s'esclaffa.

— Peu importe à mes supérieurs que j'approuve ou non.

— Ils n'ont pas l'intention de l'arrêter ?

Cette hypothèse allait à l'encontre de sa théorie précédente sur le véritable but de Caro ici : susciter une raison d'intervenir.

— S'ils ont l'intention de punir ses actions, ce ne sera pas de sitôt.

La voix de Caro s'assombrit juste assez pour appuyer ses sentiments sur le sujet.

— Et pourtant, la prophétie dit que je causerai sa perte, avec l'aide d'une entité inconnue. Vraisemblablement, *toi*, insista-t-il en haussant un sourcil. Ça ne t'intrigue pas le moins du monde ?

Elle se mordit la joue, en réfléchissant.

— Cette prophétie, quels en étaient les termes exacts ?

— Ezekiel ne me l'a pas répétée mot pour mot, mais j'ai l'intention de lui demander dès que j'en aurai l'occasion.

Ce qui allait se révéler délicat vu l'implication du père de Sethios.

— Que dirais-tu qu'on travaille ensemble jusqu'à ce qu'on en sache plus ?

Il la garderait, quelle que soit sa réponse, mais il devait d'abord essayer cette approche.

Caro plissa ses yeux.

— Vous voulez mon sang pour pouvoir rester anonyme.

Lui mentir ne lui apportait rien.

— Oui.

Son regard furieux s'atténua légèrement devant son honnêteté.

— Et qu'est-ce que j'obtiens en retour ?

— Potentiellement, l'opportunité d'anéantir Osiris.

Une chose dont elle semblait avoir envie.

— Les Séraphins ne meurent pas.

Elle était toujours si pragmatique.

— C'est vrai, mais il peut être neutralisé. Comme je l'ai dit plus tôt, je l'ai vu faire à d'autres de ton espèce.

Un rappel supplémentaire que courir après le père de Sethios n'était pas la plus brillante des idées.

—Je dis qu'il faut en apprendre plus sur la prophétie et aviser à partir de là. En attendant, je vais avoir besoin de plus de ton sang.

— Et si je ne souhaite pas vous le donner ? rétorqua-t-elle, un sourcil levé.

Il sourit, adorant sa provocation.

— Nous savons tous les deux que ce n'était pas une demande.

Il se rapprocha d'elle et la repoussa contre le mur.

— Tout comme nous savons tous les deux que ça ne te dérangera pas.

Elle lui lança un regard furieux.

— Ça me dérange.

— Ah oui ?

Il attrapa ses hanches pour la maintenir en place au moment où elle essaya de se décaler de lui.

— Parce que plus tôt, tes gémissements suggéraient le contraire.

— Ce...

Elle s'interrompit quand les lèvres de Sethios effleurèrent sa gorge.

Il déplaça sa cuisse juste à temps pour bloquer le coup de genou qu'elle voulut lui donner entre les jambes.

Il gloussa sombrement contre son cou.

— Coquine.

Elle essaya encore de lui donner un coup de pied. Il la souleva du sol et utilisa ses cuisses pour plaquer les siennes contre le mur, puis attrapa ses mains avant qu'elle ne puisse le frapper.

— Ces préliminaires m'excitent, mon ange.

Il plaqua ses poignets contre la surface dure de chaque côté de sa tête et aligna son torse avec le sien.

— J'espère vraiment que tu as raison, à propos de ton sang, parce que je m'apprête à perdre un temps fou à essayer de te convaincre de travailler avec moi.

Il fit passer sa langue sur les veines de son cou et le léger halètement de Caro le fit sourire.

La contraindre aurait été plus facile, mais il préférait le défi à la facilité.

De plus, son temps sur Terre pouvait être limité. Autant s'amuser un peu.

Il l'embrassa langoureusement sous l'oreille avant de lui mordiller le lobe.

— Tu trembles, Caro.

Et ce n'était certainement pas à cause de la colère.

— Dis-moi pourquoi.

Elle serra des poings entre ses mains tandis que ses cuisses se contractaient. Ce n'était pas la réaction d'une femme qui essayait de se battre contre lui, mais d'une femme qui cherchait délibérément les frictions. Qu'elle le réalise ou non, son corps appréciait ses attentions.

— Vous voulez mon sang et mon obéissance, conjectura-t-elle sur un ton admirablement neutre. Qu'est-ce que j'y gagne ?

— Une opportunité, répondit-il doucement. Ça t'agace que ton Conseil n'ait pas encore arrêté Osiris et, ensemble, on pourrait le faire tomber.

— Quoi d'autre ? demanda-t-elle.

— Une expérience.

Il fit glisser ses dents le long de sa peau sensible, provoquant la chair de poule sur tout son cou.

— Parce que j'ai réveillé en toi une envie qui en demande plus.

Ce n'était pas de l'arrogance, mais la vérité. Elle pouvait le nier autant qu'elle le voulait, mais son corps donnait raison à Sethios, surtout lorsqu'elle tentait de se cambrer contre lui.

— Vous êtes... ce...

Elle se racla la gorge.

— Je souhaite toujours vous tuer.

— C'est en partie ce qui rend la chose si amusante, murmura-t-il sombrement. La luxure mêlée à une potentielle menace est toujours enivrante.

Il effleura les veines de son cou.

— Travaille avec moi, Caro. Aide-moi à détruire Osiris. Entre ta capacité à masquer notre présence et mes connaissances sur son véritable pouvoir, on pourrait former une redoutable équipe.

Il avait songé à éliminer son créateur plusieurs fois, mais jamais au point de comploter. Et maintenant que Skye avait envisagé cette possibilité, il ne voyait plus aucune raison de se retenir.

Ce qui soulevait une autre question : la prophétie s'autoréaliserait-elle ?

Sethios n'avait été poussé dans ses retranchements que parce que son père s'était présenté à sa porte, prêt à lui faire du mal. S'il n'avait pas réagi, Sethios aurait probablement fini de jouer avec Caro et l'aurait renvoyée sur son bonhomme de chemin.

Skye réalisait-elle qu'elle avait mis le feu aux poudres en parlant de sa vision à Osiris ?

Tant de possibilités.

— Accepte, mon ange.

Ses lèvres effleurèrent sa joue pour s'arrêter près des siennes.

— S'il te plaît.

Ce mot avait un goût amer dans sa bouche, mais il

souhaitait sa coopération. Au moins, cela lui donnerait un accès complet à ses propres facultés et lui éviterait de forcer un Séraphin réticent à se plier à tous ses désirs, ce qui l'épuiserait.

Et oui, peut-être qu'une petite partie de lui espérait qu'elle serait d'accord. Juste pour qu'ils puissent s'amuser un peu plus ensemble. Ce n'était pas tous les jours qu'il rencontrait une femme capable de survivre à ses penchants au lit.

— Nous avons besoin des termes précis de la prophétie pour en déchiffrer le vrai sens.

Sa nature pragmatique se noyait dans l'essoufflement de sa voix, ce qui le fit sourire. Il avait déjà gagné.

— Ensuite, nous pourrons décider de ce que nous faisons.

— Donc tu acceptes de m'aider ?

Il formula cela comme une question, même s'il connaissait déjà sa réponse.

— Pour l'instant.

Le regard saphir de Caro soutint le sien.

— Et je n'accepte de partager mon sang que pour nous dissimuler jusqu'à ce que nous déterminions les prochaines étapes.

Il sourit contre ses lèvres.

— OK, mon ange.

Si tu le dis.

Il la relâcha et fit un pas en arrière.

Elle atterrit sur ses pieds avec adresse et ses mains retombèrent contre ses flancs.

— Je veux aussi récupérer mes couteaux.

— Hmm, ça pourrait être un problème.

Parce qu'ils sont restés dans l'appartement où nous ne pouvons plus jamais retourner.

— Mais je peux t'en procurer de nouveaux, proposa-t-il.

Elle pinça les lèvres pendant qu'elle réfléchissait.

— Seront-ils de qualité similaire ?

— De meilleure qualité, promit-il sincèrement.

Il n'accepterait jamais de jouer avec des jouets émoussés ou dénués d'intérêt. Seulement le meilleur.

Elle hocha la tête lentement, faisant cligner ses yeux bleus.

— Très bien.

— Excellent. Maintenant, je souhaiterais que tu nous transportes de l'autre côté de la ville.

Il lui donna l'adresse.

— J'ai là-bas un appartement qu'Osiris ne connaît pas.

Il en possédait en fait plusieurs dans le monde entier.

— Nous pourrons nous y doucher, nous changer et manger. Et travailler sur notre plan.

Elle tendit la main.

— J'accepte.

— Excellent.

Sethios songea qu'elle voulait ratifier leur accord par une poignée de main, mais lorsqu'il pressa sa paume contre la sienne, le monde se transforma en un tunnel de plumes bleues. Apparemment, c'était sa façon de confirmer son adhésion.

Sauf que le petit sourire qu'elle lui lança à la fin disait plutôt qu'elle l'avait fait exprès. Sa propre vengeance.

Donc, c'était comme ça qu'elle voulait la jouer.

OK.

— On va s'amuser, mon ange, dit-il dans un râle, essoufflé par leur courte traversée de Paris.

Dès que sa tête s'arrêterait de tourner, il commencerait l'un de ses propres jeux. Un jeu où elle finirait par supplier Sethios de la baiser. Il commencerait par lui donner de l'espace, la laissant dans l'attente constante qu'il fasse un geste vers elle. Puis, quand elle baisserait sa garde, il la taquinerait jusqu'à ce qu'elle n'en puisse plus et alors seulement, il céderait à son désir.

Et il en apprécierait chaque minute.

8

ET MAINTENANT ?

CARO MANGEAIT LENTEMENT le sandwich que Sethios lui avait procuré. Il était vraiment bon, mais elle avait perdu l'appétit depuis quelque temps.

Ce qu'il lui avait dit quant aux motifs de son Conseil pour lui assigner cette mission ne cessait de la tarauder. La logique de son évaluation ne pouvait être ignorée.

Si une première personne avait déjà tenté d'exécuter cette tâche, pourquoi envoyer quelqu'un d'autre ?

Voulaient-ils provoquer une intervention ?

Torturer un Séraphin était strictement prohibé. Son espèce considérait que c'était encore plus grave que de partager du sang avec les humains. Si ses supérieurs voulaient une raison valable d'anéantir Osiris, alors l'utiliser comme instigatrice semblait rationnel. Elle envisagerait la même chose, sauf pour ce qui était de se soumettre à une douleur sans nom.

Caro frissonna en mordant une nouvelle fois dans son sandwich.

Peut-être n'avaient-ils aucune idée de la façon dont il avait traité le Séraphin précédent. Elle n'avait jamais entendu parler d'une autre personne chargée d'une mission similaire, mais elle n'était pas au courant des détails. Seuls les membres du Conseil avaient accès à ces informations.

Sethios leur resservit du vin et la regarda d'un air interrogateur. Ça faisait une heure qu'il faisait ça sans dire un mot. Ça lui allait. S'il voulait perdre son temps à la fixer du regard, alors elle lui rendrait la pareille. Il n'avait pas encore passé de chemise, même après avoir pris une douche et enfilé un jean. Et bien que cela ne serve à rien, cela ne la dérangeait pas d'admirer son corps.

C'était assez agréable. Surtout la façon dont il l'utilisait quand il la touchait.

Ses lèvres tressaillirent à la pensée défendue. Se délecter des plaisirs de la chair était tellement humain et pourtant, c'était vivifiant. La façon dont il la faisait se sentir... vivante... était différente de tout ce qu'elle avait connu jusqu'à présent.

Ce qui signifiait qu'une petite partie d'elle avait accepté cette folie à cause de l'accès au luxe qu'il lui offrait. Elle aimait ça et il avait eu raison de dire qu'elle en voulait plus.

— Hmm, murmura-t-il, ses yeux dansant sur elle. Garde cette pensée en tête. Nous devons élaborer une stratégie.

— Quelle pensée ? demanda-t-elle, en clignant des yeux innocemment.

Sethios pinça le coin de ses lèvres.

— Tu peux la garder pour toi pour l'instant, mon ange, mais je connais trop bien ce regard. Et oui, nous nous occuperons l'un de l'autre plus tard.

Il but une gorgée de son vin et le reposa sur la table à côté de lui avant d'étirer ses bras au-dessus de sa tête. Ses muscles se contractèrent et remuèrent, attirant le regard de Caro sur son abdomen et plus bas. Elle voulait le goûter.

— Nous devons savoir ce que Skye a prédit, dit-il en baissant les bras. Et malheureusement, tous les moyens que je pourrais utiliser pour contacter Ezekiel à ce sujet seront traqués par Osiris. Il a une troublante capacité à persuader ceux qui l'entourent sans qu'ils s'en rendent compte et il a sans doute déjà tissé plusieurs contraintes chez mon meilleur ami.

— Alors, nous avons besoin de quelque chose auquel Osiris n'a pas pensé, répondit Caro. Ou plutôt, de quelqu'un.

Sethios fronça les sourcils.

— Tu as une idée en tête ?

— Oui.

Elle y avait pensé plus tôt quand il avait mentionné les plans du Conseil, et elle avait déjà lancé ses protocoles.

— Mon fils.

Les sourcils de Sethios remontèrent très haut sur son front.

— Ton fils ?

Cela semblait assez logique à Caro.

— Il est de ma lignée, ce qui le rend indétectable, et c'est un guerrier. Cette tâche sera simple pour un être de son héritage.

Elle avait également l'intention de lui demander son avis sur les motivations de ses supérieurs. En tant que fils d'Adriel, il se pourrait qu'il en sache plus que Caro.

— Un guerrier, qu'est-ce que ça veut dire ?

Elle le regarda fixement.

— La lignée d'Adriel.

L'expression de Sethios suggérait qu'il ne comprenait toujours pas.

— Chaque Séraphin possède un don unique. Je suis une descendante de la lignée des dissimulateurs. C'est pourquoi je suis le parfait messager, mon aura étant indétectable. Adriel est le fondateur de la lignée des guerriers, tout comme votre père est le Séraphin de la vie et de la résurrection. Vous ne connaissez pas ces arbres généalogiques ?

Il secoua lentement la tête.

— Durant ces trois mille ans, Osiris n'a jamais parlé de son héritage. J'ai compris qu'il avait utilisé son sang pour créer les Ichoriens, qui créèrent à leur tour les Hydraiens, mais il n'a jamais rien dit au sujet des arbres généalogiques ou de son titre.

— C'est un titre ancien qu'il ne possède plus depuis plusieurs milliers d'années en raison de son exil. L'incapacité de continuer sa lignée faisait partie de sa punition, ce qui n'a clairement pas été respecté, puisque vous existez. Vous n'êtes peut-être pas un pur Séraphin, mais vos dons sont impressionnants.

L'amusement brilla dans le regard de Sethios.

— C'était un compliment ?

Elle l'ignora.

— Mon fils est le produit de ma lignée d'introuvables, autrement appelés messagers, et de la lignée guerrière d'Adriel. C'est ce qui le rend apte à nous aider. Et je l'ai déjà appelé.

— Tu l'as appelé ? répéta Sethios.

— Oui, quand nous avons quitté l'allée.

— Du genre, par télépathie ?

Osiris n'avait vraiment rien appris à son fils. Ça la choquerait, si ce n'était pas attendu de l'ancien immortel. Soit il n'avait pas voulu préparer Sethios pour l'avenir, ce qui était probable, soit il ne respectait pas assez la tradition pour transmettre ces éléments clés de la société séraphique.

— Ceux qui sont liés par le sang peuvent communiquer mentalement, mais ce n'est pas de la télépathie. C'est une autre famille d'aptitudes. Il s'agit plutôt d'une émotion liée à des instructions qui sont canalisées à travers des états d'inconscience. Il se peut qu'il m'entende tout de suite ou dans quelques jours. Ça dépend du moment où il décidera de dormir.

Et connaissant son fils, cela pourrait prendre quelque temps avant que ça arrive.

— Il me trouvera quand il entendra ma requête.

Le visage de Sethios perdit toute couleur.

— Ça signifie qu'Osiris peut me faire ça ? Avec la contrainte ?

Sa pensée était logique, mais inexacte.

— Osiris peut vous envoyer un message de mécontentement, mais son pouvoir de persuasion ne s'étend pas à l'état inconscient.

Elle fit une pause pour siroter son vin, ayant besoin d'un peu de liquide pour humecter sa gorge sèche. Caro eut presque pitié du manque évident de connaissance de Sethios. C'étaient les principes clés de leur vie. De quelle façon avait-il pu survivre trois mille ans sans eux ? Ça la dépassait.

— Les liens du sang sont un moyen de se transmettre des dons et ils servent de liens familiaux uniques. Techniquement, vous avez puisé dans les miens en buvant mon sang. Si je m'imprégnais du vôtre, nous formerions une sorte de lien qui nous permettrait de nous télégraphier l'un l'autre.

Cela lui donnerait également accès au don de Sethios, tout comme elle lui avait donné la possibilité de se servir du sien, sauf que les liens seraient d'une durée indéfinie. Et elle préférait éviter ça. Être liée à quelqu'un pour l'éternité ne la séduisait pas. Le fait qu'il soit une abomination aurait dû être le plus grand facteur de dissuasion, mais elle trouva que ce n'était qu'un détail mineur, pour une raison quelconque. Elle examinerait cette pensée plus tard.

— Si je te suis bien, alors tous les mortels que le sang d'Osiris a altérés font techniquement partie de ma lignée ?

— Foncièrement, oui, mais ce n'est pas tout à fait la même chose. Vous êtes le seul à avoir reçu l'héritage direct des résurrecteurs en tant que progéniture du sang d'Osiris, d'où votre capacité à persuader et probablement à ressusciter vos propres sbires. J'imagine que ces dons ont été un peu dilués à cause de votre mère mortelle, mais la génétique séraphique doit quand même gouverner la majeure partie de votre essence. Quant aux humains qui s'imprègnent de la lignée des résurrecteurs, ils ne sont dotés que de la possibilité de renaître et d'être immortels. En supposant qu'ils meurent dans le délai imparti, bien sûr.

— Ce qui explique pourquoi certains mortels ne passent pas au statut d'Ichorien, murmura-t-il. Fascinant. Je me suis toujours demandé pourquoi ça arrivait de temps en temps.

— Les mortels sont des êtres délicats. Si le sang les traverse avant que la mort ne survienne, alors la résurrection ne peut être déclenchée. L'essence doit être active pour que cela se produise.

— Pourtant, les Hydraiens peuvent se transformer à leur gré, répondit Sethios, son ton contenant une note de curiosité qu'elle interpréta comme une question.

— La seule raison pour laquelle les Hydraiens, comme ils aiment se faire appeler, peuvent choisir leur renaissance, c'est qu'ils sont nés dans la lignée. C'est pourquoi ils sont plus forts que leurs pères ichoriens. Ils portent le sang des Séraphins dans leur système qui est ainsi renforcé au moment de leur résurrection finale, ce qui signifie en fait qu'ils renaissent deux fois : initialement et à nouveau lors de leur décès de mortel. C'est pourquoi ils ont des capacités multiples.

Elle trouverait tout cela fascinant si ce n'était pas si incroyablement mauvais.

— Vous réalisez que toutes les abominations d'Osiris doivent être détruites, n'est-ce pas ? demanda-t-elle.

Sethios sourit.

— Concentrons-nous d'abord sur mon père, nous parlerons de sa lignée plus tard.

— Parce que vous n'avez aucun intérêt à les éradiquer ? devina-t-elle.

— Considérant que je suis l'une de ces « abominations », je ne suis probablement pas ta meilleure recrue. Mais je vais t'aider en ce qui concerne Osiris.

Il termina son sandwich et poussa son assiette sur le côté.

— En ce qui concerne ton fils, tu as dit que ça pourrait prendre quelques jours ?

— Oui, peut-être même une semaine. Gabriel ne dort pas souvent.

— Gabriel, répéta-t-il. Je ne pense pas qu'il sera ravi de me rencontrer.

Elle sourit, amusée par cette idée.

— Non. Il va très probablement essayer de vous tuer.

Et le spectacle lui plairait.

— Alors j'ai hâte de le rencontrer.

Sethios lui fit un clin d'œil et se leva avec leurs assiettes dans les mains.

— En attendant, on va rester ici et on verra si tu as raison au sujet de ton sang. Toutefois, si jamais Ezekiel apparaît, il faudra que nous nous volatilisions aussitôt ailleurs.

Ça n'inquiétait pas Caro, mais elle acquiesça.

— Un endroit en particulier ou bien c'est à moi de choisir ?

Parce qu'elle aimerait beaucoup déposer Sethios au milieu de l'océan Pacifique et le regarder nager un peu.

— Vu la lueur sournoise dans ton regard, je ne vais pas te laisser décider. Emmène-nous à Billings, dans le Montana. J'y ai des alliés dont nous aurons besoin.

Il lui donna une adresse précise qu'elle mémorisa.

— Noté, murmura-t-elle.

Après être allé nager.

Il disparut dans la cuisine et revint avec deux verres d'eau. Il en posa un devant elle, mais resta debout avec le sien.

— Qu'allons-nous faire pour passer le temps, mon ange ?

Elle considéra leurs options. Il y avait tant de choses qu'il ne savait pas et qu'elle pouvait lui apprendre. Elle ne devrait probablement pas le faire, d'autant plus qu'elle doutait qu'il vive assez longtemps pour en faire bon usage, mais c'était le moins qu'elle puisse faire, puisque son père l'avait clairement laissé tomber.

— Voulez-vous en apprendre davantage sur les lignées des Séraphins et sur leurs compétences uniques ? demanda-t-elle, pensant que c'était un bon point de départ.

Il parut surpris et se laissa tomber sur le siège en face d'elle.

— J'avais autre chose en tête, mais il se trouve que, temporairement, ta suggestion m'intrigue plus, dit-il en croisant ses doigts sur la table et en la regardant attentivement. S'il te plaît, continue.

— D'accord. Alors, commençons par le Conseil supérieur, puisqu'il s'agit des branches aînées des Séraphins, et nous poursuivrons à partir de là.

9

UNE PROGÉNITURE PROTECTRICE

CARO SE REGARDA dans le miroir. Elle semblait plus pâle que d'habitude. Même ses cheveux avaient l'air de se décolorer légèrement. Très bizarre. Elle pensait que cela pouvait être lié à son séjour sur Terre qui durait maintenant depuis près de deux semaines, du fait de l'absence de réponse de son fils.

Elle lui avait envoyé deux autres messages urgents avec des images de leur emplacement. Les mots ne passaient pas toujours à travers le lien, sauf s'ils étaient prononcés avec intensité. C'était une science capricieuse qu'elle devait vraiment étudier davantage.

Ses yeux bleus lui paraissaient plus clairs, presque de couleur azur. Elle fronça les sourcils et se dirigea vers le séjour, où Sethios était assis dans ce qu'elle supposait être son fauteuil préféré. Il donnait l'image de la facilité avec son café dans une main et le journal dans l'autre.

Très humain.

Il releva ses yeux verts et les posa sur les siens.

— Bonjour, mon ange.

— C'est déjà le matin ?

Elle regarda par les fenêtres. Elle commençait à perdre la notion du temps. Délibérément, ils ne s'étaient pas aventurés dehors pendant de longues périodes en raison de l'arrivée attendue de Gabriel. Elle soupçonnait Sethios de ne pas avoir essayé de la séduire pour la même raison.

Non pas qu'elle s'en soucie.

Il ne devrait pas la toucher.

En tout cas, c'était ce qu'elle se disait, mais son corps était presque agité. Comme si elle attendait qu'il fasse un geste.

Et quand il ne le faisait pas, la déception la tourmentait. C'était une énigme dont elle n'avait ni besoin ni envie. Pourtant, cela taraudait son esprit plus fort chaque fois qu'elle posait les yeux sur lui. Il la mordait une fois par jour et elle se surprenait à se réjouir de ces courts instants. Presque comme une droguée qui attendait sa prochaine dose d'euphorie.

Elle refusait de réagir tout haut, mais intérieurement, elle gémissait avec un soulagement non réprimé chaque fois que ses dents rencontraient sa peau. Et elle découvrit, à plusieurs reprises, qu'elle voulait lui rendre la pareille.

Je dois quitter cette dimension, songea-t-elle, comme chaque jour depuis son arrivée. Elle avait envisagé d'aller voir Gabriel elle-même, mais si les membres du Conseil avaient vent de sa présence, ils exigeraient un rapport sur sa mission. Un rapport qu'elle ne pouvait pas fournir. Pas avant d'en savoir plus.

Ce n'était pas la première fois de son existence qu'elle s'interrogeait sur leurs motivations. Elle s'était d'abord demandé pourquoi ils n'avaient pas envoyé une horde de guerriers pour détruire Osiris. À cause de Sethios, elle remettait également en question le but même de sa présence ici.

Il semblait tout à fait satisfait d'attendre – un

immortel qui n'avait pas la notion du temps qui passe. Elle pourrait prendre exemple sur lui, quant à sa nonchalance.

Caro s'assit en face de lui et prit la tasse de café qui l'attendait. Sethios lui préparait toujours des choses avant qu'elle ne les demande, ce qui avait tendance à l'agacer. C'était presque comme s'il se souciait d'elle, une notion absurde. Aucun d'entre eux n'avait à s'occuper de l'autre.

Elle goûta le liquide noir et le recracha aussitôt, consternée. Sethios leva les yeux de son journal en fronçant les sourcils.

— Il n'est pas à ton goût ?

— Qu'est-ce que vous avez fait avec ça ? demanda-t-elle, l'arrière-goût lui donnant encore des haut-le-cœur.

Il fronça les sourcils.

— Rien. C'est le même café qu'hier.

Elle secoua la tête pour le contredire.

— Cela n'a rien à voir avec celui d'hier. Celui-ci est amer et répugnant, dit-elle en fronçant le nez. Et ça sent mauvais.

Il mit son journal et sa tasse de côté pour prendre la sienne. Après avoir bu quelques gorgées, il la dévisagea avec inquiétude.

— Caro, ça a le même goût qu'hier. Je n'ai pas changé de marque ou de façon de faire.

Son estomac se souleva en signe de désaccord et elle se dirigea vers la cuisine pour trouver de l'eau afin de débarrasser sa bouche de cette saveur. Sethios la rejoignit, le front plissé. Elle but directement au robinet et trouva que ça n'aidait pas.

— Je me sens...

Elle laissa sa phrase en suspens et attrapa le comptoir pour maintenir son équilibre.

— Je ne me sens pas bien.

Sethios l'attrapa par les hanches lorsque ses jambes cédèrent et la souleva dans ses bras.

— Tu es très pâle, Caro.

— J'ai remarqué, dit-elle, étourdie.

Quand il la porta dans le séjour, le plafond semblait tourner.

— T'ai-je pris trop de sang ? demanda-t-il.

Elle essaya de secouer la tête, ce qui fit tourbillonner la pièce autour d'elle. Son estomac se retourna, ce qui n'arrivait que rarement, sinon jamais, à un Séraphin.

— Je... Non.

Ce n'était pas à cause du sang. Mais la sensation lui rappelait...

— Elle est enceinte, annonça une voix familière.

L'énergie se déplaça dans la pièce lorsque Gabriel fit son apparition devant eux, les bras croisés et l'expression ennuyée. Il la regardait comme il le faisait toujours, sans sentiment.

— Bonjour, maman.

Caro soupira, soulagée.

— Gabriel.

Les bras de Sethios faiblirent sous son poids.

— Enceinte ? demanda-t-il, la voix basse et dégageant une émotion qu'elle ne pouvait définir. Caro est enceinte ?

Ses sourcils se froncèrent. Elle avait été tellement distraite par l'arrivée de Gabriel qu'elle n'avait pas vraiment *entendu* son annonce.

— C'est...

Le mot *impossible* resta coincé dans sa gorge, refusant d'honorer l'air de sa présence.

Parce que c'était exactement ce qu'elle ressentait.

Faible.

Fragile.

Étourdie.

Pâle.

Tous les symptômes qu'elle avait ressentis lorsqu'elle avait été enceinte de Gabriel. Mais comment le savait-il ?

— Explique-toi.

Les mots sortirent bien plus rauques que ce qu'elle voulait.

— Comme je suppose que tu sais déjà comment ça s'est produit, tu me demandes probablement plutôt d'expliquer comment je le sais.

Gabriel s'appuya contre le mur, croisant une cheville sur l'autre.

— C'était tout à fait inapproprié de la part du Conseil de t'envoyer sur cette mission alors que mes compétences font de moi le meilleur candidat. J'ai donc mené mon enquête. C'est pour ça que ça m'a pris autant de temps pour répondre à ta convocation. Et j'ai appris que la lignée du destin a suggéré de t'attribuer cette mission.

— La lignée du destin ? répéta Sethios.

— Les voyants, chuchota Caro, en posant sa tête contre son épaule.

Il était resté debout, ses bras fermes autour d'elle alors qu'il la maintenait sans effort. Elle aurait trouvé cela étrange à n'importe quel autre moment, mais à cet instant, son corps appréciait ce confort.

— Ceux dont tu m'as parlé et qui ont la capacité de prédire l'avenir, comme Skye ?

Elle voulut hocher la tête, mais le mouvement n'arrangea pas son équilibre.

— Oui.

— Et ils ont prévu la grossesse de Caro ?

Il adressa cette question à son fils.

— Oui. Celle de votre enfant.

Gabriel se détacha du mur et s'approcha d'eux.

— Je me suis dit que c'était forcément faux, qu'il était

impossible que ma mère tombe enceinte d'une abomination, mais apparemment, c'est ce qui se passe.

Il avait presque l'air dégoûté, ce qui déplut à Caro. Mais elle n'avait pas l'énergie pour défendre sa conduite. Un autre spasme la secoua, la forçant à enfouir sa tête dans l'épaule de Sethios pour ne pas crier.

C'était comme pour sa première grossesse : une maladie soudaine qui la frappait sans prévenir.

Merde. Si les choses continuaient comme la première fois, elle serait hors service pour... en fait, elle ne savait pas combien de temps.

La génétique de Sethios n'était pas ordinaire. La période de gestation des humains durait neuf mois, alors que celles des Séraphins étaient plus proches de deux.

— Oh mon Dieu...

Elle prit son estomac entre ses bras.

Caro avait une essence inconnue en elle.

Une abomination selon les normes séraphiques.

Son cœur s'accéléra à cette idée.

Ils la tueraient ou, du moins, ils tueraient l'être qui grandissait en elle.

Il se pouvait que Gabriel soit ici pour exécuter cet ordre...

Une horreur comme elle n'en avait jamais ressenti envahit son esprit, la faisant frissonner.

Non.

La procréation ne comptait que lorsque le fœtus était viable.

Non.

Porter à terme un enfant qui ne serait pas un Séraphin de sang pur n'avait aucune utilité pratique.

Non !

Pourquoi subir la douleur d'une grossesse pour un être inapte ?

NON !

— Caro !

Le cri de Sethios envahit ses pensées, la forçant à se concentrer sur son visage. L'anxiété se mêlait à la fureur sur les traits de celui-ci, ses yeux verts débordant d'une émotion débridée.

— Du... calme...

La demande lui fit l'effet d'une gifle, forçant son corps à se soumettre alors qu'elle se détendait contre lui. Ce n'est qu'à cet instant qu'elle sentit l'humidité chaude couler sur ses joues.

Des larmes.

Elle pleurait ?

Impossible.

Les Séraphins n'avaient pas assez de sentiments pour pleurer.

Qu'est-ce qui ne va pas chez moi ?

Il y a une vie étrangère qui grandit en moi.

Son futur enfant. Un anathème. Un être qui serait pourchassé jusqu'aux confins de la Terre pour être exterminé.

Elle posa sa main sur son abdomen.

Ma chair.

Ma progéniture.

Mon devoir de te protéger.

— C'est un don impressionnant, dit Gabriel d'une voix neutre. C'est comme ça que vous avez convaincu ma mère de forniquer avec vous ?

Sethios pouffa de rire.

— Certainement pas. Je peux l'utiliser comme un atout au lit, mais je ne baise que les femmes consentantes. Et crois-moi, ta mère était *plus* *que* consentante.

Le grognement qui perça l'air fit vaciller le cœur de

Caro. Le regard vert et glacial de Gabriel était plissé, seule indication que le son émanait de lui.

— Abstenez-vous de parler de ma mère ainsi ou vous en subirez les conséquences. Elle mérite le respect, pas les grossièretés d'une monstruosité mal embouchée.

— Gabriel, souffla-t-elle, choquée par le sous-entendu létal de ses paroles.

Son fils croisa résolument son regard.

— Ça te surprend que je te défende ? Je n'existerais pas sans toi, maman. J'ai tendance à me sentir un peu protecteur vis-à-vis de toi.

Tout comme j'ai naturellement envie de protéger la vie qui grandit en moi.

Elle cligna des yeux.

Ce besoin défensif était-il considéré comme une émotion ? Ou un instinct animal ?

— Deux Séraphins qui dégagent des émotions. Est-ce que ça renforce votre position ou est-ce que ça l'affaiblit ? demanda Sethios, décontracté malgré l'intensité qui vibrait dans l'air.

Il ne percevait manifestement pas le fils de Caro comme une menace, ce qu'elle considéra être une erreur. Gabriel était peut-être plus jeune, mais il possédait des pouvoirs différents de ceux de beaucoup d'autres de son espèce.

Son fils cligna des yeux en regardant Sethios, son expression redevenant stoïque.

— Quand vous aurez fini d'utiliser ma mère comme bouclier, on pourra avoir cette conversation.

— Une posture. J'approuve.

Sethios baissa son regard sur Caro.

— Tu reprends des couleurs. Tu veux essayer de te mettre debout ou tu veux continuer à me servir de *bouclier* ?

Elle fronça les sourcils.

— Vous ne pouvez pas lutter contre Gabriel.

— Ah non ? répondit-il en haussant un sourcil. Alors comment dois-je réagir quand il m'attaquera ?

Elle reposa sa tête contre son épaule et se concentra sur son fils.

— Tu ne dois pas combattre Sethios.

Gabriel haussa les épaules.

— Ça reste à voir, mais je promets de ne pas le tuer.

Elle eut une crampe à l'estomac, ce qui la fit grimacer. Bien sûr, c'était aujourd'hui que son corps avait choisi de succomber à la faiblesse, au moment où elle avait le plus besoin d'être forte.

— Qu'ont dit les voyants à propos de mon but ? demanda-t-elle, ramenant la conversation sur un sujet pertinent.

— Tu n'étais pas censée terminer ta mission. Depuis le début, c'est Sethios ta cible.

Son regard vert se porta sur l'homme qui la tenait.

— Votre enfant représente une possibilité que les voyants souhaitent voir se réaliser.

— L'entité inconnue, chuchota Sethios, son expression se faisant craintive et sceptique. Mais comment est-ce possible ? J'ai baisé de nombreuses femmes au cours de ma vie – tellement que je n'arrive plus à les compter. Aucune d'entre elles n'est jamais tombée enceinte.

— Caro est un Séraphin de sang pur et il semble que vos gènes étaient parfaits pour la procréation.

Sethios ne paraissait pas convaincu, ce qu'elle ne savait pas comment interpréter. Ce n'était pas comme si elle avait forniqué avec un autre homme récemment, ou même durant les trois dernières décennies. Il devait savoir que sa semence en était la cause.

— Bien, mais ma mère était une mortelle. L'influence humaine est la raison même pour laquelle les Hydraiens ne peuvent pas se reproduire, du moins c'est ce que je crois comprendre.

— Peut-être, répondit Gabriel avec un haussement d'épaules. J'imagine que les gènes de votre père l'ont emporté sur ceux de votre mère, ce qui explique que vous ayez pu procréer avec Caro. De plus, selon les voyants, vous êtes l'un pour l'autre des compagnons idéaux.

— Ce qui signifie qu'ils l'ont anticipé et qu'ils voulaient que cela se produise, ajouta Caro, qui ne savait pas trop comment réagir.

— Oui.

Gabriel croisa les bras.

— Je suppose que le Conseil ne t'a pas informée parce qu'il ne voulait pas tenter le diable.

— Ils ne savent pas que tu es là, réalisa-t-elle.

— Non. J'ai découvert tout ça par moi-même après avoir entendu parler de ta mission. Tes convocations n'ont fait qu'accélérer mes recherches. Quel est donc le problème ?

Son regard tomba sur son ventre encore plat.

— En dehors de l'évidence, je veux dire.

— La voyante d'Osiris a prédit sa prochaine mort par la main de son fils, répondit Caro. Nous voulions ton aide pour en savoir plus sur ce qu'elle a prédit, ce que tu as déjà découvert.

Le pouce de Sethios traçait un motif contre sa hanche tandis qu'il la tenait apparemment plus près de lui.

— J'aimerais quand même savoir ce que Skye a exactement dit à mon père, ainsi que les plans de celui-ci pour me retrouver.

— Intéressant, dit Gabriel, ses mains retombant sur ses flancs. Voyez-vous, je suggère qu'on vous renvoie à Osiris comme distraction pendant que Caro donnera naissance à l'enfant dans le sanctuaire des autres Séraphins.

Caro se figea alors que la tension dans la pièce s'épaississait. Elle n'avait pas besoin de facultés émotionnelles pour savoir ce que Sethios pensait de cette suggestion.

— Je t'en prie, essaye donc, murmura-t-il sombrement. Mais d'abord, dis-moi ce qui te fait croire que Caro voudrait être entourée d'êtres qui se sont servis de prétextes pour l'envoyer ici ? À la base, ils ont menti pour qu'elle tombe enceinte d'un enfant dont elle a peut-être ou n'a peut-être pas voulu.

— C'est une évaluation logique, répondit Gabriel.

Mais même Caro pouvait entendre l'incertitude dans sa réponse.

— Hmm, logique. Oui. Parlons-en, justement. Quelle partie rationnelle te fait croire que je vais permettre à *mon* enfant d'être élevé par quelqu'un d'autre que sa mère et moi ?

— Je n'ai pas dit que vous seriez d'accord, lui fit remarquer Gabriel.

— Excellent. Alors tu comprendras pourquoi ça n'arrivera pas.

Gabriel haussa l'un de ses sourcils blonds.

— Vous semblez avoir l'impression d'avoir le choix en la matière.

— Ça suffit, râla Caro, incapable de supporter une minute de plus de ces chamailleries.

Ses entrailles se déchaînaient et elle avait désespérément besoin d'une sieste.

— Je ne peux pas faire ça maintenant.

Sethios resserra son emprise sur elle. Il l'avait tenue tout ce temps sans même qu'elle se plaigne. Et le fait qu'elle n'avait pas exigé qu'il la libère était encore plus déroutant. Et si elle n'était pas plus avisée, elle aurait soupçonné qu'elle aimait plutôt bien se trouver dans ses bras.

— Que puis-je faire, Caro ?

Il parlait tout bas, près de son oreille.

— Tu veux quelque chose à manger ? À boire ? Tu veux t'allonger ?

Elle se détendit à nouveau contre son épaule avec un soupir.

— Pas de nourriture. Je veux juste me reposer. Ensuite, nous pourrons discuter de ce qu'il faut faire.

— Très bien, mon ange.

Il se tourna vers le couloir.

— Reste ici, Gabriel.

Son fils laissa échapper un petit rire inhabituel qui lui fit froncer les sourcils.

— Ne prends aucune décision sans moi, Gabriel, ajouta-t-elle avec une note sévère dans la voix. Et ne te bats pas contre Sethios.

Ses propres paroles la surprirent d'autant plus qu'elle les pensait.

— J'apprécie ton soutien, mais je peux m'occuper de lui tout seul, mon ange, murmura Sethios en continuant vers les chambres.

— Je me tiendrai bien s'il se tient bien aussi, leur dit Gabriel depuis le séjour.

Elle s'en contenterait pour l'instant.

Elle se reposa contre Sethios et ferma les yeux. Son odeur boisée apaisait ses sens et calmait son estomac. Étrange.

— Votre lit, chuchota-t-elle. Allongez-moi là-bas.

Là où elle serait lovée contre lui. C'est ce dont elle avait besoin.

Il marqua une pause.

— Tu es certaine ?

— Hm-hmm.

Elle bâilla alors que l'épuisement la submergeait.

— Juste pour quelques heures.

— Restes-y aussi longtemps que tu voudras, mon ange.

Il se tourna, vraisemblablement pour se diriger vers ses quartiers. Il lui avait donné ce qu'il appelait la chambre d'amis, au bout du couloir.

Le confort s'installa en elle lorsqu'ils entrèrent dans celle de Sethios et elle sut immédiatement qu'elle avait pris la bonne décision. Chaque partie d'elle soupirait de soulagement, y compris son âme, alors qu'il la bordait dans des draps qui avaient son odeur.

— Merci, chuchota-t-elle.

Il déposa un baiser sur son front.

— Je reviendrai te voir dans un moment.

Elle essaya d'acquiescer, mais sa tête était trop lourde. Sa tentative d'accord verbal resta logée quelque part dans sa gorge.

Trop fatiguée.

Ils reparleraient plus tard.

En attendant, il fallait dormir.

10

TISSER DE NOUVEAUX LIENS

UN BÉBÉ.

Putain.

Sethios avait tenu le coup tant qu'il avait Caro dans ses bras, mais la réalité l'avait frappé de plein fouet dès qu'il était revenu dans le séjour.

Gabriel se détendait dans le canapé surdimensionné, les jambes étirées d'une façon faussement décontractée. Seuls ses yeux laissaient entrevoir l'intelligence et la létalité qui se cachaient derrière sa façade calme. Sethios les avait bien remarquées, parce qu'il avait les mêmes inclinations.

— Ma mère vous fait confiance, dit Gabriel. Comment avez-vous réussi à accomplir cela en si peu de temps ?

Sethios prit le siège en face de lui, s'installant dans une posture ouverte, prêt à se battre si cela devenait nécessaire.

— Le corps de Caro me fait plus confiance que son esprit.

Et certainement pas son cœur.

Le fait qu'elle veuille dormir dans son lit à lui l'avait frappé durement en pleine poitrine. L'instinct qu'il avait de faire tout ce qu'elle demandait était certainement nouveau.

Sethios ne s'était jamais préoccupé que de son propre intérêt et, occasionnellement, de celui d'un ami proche. Mais quand elle l'avait regardé avec la douleur gravée dans son regard, il aurait donné son âme pour l'aider.

Il se frotta les pectoraux, troublé par cette réponse.

Même s'il le voulait, il ne pouvait pas attribuer cette réaction au fait qu'il venait d'apprendre sa grossesse. Parce qu'il avait d'abord eu l'idée de l'aider quand il l'avait rattrapée dans la cuisine. Une panique comme il n'en avait jamais ressenti s'était abattue sur lui en voyant l'agonie sur le visage de Caro.

— Vous tenez à elle, murmura Gabriel, en l'observant.

Sethios le regarda fixement.

— C'est donc là que tu me conseilles de rester loin d'elle ? Et que tu me dis de ne pas lui faire de mal, sinon tu me tueras ?

Il pouvait sentir le pouvoir rayonnant du Séraphin devant lui. Ce serait un combat loyal que Sethios pourrait même perdre.

— Si vous pensez que c'est nécessaire, alors vous ne connaissez pas vraiment ma mère.

Il y avait un soupçon de fierté dans le ton de Gabriel, mais son expression restait savamment impassible.

— Caro est plus que capable de vous tuer elle-même.

— C'est ce qu'elle n'arrête pas de répéter, dit Sethios d'un air songeur.

— C'est une stratège. Vous feriez bien de vous en souvenir.

L'amusement le traversa malgré les circonstances désastreuses. Caro pourrait probablement le blesser, si elle essayait vraiment.

— Je n'ai pas l'intention de lui faire du mal.

Au contraire, il voulait la protéger. Il avait essayé de l'éloigner d'Osiris, avant de se rendre compte qu'il avait tout intérêt à la garder près de lui. Ce comportement seul n'était pas normal chez Sethios, mais rien dans cette situation ne lui semblait ordinaire.

— Vous renvoyer à Osiris pour faire diversion, c'est l'option la plus pratique. Cela donnera à Caro le temps d'élever et de préparer votre progéniture pour le soulèvement qu'elle provoquera, selon les Devins.

Gabriel prononça ces mots sur un ton sans réplique qui ne plut pas à Sethios.

— Donc je dois me sacrifier pour ma famille, interpréta-t-il. Sauf que, selon Skye, je joue un rôle important dans la chute de mon père.

Du moins, c'est ce qu'il avait déduit de ce qu'Ezekiel avait dit.

— Il semblerait prudent d'apprendre ce qu'elle a prédit avant de sauter sur des « solutions pratiques ».

Gabriel joignit le bout de ses doigts devant son visage, son regard vert se faisant songeur. Sethios pouvait voir la ressemblance avec Caro dans ses cheveux clairs et sa peau pâle, mais ses traits étaient trop masculins pour être considérés comme angéliques. Il possédait aussi un air létal que Caro n'avait pas, ce qui agaçait Sethios.

La lignée des guerriers, comme l'appelait Caro. Mais la description qu'elle avait donnée de leurs dons lui rappelait plus la stratégie que le combat physique.

Elle lui avait expliqué qu'il existait des centaines de lignées de Séraphins, ayant toutes des pouvoirs différents. Quand il les avait comparés aux Hydraiens et aux Ichoriens, elle avait continué en disant que la génétique humaine maintenait un codage similaire à celle de ses frères séraphins. Il était donc logique que les Hydraiens et les Ichoriens se réveillent avec des dons uniques une fois que le sang de son père déclenchait leur résurrection.

La magie.

Ou la science.

Quoi qu'il en soit, les généticiens s'en donneraient à cœur joie pour rechercher les origines et la façon dont ils se transformaient en renaissant.

— Les Devins n'ont pas mentionné l'importance de votre rôle, mais là encore, ce n'est pas étonnant.

Les paroles de Gabriel tirèrent Sethios de ses pensées.

— Surtout s'ils espèrent influencer le résultat.

— Comme quoi ?

— Je ne suis pas sûr, dit Gabriel en se grattant la mâchoire. Ils jouent avec la finalité qu'ils désirent, ce qui apparaît évident lorsqu'ils ne préviennent pas ma mère de son but avant son affectation. Elle est loyale et aurait tenu son engagement s'ils avaient émis un décret. Le fait que le Conseil ait ressenti le besoin de soustraire certaines directives suggère que d'autres acteurs en place n'ont pas encore été identifiés ou mentionnés.

OK, ils reviendraient sur la partie « acteurs supplémentaires » dans un instant. Quelque chose d'autre devait d'abord être clarifié.

— Votre Conseil peut exiger la procréation ?

Gabriel cligna des yeux.

— Bien sûr. Comment croyez-vous que j'existe ? Ce n'était pas le choix de Caro, mais la volonté des Devins.

Sethios haussa les sourcils.

— Elle ne voulait pas d'enfant ?

— Qu'elle en veuille un ou non importait peu. J'étais nécessaire, donc elle m'a créé avec Adriel.

— La procréation par prophétie.

Ouah... Et Sethios pensait que les ordres de son père étaient néfastes.

— Et si elle ne désirait pas d'enfant ?

— Le désir est une émotion humaine qui n'a pas de

véritable utilité dans notre monde. Nous faisons ce qui est nécessaire lorsque cela sert un but.

Bien. Pas étonnant que Gabriel avait l'air de s'ennuyer.

— Mon but, c'est de profiter de la vie.

— Vous êtes fortement influencé par l'humanité.

— Et tu ne l'es pas ?

Sethios ne put retenir le sarcasme. La posture d'avant était certainement ressentie comme *émotionnelle*.

— Non. Mon don n'est pas lié à l'humanité, contrairement à la lignée de Zara, par exemple. Ses talents s'avéreraient futiles en l'absence d'humains puisqu'ils sont basés sur les émotions. Alors que les miens fonctionnent indépendamment de l'humanité.

Il fronça les sourcils.

— Zara ?

Ce nom n'était pas apparu dans la conversation avec Caro.

— Elle est membre du Conseil supérieur et chef de sa lignée. Votre père ne vous a pas appris la structure de notre gouvernement ?

— Non, mais Caro a mentionné que chaque famille était représentée au Conseil.

Considérant qu'il y avait des centaines de lignées, Sethios imaginait un auditorium géant rempli de vieux Séraphins blasés discutant et prononçant des édits. *Ça doit être fun, leurs fêtes de fin d'année !*

Gabriel l'étudia, une certaine lueur dérivant dans son regard.

— Oui, en général, le plus âgé en état de conscience siège au Conseil.

— En état de conscience ? répéta Sethios.

Tous ces termes lui étaient complètement étrangers, du moins dans le contexte de cette conversation. Son père lui avait fait croire que les Séraphins étaient une race en voie de disparition, mais Gabriel et Caro dépeignaient une société bien structurée qui existait *quelque part.*

— L'éternité peut être terrifiante. La plupart des Séraphins tombent dans un état d'inconscience après quelques millénaires et ne se réveillent que lorsque l'on a besoin d'eux.

— Comme pour procréer.

Sethios voulait juste plaisanter, mais Gabriel le prit au premier degré.

— Oui. Adriel s'est réveillé pour me créer.

— Et il siège au Conseil.

— Oui.

— Ce qui fait de vous son successeur.

C'était une supposition, compte tenu de tout ce que Sethios avait appris.

— Oui.

— Et Caro ? Où se situe-t-elle ?

— Ma mère a plusieurs générations d'ascendants au-dessus d'elle, ce qui est typique pour une personne de son âge. Je suis un cas unique, car la plupart des anciens Séraphins n'ont aucune raison de se reproduire.

— Alors pourquoi avait-on besoin de toi ? demanda Sethios, curieux. Quel est ton but ?

— Mon destin ne s'est pas encore réalisé.

— Ce qui veut dire que tu ne sais pas pourquoi ta mère a été forcée de te mettre au monde. Fascinant.

Sethios ne put réprimer le sarcasme de son ton. L'intégralité de leur monde manquait beaucoup trop de naturel. Aucun d'eux ne *vivait*. Pas étonnant que les anciens Séraphins choisissaient de faire la sieste pour l'éternité. Sethios ferait ça aussi, à leur place.

— Nos coutumes nous ont bien servis pendant plusieurs milliers d'années. Nous ne connaissons ni la guerre, ni la famine, ni la douleur. Pouvez-vous en dire autant de vos précieux humains ?

Sethios pouffa de rire.

— Je ne les qualifierais pas de précieux et je ne peux évidemment pas en dire autant, mais j'ai vécu une existence bien plus intrigante grâce à cela. Reste un peu dans le coin et peut-être que tu comprendras.

— Je n'ai aucun désir de demeurer ici plus longtemps que nécessaire.

Gabriel jeta un coup d'œil vers le couloir, puis revint vers Sethios.

— Cela dit, ça m'intéresse de savoir ce que votre voyante a prédit. Elle n'est probablement pas aussi puissante que les Devins, mais peut-être sera-t-elle plus encline à nous donner la version complète. Quand pourrons-nous lui parler ?

— Dès qu'on aura trouvé le moyen de contourner Osiris.

Sethios sourit et se leva. Il avait besoin d'une boisson forte. De préférence un brandy. Il trouva une bouteille originaire de France et en servit deux bons verres. Si le Séraphin n'en voulait pas, il apprécierait les deux.

Gabriel n'avait ni bougé ni changé d'expression, mais il accepta la boisson tout en disant :

— L'alcool n'a aucune utilité.

— Il a bon goût. C'est la seule chose que je lui demande.

Sethios s'installa dans son fauteuil et sirota le liquide ambré. Cela lui brûlait la gorge de la manière la plus agréable qui soit.

— Le chocolat, dit Gabriel après un long moment. Caro pourrait aimer ça.

— Quel but cela servirait-il ?

— Il a bon goût, répéta Gabriel. Il se peut qu'elle

apprécie ce petit plaisir dans son état actuel – une chose qui ne serait pas conseillée chez nous.

Tendait-il un rameau d'olivier à Sethios ?

— Noté.

Gabriel sirota son verre, presque comme pour confirmer leur accord tacite de se tolérer mutuellement pour le moment. Après quelques minutes, il le mit de côté et croisa les jambes.

— Votre commentaire précédent sous-entend qu'Osiris détient votre voyante. Parlez-moi de sa propriété.

Sethios faillit rire, puis reconsidéra son compagnon actuel. Si quelqu'un pouvait se mouvoir autour des mécanismes de défense, c'était un Séraphin. Alors, il détailla l'emplacement et la variété des protections en place avant de passer à ses suggestions.

— Tu auras besoin d'Ezekiel, car il saura où Skye est retenue. Mon père aime la déplacer.

— Qui est Ezekiel ?

— Mon plus vieil ami. Il a la capacité de traquer l'odeur du sang, ce qui fait de lui un puissant traqueur. Mon père en a fait son chien de chasse personnel en retenant Skye en otage.

Gabriel fronça les sourcils.

— Comment ces deux-là sont-ils liés ?

— Elle est l'amour de sa vie.

C'est du moins ce que pensait son ami. Sethios avait essayé de le convaincre de passer à autre chose à plusieurs reprises, mais en vain.

— Ezekiel pourrait facilement dire à mon père d'aller se faire foutre, mais il reste pour Skye.

— C'est illogique.

— Quand tu le rencontreras, n'hésite pas à le lui dire, je t'en prie.

Parce que Sethios était plus que d'accord avec ça.

— Il peut t'aider à localiser Skye, mais il faudra le convaincre. Et le penchant de mon père pour la persuasion rendra ta négociation délicate, parce qu'Ezekiel pourrait être obligé de lui rapporter les détails.

Mais si quelqu'un pouvait contourner les conneries de son père, c'était bien Ezekiel. L'homme excellait à jouer avec les mots et avait des siècles de pratique pour trouver les brèches.

— Votre source semble irrationnelle et donc peu fiable.

Une déduction judicieuse, mais fausse.

— Possible, mais c'est ta meilleure option.

Ezekiel avait peut-être perdu la tête pour une femme, mais il était encore plutôt utile.

— Il est aussi clairement létal. Il est révéré comme le meilleur assassin nizare de notre histoire.

Gabriel haussa un sourcil parfait.

— Que dois-je comprendre par là ?

— Il chasse et tue les Novices, autrement dit la progéniture des Ichoriens avant leur résurrection en tant qu'Hydraiens. Une fois qu'il a goûté au sang d'une lignée, il peut retrouver tous leurs descendants.

Sethios vida son verre et le mit de côté.

— Je suppose que les Séraphins ne s'intéressent pas aux affaires ichoriennes et hydraiennes.

— Nous espérions plutôt que vous vous anéantiriez tous les uns les autres et que vous nous épargneriez cette tâche.

— Charmant.

Les Séraphins n'avaient pas dû prédire le traité de 1747. Bon sang, ils n'étaient peut-être même pas au courant.

— Je te suggère de chercher Ezekiel à New York. Et je te conseille aussi fortement de le rencontrer avant de te rendre dans la propriété de mon père. En supposant que tu veuilles vivre.

— Osiris ne m'intimide pas.

Sethios secoua la tête avec consternation.

— Je pensais que vous, les Séraphins, étiez censés être logiques. D'abord Caro, maintenant toi... Aucun d'entre vous ne réalise ce dont mon père est capable ?

Gabriel le regardait fixement.

— Pourquoi New York ?

— Parce qu'Ezekiel aide mon père sur un projet de la Fondation humanitaire pour les catastrophes. Je suis presque certain qu'ils sont en train de créer des super soldats en utilisant la génétique séraphique. En tout cas, c'est ce que j'ai compris. Tu pourrais avoir une petite conversation là-dessus avec l'Ichorien qui en est responsable, Jonathan Fitzgerald, pendant que tu y es.

— La génétique séraphique ?

— C'est une supposition, mais mon père est un adepte de l'expérimentation et je soupçonne depuis des années qu'il se constitue une armée. Son récent partenariat avec Jonathan ne peut être une coïncidence.

Un très léger tic de la mâchoire de Gabriel indiquait la première fissure dans son apparence impassible. Sethios avait clairement touché un point sensible et peut-être même piqué son intérêt. Son travail ici était terminé. Soit le Séraphin suivrait son conseil, soit il essayerait de livrer Sethios à Osiris.

Il insistait sur le terme *essayer*.

Il se leva, il avait besoin de bouger. Ou mieux encore...

— Je vais voir comment va Caro.

— Elle va bien, murmura Gabriel. Je peux sentir sa quiétude.

Bien. Un lien éthéré ou autre.

— Comme je ne possède pas le même lien, je vais

vérifier par moi-même.

Il avait laissé Caro dans son lit à sa demande. Si ça ne tenait qu'à lui, elle y vivrait. Nue. Enceinte ou non, il la voulait toujours et avait passé les deux dernières semaines à la titiller. Il désirait qu'elle le supplie de la baiser et ça arriverait. Il avait juste besoin d'améliorer son jeu.

Mais d'abord, ils devaient discuter de leur avenir.

Surréel.

Pourtant, il se sentait étrangement bien avec cette idée.

Ça aurait dû lui foutre la trouille, mais un enfant lui apportait quelque chose de nouveau. Une expérience qu'il n'avait pas encore vécue.

Je vais être père.

Ses lèvres se retroussèrent à cette idée. Puis il les pinça en repensant à son propre créateur. Osiris le savait-il ? Est-ce que Skye, à cette minute même, lui parlait de la future progéniture de Sethios ?

Il s'arrêta dans l'embrasure de la porte de sa chambre et observa Caro. Ses cheveux blonds tranchaient sur son oreiller noir, tandis que le reste de sa personne semblait doux et délicat sous ses draps soyeux.

La mère de mon futur enfant.

Son cœur tressaillit à cette pensée. À un certain degré, il devait savoir. Cela expliquait son besoin inné de la protéger, même s'il la connaissait à peine. Un soupçon de destin qui jouait avec ses instincts.

Un soupir s'échappa des lèvres pleines de Caro alors qu'elle s'enfonçait davantage sous ses couvertures.

Si belle, et pourtant si meurtrière.

La partenaire parfaite.

Elle est à moi, murmura son côté sombre. Peut-être pas pour l'éternité, mais pour le moment.

Une partie de lui grandissait en elle − un avenir qu'il ferait *tout* pour protéger.

11

UN TRAVAIL D'ÉQUIPE AGRÉABLE

DU CHOCOLAT CHAUD.

Un doux plaisir – qui serait désapprouvé et ridiculisé.

Mais Caro s'en fichait. Pas quand ce goût de paradis lui glissait dans la gorge. Elle tenait la tasse contre sa poitrine, se délectant de la chaleur qu'elle lui apportait.

Les Séraphins ne buvaient ni ne mangeaient sans raison. Son espèce pouvait survivre grâce aux seuls nutriments de base et n'avait donc pas besoin de produits de luxe tels que le chocolat. Se laisser aller était considéré comme manquer de sens pratique.

Elle prit une autre gorgée et dissimula un sourire. Cette boisson décadente apaisait ses sens, ce qui, selon elle, était une bonne raison pratique de l'apprécier.

— Tu souris ? demanda Sethios, en inclinant la tête pour marquer sa curiosité.

— Non.

— Et maintenant, tu mens ? dit-il en gloussant. Fascinant.

Elle retira la tasse de sa bouche et la posa sur ses genoux.

— Où est allé Gabriel ?

Caro avait espéré qu'il serait encore là après sa sieste, mais seul Sethios l'attendait avec une tasse de chocolat chaud. Son cerveau lui avait dit de refuser alors que son nez la forçait à accepter et... oh, elle approuvait !

— Il est allé repérer la propriété d'Osiris. Il voulait constater les mesures de sécurité par lui-même. Je suppose qu'il reviendra quand il réalisera que j'avais raison sur le fait qu'il aurait besoin d'Ezekiel.

Sethios n'avait pas l'air très inquiet. Au contraire, il paraissait amusé.

— Je peux t'apporter autre chose ? Un déjeuner, peut-être ?

Caro n'avait pas vraiment envie de nourriture.

— Y a-t-il encore du chocolat chaud ?

Les yeux verts de Sethios scintillèrent sous l'effet d'une émotion qu'elle ne pouvait pas nommer.

— Je peux en refaire.

— Je trouverais ça acceptable.

Et il se peut même que ça me plaise.

— Acceptable, hmm ?

Il se leva et la regarda.

— Eh bien, si c'est notre mot, alors je trouve aussi ta robe *acceptable*.

— J'avais trop chaud pour porter un jean, expliqua-t-elle. C'était une option plus pratique.

— Oh, sur ce point, nous sommes d'accord.

Il lui fit un clin d'œil et se tourna vers la cuisine.

Elle fronça les sourcils, ne comprenant pas le ton séducteur qu'il adoptait. Caro n'aimait pas trop les jupes courtes, mais elle s'était réveillée en ayant si chaud qu'elle avait eu besoin d'un vêtement qui permettrait à sa peau de respirer.

Peu après leur arrivée, Sethios lui avait constitué une

garde-robe, composée principalement de jeans et de tee-shirts, ainsi qu'une poignée de robes d'été. Elle avait d'abord relégué celles-ci au fond de son armoire, n'ayant aucune envie de les porter un jour. Hélas, son corps en avait décidé autrement aujourd'hui : une douce robe bleue qui lui arrivait à peine aux genoux.

Tant pis pour mes couteaux. L'assortiment que Sethios avait récupéré pour elle était adéquat et se trouvait dans sa table de nuit. Son projet initial de les utiliser en représailles contre lui semblait plutôt sans importance dans son état actuel.

Elle replia ses jambes sous elle et termina son chocolat chaud juste au moment où Sethios lui en apportait un autre. Il débarrassa la tasse vide sans dire un mot, puis revint se placer devant elle.

— Devrions-nous en discuter ? demanda-t-il en croisant les bras.

Caro ravala sa salive, se sentant légèrement intimidée par sa taille et le feu qui couvait dans son regard. Elle se doutait que c'était voulu.

— Qu'y a-t-il à dire ? Je suis enceinte.

— Ta première réaction en entendant la nouvelle suggérait qu'une conversation pouvait être nécessaire sur le sort de notre enfant.

L'accent qu'il mit sur le mot *notre* n'échappa pas à Caro, pas plus que le mouvement de ses narines.

— Sans parler de la décision que tes semblables ont prise pour toi. Il se peut que Gabriel trouve ça normal – et toi aussi, d'ailleurs – mais pas moi. Ton être t'appartient. Cependant, cette discussion devrait m'inclure.

— Et que voulez-vous que je décide ? demanda-t-elle, curieuse.

Elle en avait déjà pris son parti, mais il serait bon de savoir à quoi elle aurait affaire dans cette bataille.

— Je ne suis pas intéressé par ce jeu, mon ange, annonça-t-il en s'agenouillant devant elle et en posant ses mains sur les accoudoirs de son fauteuil. C'est ton corps et donc, en fin de compte, ton choix, mais je dirai juste ceci : Je n'ai jamais voulu être père. C'est un rôle que je n'ai jamais eu de raison d'envisager et que je n'ai jamais désiré.

Le cœur de Caro s'emballa devant le sérieux de Sethios et la sincérité qui se dégageait de son regard. Ses mots étaient durs, directs, et c'était exactement ce qu'elle attendait. Sauf pour la partie où il lui donnait le choix. Dans sa vie, rien n'avait jamais vraiment dépendu d'elle, mais plutôt de la société séraphique.

— Caro, poursuivit-il en adoucissant sa voix. Même si l'idée de ne pas aller jusqu'au bout me rend en partie fou, je m'efforcerai de respecter ta préférence.

Il appuya sa main sur son ventre.

— Mais une vie que j'ai aidé à créer grandit en toi et ce n'est pas quelque chose que je pourrais souhaiter détruire.

Elle le regarda en clignant des yeux.

— Vous voulez que je garde le bébé.

Les mots sonnaient étranges dans sa bouche, comme s'ils avaient été arrachés de son cœur pour être projetés dans les airs.

— Oui, mais je ne vais pas choisir pour toi.

Il fit glisser son pouce sur son abdomen encore plat.

— Tu penses que c'est une abomination, j'en suis sûr, mais je le vois comme un miracle. C'est une chose dont je n'avais même pas envisagé de rêver et, même si j'aurais aimé que ce soit dans d'autres circonstances, je ne le regretterai jamais.

— Abomination ou pas, la lignée du destin l'a prédit et apparemment mon Conseil l'attendait.

Un grognement sourd émana de Sethios et la déconcerta.

— Oui. Nous reviendrons là-dessus.

— Revenir sur quoi ?

— C'est vraiment dingue, dit-il. Tu es peut-être habituée à ce que des gens rendent des verdicts en ton nom, mais pas moi. Ils se sont servis d'un subterfuge pour t'envoyer ici dans l'espoir que je plante ma graine en toi. Et le fait que ça ne te rende pas furieuse, ça me dépasse.

— Si c'était le destin, ça allait arriver avec ou sans leur intervention.

— En ne te laissant pas d'autre choix que d'obéir ? demanda-t-il en secouant la tête. Je ne suis pas d'accord. Le propos de la voyance, c'est d'avoir la possibilité de changer les choses. Sinon, à quoi bon ?

— Vous auriez donc préféré que je refuse et que je ne conçoive pas d'enfant ?

— Non, je ne veux rien changer à la façon dont nous nous sommes rencontrés ou à ce qui s'est passé ensuite. Mais tes aînés se sont joués de toi et je trouve ça inacceptable.

—Je vois.

Elle reconnaissait qu'on aurait dû leur permettre de choisir et que son Conseil avait eu tort.

— Mais je ne voudrais pas changer le résultat non plus. Ils devaient le savoir.

— Ah oui ?

L'incrédulité se lisait sur son visage et dans le ton de sa voix.

— Cela reste à voir. Nous devons en apprendre davantage sur ce qu'ils ont prédit, eux et Skye, afin de mieux nous préparer. Pour protéger notre enfant, Caro.

Il prit sa tasse et la mit de côté, puis attrapa ses mains dans les siennes.

— Ton fils a suggéré de me renvoyer à Osiris et, si je pensais que ça pouvait vous protéger, toi et notre enfant, j'y réfléchirais. Mais jusqu'à ce que nous en sachions davantage, ce n'est pas une option que nous pouvons choisir. Nous devons faire équipe. C'est le seul moyen pour nous en sortir.

Caro retint son souffle devant l'intensité de l'expression et du regard de Sethios. Il pensait chaque mot qu'il prononçait. De cela, elle n'avait aucun doute. Pouvait-elle s'associer avec cet homme ? Celui qui l'avait mise dans son lit le soir où ils s'étaient rencontrés, lui promettant des informations qu'il avait ensuite gardées ?

Il lui avait accordé un semblant de liberté ces deux dernières semaines et l'avait laissée faire ce qu'elle voulait. Caro avait essayé de se volatiliser plus d'une fois et il ne l'avait pas arrêtée. Aucune contrainte. Elle était restée, surtout parce qu'elle voulait en savoir plus sur la voyante d'Osiris. Maintenant, cette information avait encore plus d'importance.

— Une équipe, répéta-t-elle. Et si je préférais me trouver dans le sanctuaire de mon propre peuple ?

— Ces mêmes gens qui t'ont donné une fausse mission dans l'intention de te faire tomber enceinte de mon enfant ? demanda-t-il avec un sourire moqueur. Si tel est ton souhait, alors je te suivrai ou je ferai ce que je peux pour te protéger d'ici. Mais je te demande – je te supplie même – d'attendre que nous en sachions plus sur la prophétie pour prendre ta décision.

Les lèvres de Caro menacèrent de se retrousser.

— Me supplier ?

Cela pourrait lui plaire de voir ça.

Le regard de Sethios se plissa.

— C'est une conversation sérieuse.

— Oui, convint-elle. Le fait que vous me suppliez me paraît très sérieux, en effet.

— Maintenant, tu te moques de moi, grogna-t-il en enroulant ses mains autour des poignets de Caro. J'essaye de parler d'une chose importante et ça te fait sourire.

— Je ne souris pas.

— Tes yeux sourient.

Il se rapprocha d'elle, se glissant entre ses jambes et laissant retomber ses mains sur les accoudoirs du fauteuil.

— Tu sais ce que je pense ?

Elle se mordit la lèvre et secoua la tête. Cependant, elle avait une idée de là où il voulait en venir, vu la lueur diabolique dans ses yeux vert foncé.

— Je pense que tu m'aimes bien, répondit-il. En fait, je crois même que tu pourrais me trouver utile pendant cette grossesse.

Les sourcils de Caro se haussèrent.

— Comment ça ?

— À commencer par le chocolat chaud.

Ses doigts glissèrent des poignets de Caro à ses genoux et se mirent à explorer vers le haut sous sa robe.

— Je peux aussi t'offrir du plaisir. Apparemment, les femmes enceintes aiment ça.

— Aucun des deux n'est pratique.

— Vraiment ?

Ses doigts remontèrent le long de ses cuisses jusqu'à sa culotte.

— Tu étais très pâle tout à l'heure, Caro. Pourtant, tes joues ont repris de leurs couleurs. Comment crois-tu que c'est arrivé ?

Sa voix rauque la toucha, décuplant ses sens.

Elle se racla la gorge.

— Grâce à ma sieste.

— Hmm.

Du bout des doigts, il suivit la dentelle sur ses hanches vers l'intérieur, vers son sexe. Elle enfonça ses ongles dans le fauteuil lorsque le pouce de Sethios trouva sans faillir le point de son plaisir et appuya dessus.

— Ta sieste dans mon lit. Pourquoi as-tu choisi cet endroit, mon ange ?

Les lèvres de Caro formèrent plusieurs mots qu'elle ne put prononcer, ou peu clairement.

Ça ne devrait pas arriver.

Ce n'est pas comme si tu pouvais encore tomber enceinte, murmura une partie inconnue d'elle.

Ce n'est pas la question.

Elle tenta de resserrer ses cuisses, mais le corps de Sethios l'en empêchait.

— Un problème ? la railla-t-il.

— Ce n'est pas...

— Pratique, termina-t-il à sa place. Possible. Mais je le vois comme une méthode rationnelle pour mettre ton corps à l'aise. Tu mérites détente et confort, Caro. Laisse-moi t'aider.

Oui...

Oh, elle ne devrait pas.

Mais le pouce de Sethios dessinait des cercles envoûtants contre elle, vidant ses membres de toute énergie.

Pourquoi l'arrêter ?

Parce que les Séraphins n'étaient pas censés ressentir quoi que ce soit.

Ils n'étaient pas censés se laisser aller au plaisir des friandises non plus.

Un gémissement s'échappa de ses lèvres sans qu'elle puisse l'en empêcher, ce qu'il prit pour une acceptation. Sa culotte disparut d'un coup sec et elle lâcha un petit cri de surprise.

— Je la remplacerai, dit-il, sa bouche proche de sa chair humide.

Il bouge si vite...

Oh...

Sa langue.

Oui.

Là.

Il semblait savoir exactement ce qu'elle désirait sans qu'elle dise quoi que ce soit ou émette une quelconque demande. C'était si inapproprié, cette sensation délirante. Et pourtant, tellement bon.

Elle passa ses doigts dans les cheveux de Sethios et laissa sa tête retomber contre le fauteuil.

Cet homme – cet être – avait changé une partie fondamentale d'elle. Ses semblables seraient atterrés. *Elle* devrait être atterrée.

Mais comment pouvait-elle détester une chose qui enflammait son sang ?

— Sethios, réussit-elle à murmurer, incapable de respirer.

Sa gorge se noua et ses membres se figèrent. Cela ressemblait à la mort. Ou à une renaissance. Elle ne pouvait pas discerner la différence. Un précipice extraordinaire, voilé par une sensation étrangère qui la faisait vaciller au bord d'une falaise.

Et puis elle se mit à voler, s'élevant dans les nuages de l'extase. Des picotements se mêlèrent aux secousses, parcourant son âme et la catapultant haut dans le ciel et au-delà.

C'était totalement différent, cette fois.

Tellement plus intense.

Comme si jusqu'à présent, elle s'était retenue lors de chaque orgasme qu'il lui avait donné. Et maintenant qu'elle acceptait l'inévitable, cela l'amenait à un état d'être dont elle ignorait l'existence.

— Encore, chuchota-t-elle alors que la réalité commençait à faire surface. S'il vous plaît.

Le regard vert de Sethios se posa sur elle avec un sourire.

— Seulement parce que tu le demandes si gentiment.

Il la lécha profondément, envoyant des vibrations de désir dans ses veines.

— Tu es à moi, Caro.

Elle secoua la tête alors que cette affirmation accaparait son cœur.

— Si, ma chérie, insista-t-il doucement. Je t'ai prévenue et je te préviens à nouveau : je te garde.

Elle voulait tellement le contredire, mais il faisait taire ses protestations avec un autre mouvement hypnotique de sa langue.

— Je jure de te protéger, chuchota-t-il, presque révérencieusement. Et d'être ton partenaire.

Elle frissonna alors que ses mots s'ancraient quelque part au fond d'elle, dans un lieu sacré occupé par son âme. Une telle intensité, exprimée comme une véritable promesse qu'elle ne pouvait rejeter.

Ils se connaissaient à peine et pourtant, cet endroit sacré en elle le reconnaissait, s'épanouissait pour accueillir son engagement et lui rendre la pareille.

Quoi que les Devins aient présagé, quoi qu'ils aient cru qu'il puisse arriver, cela n'avait rien à voir avec la puissance du lien qui se formait entre eux.

D'un côté, Caro avait envie de haïr Sethios, tandis que de l'autre – celui qu'elle vénérait le plus – elle commençait à s'ouvrir à la possibilité d'un avenir. Un lien du sang prohibé.

— D'accord.

Elle reconnaissait à peine les tonalités rauques de sa voix ou les mots qui s'échappaient de sa bouche. Mais il devait les entendre. Tout comme elle avait besoin de les dire.

— Nous travaillerons ensemble. Comme une équipe.

Le regard de Sethios captura le sien lorsqu'il releva la tête d'entre ses jambes.

— Alors je suis à toi, Caro. Pour tout ce dont tu as besoin.

Le pouls de Caro s'accéléra alors qu'elle acquiesçait, acceptant le pacte qu'ils venaient de conclure entre eux. Pour l'avenir de leur enfant. Pour leur avenir.

Il prit son visage entre ses mains et effleura ses lèvres, finalisant ainsi leur accord. Et elle réalisa avec un sursaut que c'était leur premier baiser.

Sethios avait fait des choses innommables à son corps, mais pas cela, ce qui en faisait un moment bien plus affectueux que tout le reste. Surtout quand sa langue entra doucement dans sa bouche pour s'accoupler avec la sienne.

Le goût de son excitation s'infiltra dans ses sens, accélérant encore plus son rythme cardiaque, et la tendresse se transforma rapidement en chaleur. Ses cuisses s'agrippèrent aux jambes de Sethios dans un désir indicible d'en avoir plus, et il sourit contre sa bouche.

— Tu veux que je te baise, dit-il.

— Oui.

— Dis-le-moi. Prononce les mots.

— Baisez-moi.

Caro ne s'attendait pas à ce qu'ils soient si faciles à dire, mais ils s'échappèrent de sa bouche sans autre forme de préambule. Non pas parce qu'il l'exigeait, mais parce que cette demande primitive semblait juste. De ce qu'elle savait de Sethios, il ne faisait pas l'amour, il baisait.

— Hmm, magnifique.

Il fit passer sa langue sur sa lèvre inférieure et la mordilla.

— Malheureusement, je dois refuser.

Refuser ?

— Quoi ?

— Ça, c'était pour toi, murmura-t-il, son pouce essuyant l'humidité au bord de sa bouche. Et tu n'es pas encore prête à me supplier.

— Je... Quoi ?

Cela n'avait aucun sens logique.

— C'est une gratification retardée, Caro. Fais-moi confiance.

Il lui fit un clin d'œil et s'éloigna après avoir réajusté sa jupe au passage.

— Bon, je viens d'avoir une délicieuse collation. Et toi ? Prête pour le déjeuner ?

— Le déjeuner ? répéta-t-elle, complètement déconcertée.

— Oui.

Il toucha sa tasse de chocolat chaud du revers de la main.

— Ça me semble avoir assez refroidi pour que tu puisses le boire maintenant. Occupe-toi de ça pendant que je te prépare quelque chose à manger.

Le regard de Caro se posa sur la tasse, puis revint sur lui.

— Je veux du sexe, pas de la nourriture.

Il sourit.

— Tu ne peux pas imaginer à quel point j'aime t'entendre dire ça.

— Alors, baisez-moi.

Encore une fois, cela sortit si facilement. Elle pourrait se mettre à utiliser le mot plus librement. C'était assez amusant.

— Oh, j'en ai bien l'intention. Mais tu dois d'abord manger.

Caro le regarda bouche bée. Il avait exigé qu'elle fornique le soir où ils s'étaient rencontrés. Maintenant, il disait non ?

—Je ne comprends pas.

— Tu as besoin de nutriments, Caro. Je vais te nourrir.

— Mais...

Il pressa un doigt sur ses lèvres.

— Laisse-moi m'occuper de toi. S'il te plaît.

Elle écarquilla les yeux, surprise par la sincérité qui se dégageait de lui. Cet homme était une énigme vivante. Un instant, il la séduisait. Le suivant, il prenait soin d'elle.

— Le bébé a besoin de nourriture, ajouta-t-il. Au cas où tu cherchais une explication rationnelle.

Elle cligna des yeux.

C'était vrai. La nourriture facilitait la croissance.

— Ensuite le sexe.

Je deviens folle ou quoi ? Elle ne devrait pas exiger ça. Mais elle le voulait. Vraiment. Sans autre but pratique que de ressentir quelque chose. *Cet homme veut ma mort.*

— Ne t'inquiète pas, Caro. Je te donnerai ce dont tu as besoin.

Son sourire était positivement malicieux.

— Pourquoi ai-je l'impression que ce n'est pas ce que je demande ? dit-elle lentement.

— Parce que tu es intelligente, mon ange.

Il prit à nouveau son visage entre ses mains et l'embrassa doucement.

— Je te dois un autre orgasme, puisque tu me l'as demandé si gentiment, et j'ai l'intention de te le donner.

Ses mots sortirent dans un souffle contre ses lèvres, suivi d'un pincement punitif.

— Mais après avoir mangé quelque chose. Immortel ou pas, notre bébé a besoin de nourriture.

— Notre bébé, répéta-t-elle.

Pourquoi cette phrase provoquait-elle de la chaleur dans sa poitrine ?

— Vous voulez vraiment faire ça.

Il s'écarta d'elle pour la regarder dans les yeux.

— Je ne vais pas te mentir, Caro. Ce n'est pas quelque chose que j'ai souhaité, mais à aucun moment, je n'ai envisagé la possibilité de ne pas avoir cet enfant avec toi. Destinée ou pas, ça semble juste.

Elle ravala sa salive et acquiesça pour lui indiquer qu'elle comprenait. Que les Devins aient voulu que cela se produise ou non restait un point discutable en présence des réactions instinctives de Caro face à la vie qui s'épanouissait en elle.

Protéger.

Nourrir.

Chérir.

C'était comme si son âme avait déjà juré de faire toutes ces choses sans son consentement conscient.

Mais comme il l'avait dit, c'était juste et on ne pouvait y résister.

— OK, mais ça ne veut pas dire que je vous aime bien, murmura-t-elle, sans vraiment le penser.

Il sourit contre ses lèvres.

— J'espère que non, mon ange. Sinon, ce partenariat serait terriblement ennuyeux.

— Et si je préfère que ce soit ennuyeux ?

— Ce n'est pas vrai.

Il fit glisser sa bouche le long de sa joue jusqu'à son oreille.

— Parce que si c'était le cas, tu ne voudrais pas me baiser.

Caro ne trouvait plus ses mots. Un démenti serait un mensonge. L'accepter ne ferait que flatter l'ego surdimensionné de Sethios. Rester silencieuse semblait être la meilleure option, même si, bien sûr, cela impliquait son consentement.

Sethios l'embrassa à nouveau, profondément, avant de se lever.

— La nourriture d'abord, mon ange. Puis je te donnerai du plaisir jusqu'à ce que tu me supplies d'arrêter.

Bien. Si c'était ainsi qu'il avait l'intention de la traiter pendant sa grossesse, qui était-elle pour le contredire ?

La dernière fois, elle avait été mise à mal et avait souffert. Peut-être que cette fois-ci serait différente avec Sethios à ses côtés.

En commençant par plus de chocolat chaud.

PARTIE II
DES LIENS MAUDITS

Une puissance inconnue
émerge. Elle possédera la
force et la volonté de nous
détruire tous, à moins que
certaines mesures ne soient
mises en place pour freiner
ses inclinations. Sethios en est
la clé.

— Skye

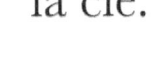

12

DE NOUVELLES ALLIANCES

GABRIEL S'APPUYA contre le mur de briques et observa la cour en face de lui. Au-delà se trouvait un bâtiment dont il voulait tout savoir.

Le siège de la Fondation humanitaire pour les catastrophes, également connue sous le nom de FHC.

Il s'agissait d'une organisation philanthropique dirigée par le millionnaire Jonathan Fitzgerald, un Ichorien de piètre talent. Les gens le considéraient comme une énigme, puisqu'il n'avait qu'une vingtaine d'années et qu'il possédait une entreprise plutôt importante, surgie de nulle part. Son fils, un certain Thomas Fitzgerald, résidait avec la femme présumée de Jonathan, quelque part dans le nord de l'État de New York.

Des pouvoirs surnaturels étaient certainement en jeu ici, mais les humains étaient naïfs et préféraient croire au mensonge le plus simple plutôt que d'envisager l'impossible.

Gabriel croisa une cheville sur l'autre et attendit.

Sethios lui avait donné une description complète d'Ezekiel. Ce n'était qu'une question de temps avant que l'infâme assassin n'apparaisse. D'autant plus que cela faisait presque une semaine que Gabriel attendait son arrivée.

Sa tentative de surveiller la propriété d'Osiris avait échoué quand il avait réalisé que le Séraphin utilisait des déchiffreurs de localisation.

Rusé, talentueux et intelligent.

Une combinaison mortelle pour un immortel sociopathe qui n'avait aucun sens du bien et du mal.

La raison pour laquelle son Conseil voulait que ce Séraphin soit éliminé n'était pas un mystère pour Gabriel. Il avait créé une armée de serviteurs aux capacités diverses, dans le seul but de le protéger en cas de combat. Aucun d'entre eux ne semblait très désireux d'agir au nom de leur maître.

D'après ce que Gabriel avait compris, les Ichoriens et les Hydraiens ignoraient qu'ils n'existaient que grâce au sang d'Osiris.

Fascinant, vraiment.

Et bizarre.

Sa finalité, bien que prévisible, était enveloppée dans des couches confuses. Pourquoi ne pas réclamer son droit de naissance et régner sur son espèce ? Pourquoi leur permettre de vivre dans l'ignorance ? Que cherchait-il à prouver ?

Gabriel voulait toutes les réponses. Y compris savoir ce qui se cachait derrière les portes de la FHC.

Il avait envisagé, plus d'une fois, de s'y introduire en se volatilisant, juste pour jeter un coup d'œil, mais il ne voulait pas déclencher d'alarmes. Les runes entourant le bâtiment rivalisaient avec celles de la maison d'Osiris, confirmant la théorie de Sethios selon laquelle les deux hommes travaillaient ensemble.

Mais sur quoi ?

— Tu lui ressembles, dit une voix lorsqu'un homme se matérialisa à sa gauche.

Celui que Gabriel attendait. Les longs cheveux noirs du nouveau venu correspondaient à la description de Sethios, tout comme sa veste en cuir et le piercing sur sa lèvre.

— Ezekiel, répondit Gabriel, sans hésiter.

— Séraphin.

La lueur rusée dans le regard moucheté d'or de l'Ichorien suggérait l'intelligence et la ruse, une chose que Gabriel devrait garder à l'esprit pendant leurs négociations.

— En tout cas, je suppose que c'est ce que tu es puisque je ne peux pas sentir tes origines.

Gabriel ignora la supposition. Expliquer son don pour effacer ses traces n'était pas le but de cette réunion.

— Je souhaite parler à ta voyante.

Ezekiel fronça les sourcils.

— Ma voyante ?

— Oui. Celle dont Osiris se sert pour te tenir en laisse.

Gabriel ne comprenait toujours pas comment cela fonctionnait. L'être qui se tenait devant lui rayonnait de puissance. Il avait même réussi à surprendre Gabriel avec son apparition inopinée. Pourquoi une personne avec de telles capacités s'embêterait-elle à travailler pour un Séraphin comme Osiris ? Une preuve supplémentaire que les émotions étaient une perte d'énergie et de bon sens.

— Tu as parlé à Sethios, supputa Ezekiel. J'imagine que tu ne vas pas me dire comment le trouver ?

— Non.

Gabriel avait juré de protéger Caro, ce qui impliquait de protéger Sethios aussi. Pour le moment, en tout cas.

— Bien, dit l'Ichorien en souriant. Je ne voudrais pas avoir à transmettre des informations à Osiris.

— Sous la contrainte ?

— Toujours.

Gabriel hocha la tête, indiquant qu'il comprenait.

Osiris avait probablement persuadé Ezekiel de s'enquérir de l'endroit où se trouvait Sethios et de transmettre toute information relative à sa localisation au maître séraphin. Ils allaient devoir faire preuve de prudence durant cette conversation. Le moindre détail pouvait déclencher la contrainte de faire un rapport à Osiris.

— Je suis ici de mon plein gré. J'ai besoin d'informations et je crois comprendre qu'elles sont en possession de ta voyante.

— Et tu souhaites que je t'aide à entrer en contact avec elle.

— Oui.

Le regard d'Ezekiel se déplaçait sur Gabriel d'une manière qui sentait la stratégie et la planification.

Il est en train de se demander si je peux lui être utile.

Gabriel lui rendit la pareille avant de se concentrer une nouvelle fois sur le siège de la FHC.

— Sur quoi Osiris et Jonathan travaillent-ils ?

— Des atrocités, répondit Ezekiel en suivant son regard. Osiris veut une compagne pour se reproduire et une candidate potentielle a vu le jour la semaine dernière. Apparemment, je vais devenir son chien de garde.

— En échange d'un accès continu à ta voyante.

— En effet, convint Ezekiel en recentrant son attention sur Gabriel. Comment se fait-il que je ne puisse pas te sentir ?

— La génétique.

Il prit appui sur le mur pour se redresser de toute sa hauteur, dominant l'Ichorien de quelques centimètres seulement.

— C'est un trait de famille.

— Intrigant. Je suppose que c'est lié au fait que je n'arrive pas à localiser Sethios. Ne confirme pas ; dis-lui simplement de continuer de faire ce qu'il fait. Osiris est absolument furieux.

Ezekiel avait l'air ravi et souriait même.

—Je pense que tu pourrais m'être utile, Séraphin.

—Je ne travaille pour personne.

— Un partenariat, alors.

—Je ne travaille *avec personne* non plus.

—Je vois.

La lumière s'atténua dans le regard d'Ezekiel, assombrissant ses iris jusqu'à les rendre quasiment noirs.

— Dans ce cas, tu n'as pas besoin de moi, n'est-ce pas ?

Bien joué, Ichorien. Bien joué.

— Que demandes-tu en échange de ton aide ?

Gabriel n'avait pas envie de tourner autour du pot ou de continuer ce jeu de postures. Il voulait arriver au but et en finir avec toute cette histoire de prophétie.

Ensuite, il pourrait revenir pour jeter un second coup d'œil à la FHC.

— Je n'en suis pas encore sûr. Ça dépend si tu es doué ou non, Stark.

Gabriel fronça les sourcils.

— Stark ?

— Considère ça comme un surnom. Ça m'évite d'avoir à connaître ta véritable identité. Et puis, ça te va bien.

L'Ichorien lui fit un clin d'œil.

—Je suppose que tu as déjà essayé de t'introduire dans la propriété d'Osiris et que tu as échoué ?

— Entrer aurait été facile. Le problème, c'était plutôt de localiser ma cible.

— Et qu'as-tu l'intention de faire avec ta « cible » ?

— Demander une prophétie. Rien de plus. Rien de moins.

Ezekiel le regarda en réfléchissant.

— Je serai présent et si tu tentes quoi que ce soit, tu le regretteras.

— Les menaces sont inutiles, répondit Gabriel, imperturbable. La seule chose qui m'intéresse, c'est la vision qu'elle a eue pour en transmettre les détails aux personnes concernées.

Il tut volontairement les noms de Sethios et de Caro, mais il savait que l'Ichorien avait compris quand ses lèvres se retroussèrent.

— Excellent. Je vais avoir besoin d'un peu de temps pour régler les détails.

Il glissa ses mains dans les poches de sa veste en cuir et pencha la tête curieusement sur le côté.

— Je suppose que tu n'as pas envie de boire un verre ? Il y a un endroit en bas de la rue qui vend un scotch exceptionnel. Tu pourrais même le trouver... irrésistible.

Une sorte d'allusion, ou peut-être un avertissement.

La mission de Gabriel était de trouver la voyante. Ezekiel avait l'intention de l'aider dans cette tâche ou de le faire marcher. Il n'y avait qu'une seule façon de le savoir.

— Je n'ai rien de mieux à faire.

L'Ichorien sourit.

— Excellent. Peut-être vaut-il mieux que nous discutions comme si ça avait été notre but depuis le départ ?

Ah, nous sommes surveillés.

— Bien sûr.

— Parfait.

Il indiqua d'un signe de tête de passer devant la FHC. Alors qu'ils approchaient des portes, Ezekiel demanda :

— Tu baises toujours cette sorcière de Londres ?

Gabriel réprima une grimace et joua le jeu.

— Celle avec les cheveux roux flamboyants ?

— Ouais. Je ne me souviens pas de son nom. Tabby ?

— Abby.

Gabriel ne put forcer une réponse chaleureuse, mais tenta d'afficher un sourire qui semblait étrange sur ses lèvres. L'expression qu'Ezekiel lui renvoya lui indiquait de ne plus essayer.

— On ne se voit plus.

Ezekiel haussa les sourcils.

— D'après ton regard, j'aurais deviné.

Il eut un sourire satisfait lorsqu'ils passèrent le coin du bâtiment.

— On ne sait jamais qui pourrait écouter.

— Et maintenant ?

— On est bons. Quelque chose me dit que leurs alarmes ne vont pas se déclencher à cause de toi.

Une idée traversa l'esprit de Gabriel.

— Comment m'as-tu reconnu ?

Il aurait dû le demander plus tôt, mais il était préoccupé par l'accomplissement de la première étape de sa mission.

Ezekiel eut un sourire affectueux.

— Skye m'a dit où te traquer, mais elle ne m'a pas expliqué pourquoi. Par la suite, tes cheveux clairs m'ont rappelé le dernier Séraphin que j'ai brièvement croisé, alors j'ai supposé que tu étais celui que Skye m'a envoyé voir.

Ce qui impliquait que l'Ichorien rencontrait la voyante en tête-à-tête, peut-être souvent. Sethios l'avait informé qu'Ezekiel n'avait droit qu'à une journée par an avec elle, en échange de son obéissance. Apparemment, cela n'était pas tout à fait exact.

Gabriel stocka le détail pour un examen ultérieur.

Ezekiel s'arrêta devant l'entrée d'un bar, la main posée sur la porte.

— Retrouve-moi ici dans cinq jours. Je te tiendrai au courant.

Gabriel étudia le nom et l'emplacement.

— OK.

— À bientôt.

Ezekiel pénétra dans l'établissement et se dirigea tout droit vers un homme assis sur un tabouret.

— Mon cher Owen. Toi et moi, on doit...

La porte se referma sur ces paroles. Gabriel envisagea d'entrer – ne serait-ce que pour voir pourquoi l'homme à la peau sombre près du comptoir avait pris une teinte verdâtre désavantageuse – mais il décida que ce n'était pas son affaire.

La curiosité ne servait à rien. Surtout lorsque la politique ichorienne était en jeu.

En effet, l'immortel assis à l'intérieur était un Hydraien et se trouvait en territoire ichorien.

Un choix assez peu judicieux compte tenu des lois qui régissaient leurs espèces.

Gabriel ne comprenait rien à tout cela. Si Osiris s'appropriait ses serviteurs, il n'y aurait pas besoin de ces chamailleries. Mais il semble que c'était précisément ce que voulait Osiris : le chaos.

Un jour, Gabriel essayerait d'éclaircir tout cela.

En attendant, il devait faire connaissance avec un frère ou une sœur.

Il retourna chez lui en se volatilisant dans un domaine sur Terre, protégé par des runes. Les humains ne connaissaient pas l'existence de cette zone et les Séraphins préféraient qu'il en soit ainsi.

Le moment était venu d'avoir une autre discussion avec les voyants. Il doutait qu'ils soient plus coopératifs, mais ça valait le coup d'essayer.

Au pire, il pourrait comparer leurs talents à ceux de la dénommée Skye.

Peut-être se montrerait-elle plus puissante qu'il ne le pensait.

À moins qu'elle ne dispose d'aucun talent réel.

Seule l'expérience le dirait.

13

DES MOTS HAUTS EN COULEUR

CARO SE RÉVEILLA avec un mal de tête qui sévissait derrière ses yeux et brouillait la vision qu'elle avait du plafond.

Elle gémit doucement pour elle-même, frustrée. Cette grossesse était bien plus facile que la première, mais chaque fois qu'elle essayait de faire quelque chose seule, comme dormir, la douleur revenait décuplée.

Son corps semblait avoir besoin de la présence de Sethios.

Mais elle avait filé seule dans sa chambre pour lui faire payer le fait de ne pas lui avoir accordé ce qu'elle voulait.

Du sexe.

Cela faisait maintenant des semaines qu'il le lui refusait. Oh, il lui donnait du plaisir presque tous les jours, généralement avec sa bouche, mais il s'abstenait de faire autre chose. Presque comme s'il avait peur de la briser.

Elle poussa un grognement.

Cet homme la rendait complètement folle. Des émotions comme elle n'en avait jamais connu avaient envahi toutes ses pensées.

La fureur, la concupiscence, la frustration.

Il l'avait transformée en un Séraphin avec des sentiments.

Elle ne voulait pas de cela. Et le désir entre ses cuisses ou les élancements dans sa tête ne lui plaisaient guère non plus.

Caro soupira. Elle connaissait le remède à tous ses maux. Il gisait à quelques mètres de là, dans l'autre pièce, sous la forme d'un mâle parfait.

— Punaise, marmonna-t-elle. Punaise, punaise, punaise.

Baise, traduisit son cerveau.

— Oui, ça aussi.

Elle posa une main sur son ventre qui s'agitait. Il n'était que légèrement enflé, mais c'était là : une indication que cette grossesse s'inscrivait dans un calendrier comparable à celui de la précédente. Cela signifiait qu'ils pourraient se retrouver avec un bébé dans cinq semaines environ. Une période de gestation de deux mois était assez normale pour les Séraphins.

Il était intéressant de constater que la reproduction nécessitait des conditions spécifiques et une compatibilité génétique parfaite, mais que la naissance proprement dite se précipitait dès la procréation.

Le martèlement dans sa tête s'accrut et la força à quitter son lit. Elle faillit heurter le mur du couloir en se dirigeant vers la chambre de Sethios. C'était devenu leur routine. Elle essayait de rester à distance et finissait toujours à ses côtés le matin.

Elle ne fut donc pas surprise de le voir lever le bras en signe de bienvenue quand il entendit sa porte s'ouvrir.

— Viens ici, ma chérie, murmura-t-il.

Caro se glissa sous les draps et ressentit immédiatement le soulagement de la chaleur de Sethios. Elle se blottit contre lui, se délectant de son parfum apaisant et de sa force.

Tu es en sécurité, semblait chuchoter son corps.

Il frotta ses hanches en faisant des cercles apaisants, l'attirant aussi près de lui que possible et posant ses lèvres sur sa tempe.

— Ça va mieux ? chuchota-t-il.

— Oui.

— C'est bien.

Son absence de chemise et de pantalon ajoutait à l'intimité du moment. Après la première nuit où elle était montée avec lui et l'avait trouvé nu, il s'était mis à porter des caleçons au lit, ce qu'elle appréciait et détestait à la fois.

Caro l'aimait plutôt nu.

Il était parfaitement proportionné à tous égards.

Ses lèvres se retroussèrent alors qu'elle l'imaginait musclé, bandant et tellement délicieux. Elle voulait lécher chaque centimètre carré de son corps et le goûter comme il le faisait avec elle.

Oh, oui...

La chaleur qui se répandait de son sexe à tous ses membres la fit se tortiller. Le besoin d'explorer Sethios fourmillait dans ses doigts, tandis que sa langue désirait quelque chose de bien plus décadent.

Qu'est-ce qui cloche chez moi ? De toute son existence, elle n'avait jamais aspiré à de telles choses.

C'était comme si Sethios avait allumé un interrupteur hormonal en elle et qu'elle ne savait pas comment l'éteindre.

Au moins, son mal de tête avait disparu.

Caro se concentra sur sa respiration en suivant le rythme apaisant de Sethios. Le corps de celui-ci était si détendu contre le sien qu'il la berçait dans un confort addictif.

Son cœur ralentit. Ses muscles se relâchèrent. De possibles rêves se répandirent dans son esprit.

Et se fracassèrent lorsqu'une présence létale éperonna ses sens.

Elle ne bougea pas et ne réagit pas. Mais elle le *sentait*.

Quelque chose de cruel, une aura qui n'avait rien à faire ici.

Comment est-ce possible ?

Ça n'a pas d'importance. Prends tes jambes à ton cou.

Sethios se maintenait derrière elle, sans paraître affecté, mais elle sentit qu'il était sur ses gardes.

Il sait.

Et si ça n'était pas le cas ? demandèrent ses nerfs en s'effilochant aux extrémités.

Non. Elle ne pouvait pas penser à ça maintenant.

Ils devaient bouger, et vite.

Mais, mon Dieu, si elle avait tort...

Elle suivit son instinct et fit en sorte qu'ils se volatilisent jusqu'à leur refuge de secours – une maison anonyme au fin fond du Montana. Les bras de Sethios se refermèrent autour d'elle tandis que sa bouche s'accrochait à son cou, aspirant son essence en de rapides et violentes succions.

Devant cette invasion, Caro poussa un cri, mais en comprit le but et le besoin. Son don s'était épuisé, permettant à une présence malveillante de les trouver.

Osiris.

Sethios termina aussi vite qu'il avait commencé et appuya son front sur son épaule, soufflant avec difficulté contre sa peau.

— Merde, murmura-t-il. On l'a échappé belle.

— Comment nous a-t-il trouvés ?

Il secoua la tête : soit il ne savait pas, soit il ne pouvait pas encore formuler de réponse. Le fait de se volatiliser semblait l'affaiblir, peut-être parce que cela allait à l'encontre de l'ordre naturel des choses qu'elle le porte. Il n'était pas un Séraphin. Pas complètement, en tout cas.

Caro resta vigilante, s'attendant à ce que l'aura malfaisante apparaisse à nouveau, mais le silence les entourait. Cependant, cela pouvait être trompeur, car dès le départ, elle n'aurait pas dû pouvoir sentir l'approche voilée d'Osiris. Pourtant, ça s'était produit.

Mes facultés sont en train de changer.

Pourquoi ?

Cela n'était pas arrivé quand elle avait donné naissance à Gabriel. Pourquoi ce nouvel enfant serait-il différent ?

Sethios.

L'idée la foudroya et elle lâcha un léger cri.

— Je l'ai senti parce que ton sang est en moi. Grâce à l'enfant.

Elle cligna des yeux, choquée par le lien évident.

— Notre bébé nous a sauvés.

C'était la marque d'une grande puissance. Contre nature. Incroyable. Époustouflante.

— L'instinct de protection, chuchota-t-il, la tête toujours enfouie dans son épaule. Tu as fait en sorte qu'on se volatilise avant même qu'il ne fasse un pas dans la chambre.

— Nous a-t-il suivis ?

Sethios secoua la tête.

— Je ne le sens pas.

Elle attendit, observant et cherchant le moindre changement d'énergie.

La maison était parfaitement calme, mais à l'extérieur, le soleil se couchait.

Le décalage horaire.

Bien.

Ses membres tremblaient alors que l'adrénaline s'échappait de son système. Seuls les bras de Sethios la maintenaient debout. Malgré son état de faiblesse évident, il réussit à la soulever et à la transporter dans ce qui semblait un séjour surdimensionné. L'absence de poussière suggérait qu'il venait souvent ou, plus probablement, que quelqu'un entretenait la maison quand il n'y était pas.

Sethios s'installa dans le fauteuil le plus proche, assit Caro sur ses genoux et enfouit à nouveau sa tête dans son cou.

— Merci, chuchota-t-il.

Les sourcils de Caro se froncèrent.

— Pour quoi ?

— De m'avoir emmené.

Ces mots la frappèrent en plein cœur. Elle n'avait pas un seul instant envisagé de le laisser là-bas. Elle aurait pu facilement se volatiliser sans lui, même s'il la tenait, mais elle s'était concentrée sur leur connexion pour s'assurer qu'il viendrait avec elle.

Elle cligna des yeux.

Que se serait-il passé si elle ne l'avait pas rejoint dans son lit ? Si elle était restée dans sa propre chambre et avait senti la présence là ? Passer prendre quelqu'un pendant qu'on se volatilisait n'était pas possible. Si Osiris était arrivé alors qu'ils étaient séparés, elle n'aurait pas eu d'autre choix que d'abandonner Sethios.

À moins qu'ils ne forment un véritable lien du sang. Cela les connecterait à un degré si profond qu'elle serait capable de le trouver n'importe où. En supposant qu'elle ait toutes ses capacités et qu'elle reste lucide, bien sûr.

Pouvait-elle envisager une telle connexion ? Oui.

Le devrait-elle ? Non.

Ils étaient sur le point d'avoir un enfant ensemble, mais

aucun d'eux ne savait ce que l'avenir leur réservait. Leur partenariat était provisoire, du moins pour le moment.

Mais peut-être qu'une fois qu'ils en sauraient plus − qu'ils se connaîtraient mieux − ils pourraient discuter d'un lien de sang.

Peut-être.

En attendant, ils devaient prendre certaines dispositions au cas où Osiris les retrouverait.

— Vous devez boire de mon sang au moins deux fois par jour et nous devons désormais rester à moins d'un mètre l'un de l'autre. Voilà. Ça devrait suffire.

Sethios gloussa.

— Ah ouais ? Est-ce que ça suppose qu'on prenne notre douche ensemble, mon ange ?

— Oui. Pour se volatiliser, je dois vous avoir à portée de main. Sinon, je dois prendre le risque de vous abandonner.

— Tu nous enchaînes déjà l'un à l'autre ?

Il n'avait pas l'air de la prendre au sérieux.

— Je n'ai même pas encore fait ma demande en mariage.

Elle se retourna sur les genoux de Sethios pour lui lancer un regard noir.

— Comprenez-vous que si j'avais été dans ma chambre quand il est arrivé, j'aurais été obligée de vous laisser là-bas ?

L'amusement de Sethios s'estompa alors qu'il soutenait son regard.

— Et ça t'aurait dérangée ?

— Oui.

Quelle question ridicule !

— Bien sûr que oui.

Les iris verts de Sethios s'enflammèrent.

— Tu m'as emmené parce que tu le voulais.

— Vous ne m'avez pas contrainte, si c'est ce que vous entendez.

Elle pouvait sentir sa persuasion et il ne s'en était pas servi sur elle depuis des semaines.

— Caro, dit-il en passant ses doigts dans ses cheveux et en attirant son visage contre le sien. Tu m'as sauvé ce soir. Parce que tu le voulais.

— Pourquoi est-ce que ça a l'air de vous surprendre ?

— Ça montre que tu tiens à moi.

Elle eut un rire moqueur.

— La bienveillance est un trait humain.

— C'est un trait naturel, riposta-t-il. Pour certains.

— OK. Peut-être. Je ne sais pas. Quand j'ai senti la présence d'Osiris, je n'ai pensé qu'à nous sortir tous les deux de là en nous volatilisant et j'étais terrifiée à l'idée que vous ne soyez pas assez réveillé pour rester accroché à moi.

Elle s'arrêta de parler et se mordit la lèvre. S'il n'avait pas été conscient...

La bouche de Sethios captura la sienne dans un mouvement violent qui embrouilla toutes ses pensées.

Je... Oh !

OK.

Encore.

Sethios l'avait déjà embrassée, mais jamais comme ça.

Il la dévorait pratiquement, de la même manière qu'il l'avait fait... en bas.

C'est comme s'il me mangeait la chatte, réalisa-t-elle. Mais avec plus de chaleur et d'émotion, et une sensualité qui la laissait sans voix.

Les mains de Sethios retombèrent sur les hanches de Caro. D'un geste aussi rapide que l'éclair, il la plaça à califourchon sur ses genoux, pressant intimement son sexe contre le sien, et reprit leur baiser avant qu'elle ne puisse retrouver son souffle.

La chaleur se mêlait aux sensations dans tout son corps, attisant un feu au plus profond d'elle-même. Elle n'avait aucune idée qu'une étreinte pouvait l'illuminer autant. C'était très inspirant. Tellement *réel*.

Ses ongles s'enfoncèrent dans ses épaules nues alors que la langue de Sethios dominait la sienne. Ce n'était pas un accouplement poli, mais une injonction qui requérait sa soumission. Et elle ne pouvait pas la lui refuser. Elle doutait de pouvoir le faire un jour.

Qu'est-ce qui m'arrive ?

Il y a trois semaines, elle aurait résisté à la contrainte de faire tout ce que Sethios voulait. Mais maintenant ? Elle ne pouvait lui en donner assez.

Son tee-shirt disparut par-dessus sa tête, suivi par sa raison. Les dents de Sethios effleurèrent son cou et sa clavicule, jusqu'à ses seins. Elle se cambra contre lui dans un gémissement et s'accrocha à ses biceps.

Sethios se leva alors que les jambes de Caro s'enroulaient autour de sa taille et il se mit à avancer à l'aveuglette dans la maison. Quand le dos de Caro atterrit sur un matelas moelleux, elle soupira de contentement.

— Combien de résidences possédez-vous ?

Parce que clairement, cette maison lui appartenait.

— Plusieurs.

Il retira le bas du pyjama de Caro, ainsi que sa culotte.

— Je vais te donner du plaisir jusqu'au matin, Caro.

En entendant cela, elle fronça les sourcils.

— Vous voulez dire me baiser jusqu'au matin.

Il sourit en s'agenouillant entre ses jambes.

— Avec ma bouche, oui.

Elle tenta de refermer ses cuisses, mais les mains de Sethios l'en empêchèrent.

— Sethios, grogna-t-elle.

— Oui, Caro ?

— Je ne veux pas de votre bouche. C'est *vous* que je veux.

Elle insista en le serrant entre ses jambes.

Le regard de Sethios se mit à briller sournoisement.

— Quelle partie de moi ?

— Il faut vraiment que je le dise ?

— Absolument.

Elle serra les dents. D'abord, c'était la *baise*. Maintenant, il voulait un autre mot qu'elle n'avait jamais eu l'occasion d'utiliser. Mais si ça marchait, cela valait vraiment la récompense.

— Je veux votre bite, Sethios.

Il sourit.

— Où ça ?

— En moi.

Il haussa un sourcil.

— Plus précisément, Caro. Parce que je compte trois façons de te baiser avec ma bite et, si c'est moi qui décide, je vais explorer chaque option. Méticuleusement.

Quel homme vulgaire !

— Je veux votre bite dans ma...

Elle ravala sa salive, incapable de prononcer le terme grossier qu'il attendait.

— Dans mon vagin.

Il gloussa et secoua lentement la tête.

— Oh, mon ange. Tu y étais presque.

— Sethios.

Cela sortit comme un grognement.

— Vous savez ce que je veux. Arrêtez de me torturer et donnez-moi du plaisir avec votre bite, sinon je vous jure qu'on va se volatiliser jusqu'au milieu de l'océan Atlantique et que je vous y laisserai pour une bonne et longue baignade.

Puis elle utiliserait ses ailes pour planer au-dessus de l'eau pendant qu'il lutterait contre les vagues.

— En fait, ça me plairait aussi beaucoup, dit une voix masculine impassible depuis l'embrasure de la porte, les faisant sursauter tous les deux. Ou, mieux encore, je le lâcherais au beau milieu d'un volcan en activité.

14

QUE LES DEVINS AILLENT SE FAIRE FOUTRE

— GABRIEL, souffla Caro, son visage prenant une jolie teinte rose.

De l'embarras. Intéressant. Il semblait que le Séraphin avait commencé à embrasser ses émotions. Dommage que Sethios ne puisse pas les explorer davantage. Peut-être plus tard. Après le départ de son fils.

— Vous ne frappez jamais aux portes, là où vous vivez ? demanda nonchalamment Sethios en se déplaçant par-dessus Caro, tirant au passage sur les couvertures pour couvrir son corps complètement nu.

— Non, vint la réponse flegmatique depuis la porte.

— Comment es-tu arrivé ici ? demanda Caro, son expression se faisant plus stoïque maintenant qu'elle tenait une couverture contre ses seins dénudés.

— Sethios m'a fourni cette adresse en cas de problème, la semaine dernière.

Gabriel alluma les lampes et s'appuya contre le montant de la porte.

— Comme Osiris et ses deux sbires occupaient

l'appartement de Paris à mon arrivée, j'ai supposé que vous étiez tous les deux partis.

— Il t'a vu ? demanda Sethios.

Cela n'avait pas vraiment d'importance puisque Gabriel ne pouvait pas être facilement pisté, tout comme sa mère, mais il vaudrait mieux garder l'anonymat du Séraphin pour qu'il puisse continuer à rencontrer Ezekiel.

— Non. Je me suis douté que quelque chose n'allait pas avant d'apparaître, probablement à cause de notre lien.

Gabriel regarda sa mère.

— Tu avais l'air en détresse.

— Parce qu'Osiris nous a trouvés, répondit-elle.

Le regard du Séraphin se plissa légèrement.

— Je vois.

Son ton contenait une touche d'incrédulité, mais il n'insista pas.

— Quoi qu'il en soit, je me suis volatilisé jusqu'au pâté de maisons suivant et j'ai pénétré dans le bâtiment sous forme humaine. Il ne m'a pas remarqué.

Sethios se détendit contre la tête de lit, à côté de Caro, satisfait par les indications de Gabriel.

— Tu as du nouveau ?

— Oui et non. La lignée du destin dissimule toujours des informations – sans l'admettre, évidemment – mais je perçois leur hésitation. Il y a des choses qu'ils ne souhaitent pas que nous sachions, mais ils ont confirmé que votre progéniture possédera un pouvoir indescriptible. Et ils ont également laissé entendre qu'il sera nécessaire d'élever l'enfant parmi les Séraphins, et non chez les humains.

— Ton intonation suggère que tu n'es pas d'accord, nota Sethios. Pourquoi ?

Gabriel le regarda en clignant des yeux.

— Les Séraphins n'utilisent pas les intonations pour communiquer.

— Tu ne fais qu'éluder ma question.

— Je refuse de tirer des conclusions à partir de conjectures, répondit simplement Gabriel. Il ne s'agit donc pas d'un désaccord, mais d'une incertitude. Les Devins s'expriment au travers d'énigmes conçues pour provoquer la réflexion, pas la vérité.

— C'est ce que sont les prophéties.

Ou, du moins, c'était le cas de toutes celles dont Sethios avait entendu parler.

— Pourquoi dissimuleraient-ils des détails ?

— Parce qu'ils souhaitent façonner l'avenir.

Gabriel poussa la porte pour entrer dans la pièce.

— C'est pourquoi ils se sont servis d'un prétexte pour envoyer ma mère ici, plutôt que de lui fournir les lumières de leur clairvoyance. Ils souhaitaient votre accouplement et ont dû penser que la prévenir l'aurait rebutée.

Ses yeux vert clair se posèrent sur sa mère.

— Tu es d'accord ?

— Oui, répondit-elle sans aucune hésitation. Mais c'est là tout l'intérêt de prévoir l'avenir : la possibilité de le changer. S'ils ne souhaitaient pas que je sois au courant de leur vision, cela prouve qu'ils voulaient s'assurer qu'elle se réaliserait.

Gabriel s'arrêta à côté du lit et glissa ses mains dans les poches de sa veste en cuir.

— C'est pourquoi je veux entendre l'intégralité de la prophétie, pas seulement des morceaux. Ils disent que tu dois élever l'enfant parmi les Séraphins, mais ils n'expliquent pas pourquoi. Même si je peux imaginer plusieurs finalités pratiques, je soupçonne qu'il y a une raison spécifique à cette demande.

Sethios haussa les sourcils.

— Ils exigent que nous élevions notre enfant parmi vos semblables ?

— Non, répondit Gabriel en croisant son regard. Ils requièrent que *Caro* élève son enfant parmi les nôtres.

— Et moi ? demanda Sethios sans prendre la peine de réprimer le sarcasme. Qu'attendent-ils de moi ?

Gabriel eut un haussement d'épaules.

— Personne n'a parlé de vous.

— Fascinant, répondit-il. Je suis donc libre de faire ce que je veux.

Comme toujours. Ce qui était une bonne chose, aussi, parce qu'il ferait le choix de suivre Caro et de faire partie de la vie de leur enfant.

— J'espère que tu as un grand lit, mon ange. Comme tu le sais, j'aime bien m'étaler quand je dors.

Elle le regarda bouche bée.

— Pardon ?

— Je vais emménager avec toi, dit-il en posant sa main sur son ventre. C'est aussi mon bébé. Vos voyants peuvent aller se faire foutre.

Les lèvres de Caro formèrent un joli petit O.

— Ça te surprend, demanda-t-il en levant la main pour lui prendre le visage. Que crois-tu que j'allais faire ?

— Je... Je ne croyais rien, dit-elle en ravalant visiblement sa salive. C'est juste que je n'avais pas envisagé ça.

— Eh bien, tu n'as plus besoin de le faire, parce que je ne vais nulle part, Caro.

L'émotion illumina le regard de Caro et électrisa ses traits.

Mon Dieu, il la trouvait déjà belle avant, mais à cet instant, elle était absolument radieuse. La passion et l'adoration étaient deux sentiments qu'elle devrait afficher plus souvent. Il s'efforcerait de susciter chez elle ces réactions chaque fois qu'il lui serait possible.

Sethios étudia la courbe de ses lèvres et sentit les siennes l'imiter.

Si magnifique.

Adorable.

Intelligente.

Mienne.

— À votre place, je prendrais mes dispositions ici, dans le Montana, annonça Gabriel, interrompant le moment. C'est calme, peu peuplé et facile à protéger. Je suppose qu'Osiris vous a trouvé à Paris grâce à la technologie de reconnaissance faciale, mais je confirmerai ça avec Ezekiel quand je le rencontrerai demain.

Sethios reporta son attention sur le Séraphin.

— Je suppose qu'Ezekiel a fait tracer mon père jusqu'à l'appartement.

Gabriel secoua la tête.

— Il n'y était pas, ce qui me pousse à croire qu'Osiris vous a repérés par d'autres moyens. Les grandes villes sont truffées d'équipements de surveillance et si notre sang nous rend introuvables, il ne masque pas les traits de notre visage.

— Ce qui veut dire qu'il m'a probablement trouvé lors de l'une de mes nombreuses sorties.

Sethios n'avait pas pris la peine de dissimuler ses traits, une chose qu'il devait désormais reconsidérer. Cela dit, ce ne serait sans doute pas nécessaire dans cette région du Montana.

La plupart des propriétés autour de Seeley Lake étaient des résidences secondaires appartenant à des personnes fortunées ou des maisons transmises aux membres de la famille. Cela signifiait qu'il y avait peu de visiteurs et qu'il y avait constamment de nouveaux visages.

Et la ville la plus proche était à quatre-vingt-dix minutes.

— C'est parfait si on reste ici, murmura Sethios, en accord avec l'évaluation de Gabriel. Au moins jusqu'à ce que nous en sachions plus.

— Tant mieux, dit Caro en posant sa tête contre son épaule, avec un soupir de contentement. Je me plais ici.

— Vraiment ?

Il gloussa quand elle hocha la tête.

— On vient juste d'arriver.

— L'air y est pur, murmura-t-elle en bâillant.

— Ça lui rappelle la maison, ajouta doucement Gabriel. Faites-la sortir pendant le lever du soleil. Ça lui plaira.

Le Séraphin fit un pas en arrière.

— Je vous recontacterai bientôt.

Il n'attendit ni réponse ni réaction et disparut.

— Pour quelqu'un qui s'efforce de rester stoïque, ton fils manifeste d'étranges bouffées d'émotions, dit Sethios d'un air songeur.

Gabriel ne cessait de faire des allusions sur la façon d'apaiser Caro, comme s'il voulait s'assurer de son bonheur. Cela trahissait un instinct nourricier, quelque chose qui demandait des sentiments.

— C'est notre lignée, répondit-elle. Nous avons passé trop de temps avec les humains.

— Ton fils a dit que votre lignée n'était pas liée à l'humanité.

— Pas directement, non. Mais nous avons passé des milliers d'années à interagir avec eux.

Elle leva la tête pour le regarder.

— La capacité à dissimuler notre aura nous désigne comme d'éminents messagers. C'est nous qui avons été choisis pour transmettre les nouvelles et les avertissements aux humains ; c'est pourquoi ils nous appellent souvent des anges gardiens.

Les sourcils de Sethios se haussèrent.

— Vous prévenez les humains ?

— Bien sûr. Du moins, ceux qui sont prometteurs, dit-elle avec un sourire. Ça n'est pas fréquent, loin de là, mais nous sommes connus pour intervenir de temps à autre. Enfin, pas particulièrement moi ou Gabriel, mais nos ancêtres.

Fascinant. Il y avait encore tant de choses que Sethios ne comprenait pas sur ses semblables et leur influence sur le monde.

— Gabriel partage donc le don de ta lignée et celui de son père pour la guerre, mais qu'en est-il de toi ? Quelle est ta deuxième lignée ?

— Ma mère a le don de guérir n'importe quel mal, mais cela ne s'est jamais manifesté en moi. Ça arrive parfois, lorsque les lignées restent en sommeil sans prospérer.

Son regard se perdit au loin.

— Les voyants ont prédit que cela me serait utile un jour, poursuivit-elle. C'est pour ça que ma mère a été choisie pour me mettre au monde, mais je n'en ai pas encore eu besoin. Je n'ai jamais ressenti non plus un lien avec cette faculté. Du coup, soit ils ont fait une prédiction incorrecte, soit la raison ne s'est jamais concrétisée.

— Ou cela a quelque chose à voir avec notre futur enfant, murmura Sethios. Parce que ça lui reviendrait, non ?

Caro réfléchit à cela, les sourcils froncés.

— Potentiellement, mais avec la lignée de votre père qui domine en vous, j'imagine que vos dons l'emporteront sur les miens. Osiris est le Séraphin de la vie et de la résurrection. Il est considéré comme l'un des êtres les plus puissants de notre histoire.

— Et son talent de persuasion ?

Caro ne cessait de mentionner la résurrection tout en ignorant la capacité bien plus mortelle que son père possédait.

— Est-ce que ça vient d'une autre lignée ?

Il ne savait rien de ses grands-parents, grâce à la nature énigmatique de son créateur.

Caro le regarda en clignant des yeux.

— Osiris peut ressusciter tout être qui respire, pas seulement les humains, et son sang représente l'une des anciennes lignées. Il ne s'agit pas tant de contrainte que de sa propre *volonté*. S'il désire que quelque chose se produise, il peut faire en sorte que cela arrive.

Sethios fronça les sourcils.

— D'accord, mais quel est le lien avec la résurrection ?

— Il maîtrise la vie, répondit-elle. Bien qu'il soit connu pour sa capacité à ressusciter, sa lignée contrôle toutes les facettes du cycle de vie. Comme vous.

Elle dit cela nonchalamment, comme si ce genre de pouvoir n'était pas une révélation époustouflante.

Oh, vous contrôlez la vie.

C'est bon à savoir.

— Ça veut dire que mon père peut tuer un Séraphin ?

— En théorie, oui. Et il y a des rumeurs selon lesquelles il l'a déjà fait et c'est ce qui aurait provoqué son exil. Cependant, je n'existais pas encore lorsque le Conseil a émis son édit, donc ce ne sont que des conjectures.

— Connaissant mon père, je dirais que c'est probablement vrai.

— Je suis d'accord, murmura-t-elle.

— Alors mes grands-parents doivent être encore plus puissants, non ? Peut-on se servir d'eux pour contrôler Osiris ?

Elle le dévisagea comme s'il venait de dire quelque chose de complètement insensé.

— Votre père est l'aîné de sa lignée. Il n'y a personne au-dessus de lui, Sethios. Il *est*, c'est tout.

C'était à son tour de la regarder bouche bée.

— Comment a-t-il été créé ?

— Les anciens sont venus à l'existence de manière inconnue, probablement par les dieux. Osiris et le père de Gabriel, Adriel, sont des Séraphins originels. Il n'y a pas d'êtres au-dessus d'eux. C'est en partie pourquoi je crois que le Conseil a laissé Osiris si libre : ils ne souhaitent pas détruire un ancien. Ou peut-être ne le peuvent-ils pas.

— Mais Skye a prophétisé sa disparition.

— Par notre enfant, répondit-elle. Oui.

Le cœur de Sethios se figea alors que les implications de tout cela pesaient sur son esprit et sa raison.

— Vos voyants cherchent à utiliser notre progéniture. C'est pourquoi ils veulent que tu élèves l'enfant parmi eux, pour pouvoir contrôler l'avenir.

Le visage de Caro n'exprimait ni choc ni consternation, ce qui laissait penser qu'elle était déjà arrivée à la même conclusion.

— Ils prévoient d'utiliser notre bébé pour vaincre Osiris ou pour empêcher une autre issue, ajouta-t-il, sa voix s'épaississant sous l'effet d'une émotion étrangère − le besoin de protéger. Nous ne pouvons pas permettre ça, Caro. Quel genre de vie ce serait ?

— Une existence de Séraphin.

— Une existence torturée.

Il s'éloigna de la tête de lit et inclina son corps vers celui de Caro.

— Notre enfant ne sera pas une marionnette, Caro. J'ai vécu bien trop longtemps sous la coupe d'un maître-marionnettiste pour permettre un tel destin.

La véhémence de ses paroles le surprit. Il n'avait pas

réalisé à quel point il était passionné par l'avenir de leur enfant jusqu'à ce qu'il exprime ses sentiments.

Son regard tomba sur son ventre recouvert d'une couverture, puis remonta vers son visage. Une demande allait se former dans sa bouche, mais elle fut interrompue lorsqu'il vit les larmes de Caro.

— Caro, souffla-t-il, l'inquiétude remplaçant la rage.

Elle pressa une main sur sa poitrine nue alors qu'il s'approchait d'elle.

— C'est juste que...

Un frisson la secoua visiblement, accentuant son inquiétude pour elle.

— Je ressens la même chose, Sethios. Cela va à l'encontre de tout ce que je suis, de tout ce qu'on m'a appris, mais c'est également ce que me dit mon instinct. Nous ne pouvons pas laisser les Devins décider de l'avenir de notre fille.

— De notre fille ? répéta Sethios.

Caro cligna des yeux.

— Je... je ne sais pas d'où ça vient. C'est juste... Je pense que nous allons avoir une fille.

— Peux-tu en être sûre ?

Les humains avaient à leur disposition des technologies pour ça, mais est-ce que cela fonctionnait sur un Séraphin ?

Elle toucha son estomac et sourit.

— Je ne veux pas tout gâcher. On le saura de toute façon dans quelques semaines.

— Je n'arrive toujours pas à m'en remettre, admit-il.

Lorsque Caro lui avait dit que la période de gestation allait d'une semaine à un mois humain, il n'en avait pas cru ses oreilles. Mais elle avait déjà pris du ventre et l'escalade de ses symptômes ne faisait qu'ajouter à la véracité de leur situation.

— Va-t-elle... ?

Oh, merde, une fille ?

— Va-t-elle vieillir différemment ? demanda-t-il d'une voix rauque.

Il acceptait déjà son rôle de père, mais d'une certaine manière, cette conversation le rendait encore plus réel.

Je vais être papa.

— Différemment des humains ? supposa Caro.

Il hocha la tête, car sa bouche ne semblait vouloir dire qu'un seul mot : *bordel.*

— Les Séraphins mûrissent de façon identique jusqu'à ce qu'ils cessent de vieillir. Quand avez-vous arrêté de changer ?

Sethios supposait qu'elle se référait aux changements de son apparence physique.

— Il semble que j'ai arrêté de vieillir aux alentours de mes vingt-cinq ans.

Contrairement aux Hydraiens, il n'avait pas eu besoin de mourir pour être ressuscité, même s'il soupçonnait son père d'avoir voulu le tuer à plus d'une reprise, juste pour le plaisir.

— Et vos pouvoirs ont grandi avec vous ?

— Je suppose, mais j'ai toujours été capable d'exercer la contrainte.

Même à un jeune âge, il pouvait forcer ceux qui l'entouraient à faire exactement ce qu'il voulait sans murmurer un mot.

— Mais mon autre faculté, celle d'emprunter des talents, n'est apparue que plus tard.

Elle n'était pas aussi forte que son don de persuasion, mais elle l'avait aidé à cacher ses origines.

— Les talents des Séraphins grandissent également avec eux. Notre fille aura une capacité proéminente à la naissance, soit la dissimulation de son aura, soit votre don pour la vie. Puis elle continuera à cultiver ses compétences tout au long de ses vingt-cinq premières années environ.

— Sera-t-elle capable de se volatiliser et de former des ailes ? se demanda-t-il. Parce que je ne peux pas.

— Je n'en suis pas certaine, répondit-elle en fronçant les sourcils. J'espère qu'elle le pourra.

Lui aussi le souhaitait.

— Donc elle vieillira comme un humain.

— Oui. Les Séraphins sont plus vulnérables dans leur jeunesse, c'est pourquoi nous devons prendre toutes les mesures pour la protéger et lui permettre de développer ses dons.

— Le Montana est plus isolé que le reste du pays. À moins que tu n'aies un autre endroit en tête ?

— Ici, ça me semble parfait, murmura-t-elle. Je m'y sens... heureuse.

— Alors nous resterons ici.

Oui. Elle fit glisser ses doigts de la poitrine de Sethios jusqu'à son cou et enroula sa main autour de sa nuque.

— Ensemble.

— Je n'ai jamais été très monogame, Caro, admit-il. Je ne l'ai jamais désiré non plus.

Ces mots, auxquels il avait déjà réfléchi des milliers de fois, sonnèrent faux même à ses propres oreilles, lorsqu'il les prononça. *Et je ne l'ai jamais désiré... jusqu'à ce que tu arrives.*

Eh bien, ça, c'est nouveau.

Le regard de Caro se plissa.

— Les Séraphins ne vivent pas en couple.

Il s'éclaircit la gorge, se concentrant sur ce qu'elle venait de dire plutôt que sur les inclinations monogames qui tournaient dans sa tête.

— Alors, que me demandes-tu ?

Les sourcils de Caro se recourbèrent vers le bas pendant qu'elle réfléchissait.

— Un partenariat. Je veux qu'on travaille ensemble pour garder notre fille en sécurité.

— C'est dans mes cordes.

Il passa ses doigts dans les cheveux de Caro pour la maintenir en place lorsqu'elle tenta de s'écarter.

— Quoi d'autre ?

Le regard de Caro tomba sur ses lèvres, puis glissa lentement vers le haut.

— Du sexe.

Les lèvres de Sethios se retroussèrent.

— Maintenant ? Ou tout au long de ce partenariat ?

— Les deux.

— Exclusivement ? demanda-t-il, curieux de savoir où elle allait avec cela.

Parce que l'idée qu'elle puisse coucher avec un autre homme ne lui plaisait pas. Et il n'avait pas non plus le désir de baiser quelqu'un d'autre que Caro. *Quel développement fascinant !*

— Peut-être.

Elle le repoussa sur le matelas et s'installa à califourchon sur ses hanches. La couverture tomba de son corps nu, offrant à Sethios une vue qu'il pourrait certainement admirer pour l'éternité.

— Pour l'instant. Oui.

Sethios ne s'engageait jamais, mais Caro le tentait comme peu d'autres l'avaient fait. Au lit, cette femme avait surpassé toutes ses anciennes conquêtes *et* prouvé qu'elle pouvait accepter ses désirs les plus sombres. Pourquoi abandonnerait-il tout ça ?

— Pour l'instant.

Il raffermit sa prise sur ses cheveux et s'en servit pour la guider vers le bas afin que ses seins touchent son torse.

— À renégocier ultérieurement.

Elle hocha la tête, ses lèvres effleurant les siennes.

— Oui. Quand nous déciderons qu'un changement est nécessaire.

— OK.

Il glissa sa main vers sa nuque et la serra.

— Es-tu prête à me supplier, ma douce ?

— Je suis prête à ce que tu me baises avec ta bite, répondit-elle, ses jambes pressant le haut de ses cuisses. Tu as mentionné trois façons de faire. Apprends-les-moi toutes.

Cette demande et le passage au tutoiement firent hausser les sourcils de Sethios.

— Tu me sembles bien aventureuse ?

— Arrête de m'allumer et baise-moi, Sethios. Tout de suite.

Bon sang, avec une bouche comme ça ? Ouais, il pourrait la garder pour l'éternité après tout.

— Comme tu voudras, ma chérie.

15

DE NOUVEAUX PARTENAIRES

GABRIEL SIROTAIT le brandy que la barmaid lui avait servi et jugea que la marque que lui avait fait boire Sethios il y a quelques semaines était bien supérieure à celle-ci. Il avait tout de même meilleur goût que toutes les boissons qu'on trouvait chez lui.

Les Séraphins n'accordaient aucune importance aux saveurs, ce qui devait changer, selon Gabriel. Tout comme plusieurs autres coutumes, comme celle de permettre à la lignée du destin de déterminer l'avenir de chaque être vivant.

Il avala d'un trait le reste de son verre et fit signe à la barmaid de lui en servir un autre au moment où Ezekiel faisait son entrée.

— Tu vois, je savais que je t'aimerais bien, dit l'Ichorien en prenant place à côté de lui. Je vais en prendre un aussi, ma chérie.

La rousse derrière le bar leur sourit et attrapa deux verres.

Ezekiel avait exactement la même allure que la première fois qu'ils s'étaient rencontrés, avec une veste en cuir noir, un jean, de longs cheveux retombant sur ses épaules et un anneau à la lèvre. Sauf que cette fois-ci, il avait des tatouages sur les mains.

— Pourquoi as-tu coloré tes articulations ?

— Par ennui, répondit-il. Ça guérit en six heures environ. Du coup, comme ce n'est que temporaire, je dois tout refaire si je veux les maintenir.

— Cela paraît illogique.

— J'aime la douleur.

— Clairement.

Parce que sa peau semblait absolument furieuse qu'il l'ait brutalisée.

— Peut-être devrais-tu plutôt essayer de l'infliger à quelqu'un d'autre.

Ezekiel lui avait semblé du genre sadique.

— Oh, tu sais, j'aimerais bien ; malheureusement, je suis plutôt attaché à Skye.

C'était beaucoup trop d'informations.

— Je ne voulais pas dire pendant la fornication.

— Tu cautionnes le meurtre ?

— Si la punition est proportionnée au crime.

Gabriel ne reculait pas devant un peu de violence. Certaines personnes méritaient de souffrir. Comme Osiris.

— Nous allons en effet devenir d'excellents partenaires, déclara l'Ichorien en prenant le verre que lui servait la barmaid. À la tienne.

Il leva le liquide ambré en direction de Gabriel.

— Partenaires ? répéta-t-il.

Gabriel n'avait-il pas dit la dernière fois qu'ils s'étaient vus qu'il préférait travailler seul ?

— Partenaires, dit Ezekiel en faisant trinquer leurs verres et en oubliant complètement la question dans la voix de Gabriel – ou peut-être en l'ignorant.

— Et pour quoi nous associons-nous, exactement ?

— Pour le futur de l'humanité.

Ezekiel descendit son brandy d'un trait avant de le reposer bruyamment sur le comptoir.

— Bois, Stark. Nous devons bouger.

Ce surnom agaçait Gabriel, mais il fit ce que l'Ichorien lui demandait. Il jeta quelques gros billets sur le comptoir pour la rousse.

— Gardez la monnaie.

Sans un autre regard, il suivit Ezekiel vers la sortie.

— Tu aurais carrément pu la baiser, si tu le lui avais demandé, l'informa l'Ichorien.

— Qui ça ?

— La barmaid.

— Pourquoi ?

Le regard d'ébène d'Ezekiel se promena sur lui.

— C'est vrai, alors ? Ce qu'on raconte sur les Séraphins et le sexe ?

— Ça dépend de ce qu'on raconte.

— Que vous ne vous y adonnez pas.

Gabriel haussa les épaules.

— Les plaisirs de la chair sont pour les humains.

Même si sa mère semblait désormais ne plus être de cet avis, ce qui le préoccupait légèrement. Sethios avait clairement manipulé ses sens, d'une façon ou d'une autre.

— Tu dois être vierge, dit Ezekiel, surprenant Gabriel.

— Ce que je suis n'est ni pertinent ni utile à notre « partenariat ».

Et ce n'était pas quelque chose dont Gabriel avait envie de parler. Parce qu'en fait, il n'était pas vierge. Il avait essayé de faire l'amour il y a deux ans, juste pour voir pourquoi les humains adoraient tant ça, et il avait trouvé ça assez banal.

D'accord, c'était avec un autre Séraphin qui était tout aussi curieux et ils avaient fait cela maladroitement.

Mais ça prouvait son argument.

Ezekiel et Gabriel n'avaient pas à en discuter, car cela n'avait aucun intérêt.

— Oh, c'est très pertinent, mais ne t'inquiète pas, dit Ezekiel en lui tapant sur l'épaule. Je vais remédier à ça pour toi, une fois qu'on aura réglé la question de la prophétie.

Qu'est-ce qui n'allait pas chez cet être ?

— Ce n'est pas un problème qui demande à être résolu.

— Je ne suis pas d'accord, mon ami. Absolument pas d'accord.

— Avec quoi ? Non. Laisse tomber. Conduis-moi à Skye pour que je puisse en finir avec cette affaire.

Ezekiel gloussa.

— Malheureusement, je crois que ce n'est que le début.

Ouais, ça m'étonnerait.

Dès qu'il aurait ses informations, il les transmettrait à Caro et rentrerait chez lui pour une longue sieste. Ensuite, il pourrait s'aventurer à se procurer un bon brandy. Ou peut-être qu'il essayerait le bourbon.

Ezekiel tourna dans une allée déserte et s'arrêta après avoir parcouru quelques mètres.

— Ici, c'est bien.

Il se tourna vers lui, solidement planté sur ses jambes.

— Tu as dit que le problème, ce n'était pas tant d'entrer que de localiser ta cible, donc j'imagine que tu as trouvé un moyen de contourner les protections, non ?

Gabriel croisa les bras et hocha la tête.

— Elles sont complexes, mais je peux me faufiler à travers sans être détecté.

— Parfait. Tout ce dont tu as besoin, c'est de connaître l'emplacement dans l'enceinte, ce que j'ai, mais il ne sera valable que pendant soixante minutes.

Ezekiel sortit un morceau de papier comportant le schéma sommaire de ce qui ressemblait à la propriété d'Osiris. L'assassin n'était clairement pas doué pour le dessin.

— Ici, ce sont les jardins à l'arrière du domaine. Il y a un petit étang et, au-delà, un labyrinthe de buissons.

— Je me souviens l'avoir vu.

Et je me suis interrogé sur son utilité. Ça semblait plutôt fantaisiste pour un manoir au milieu de nulle part.

— Se promener dans ce labyrinthe est l'activité préférée de Skye quand elle peut sortir. Osiris lui permet de le faire une heure par jour, sans accompagnement, et elle s'aventure toujours dedans.

Intéressant.

— Il n'a pas peur qu'elle en profite pour s'échapper ?

Parce que Gabriel tirerait parti de la situation à son avantage.

— Non. Elle ne peut pas partir.

— Ne peut pas ou ne veut pas ?

Il y avait une nette différence.

— Ne peut pas.

— Parce qu'Osiris la contraint à rester, en déduisit Gabriel. Il doit y avoir un moyen de briser ça.

Le regard sombre d'Ezekiel soutint le sien.

— Si tu en connais un, je te donnerais n'importe quoi en échange.

— Noté, murmura Gabriel.

Ezekiel pourrait lui être utile, surtout s'il veut en savoir plus sur la FHC. Il serait prudent d'échanger des informations et l'aider à contrarier les projets d'Osiris ne serait pas une difficulté.

— Et si quelqu'un la contraignait à partir ? demanda-t-il, curieux. Ça la rendrait résistante et ça tromperait ainsi la première contrainte, non ?

D'après ce que Gabriel comprenait, la persuasion était toujours spécifique, jamais ambiguë.

Ezekiel ne semblait pas décontenancé par l'idée. Au contraire, les souvenirs faisaient scintiller son regard. De mauvais souvenirs.

— Osiris a contraint Skye à se suicider si elle sort de la propriété, de gré ou de force.

Il prononça ces mots sans émotion, mais ses narines se dilatèrent à la fin.

— Tu as essayé de la faire sortir.

— Bien sûr. Hélas, la distance n'amoindrit pas son emprise sur nous, et ses châtiments sont... imaginatifs.

Gabriel se gratta la mâchoire et hocha la tête.

— Il doit quand même y avoir un moyen. Je vais m'en occuper.

Ne serait-ce que pour payer la dette qu'il avait à l'encontre d'Ezekiel pour l'aider à contacter Skye.

L'Ichorien ne répondit pas, aucune réaction, aucun remerciement, mais sa posture se détendit légèrement. Il ne pouvait pas se permettre d'espérer. C'était déprimant.

— Quand tu entres dans le labyrinthe, prends les deux premières à gauche. Je te retrouverai là-bas. Ensuite, je te conduirai à Skye. Nous avons un endroit.

L'Ichorien disparut sur ce dernier mot.

— Je suppose donc qu'on y va maintenant, dit Gabriel à la ruelle désormais vide. Et tu ferais mieux de ne pas m'attirer dans un piège.

Des rires se mirent à crépiter dans l'air autour de lui.

Gabriel ne prit pas la peine d'y répondre, mais se volatilisa jusqu'aux confins de la propriété d'Osiris. Une seconde plus tard, il était entouré par l'air frais et les arbres, ce qui l'obligea à respirer profondément.

Il pouvait comprendre l'intérêt de vivre ici. Un immense terrain pour se promener librement, peut-être même pour voler. La plupart des Séraphins ne s'adonnaient pas à cette activité, à moins de vouloir se muscler les ailes. Le plaisir était une émotion que la plupart de ses semblables désapprouvaient, mais parfois Gabriel s'envolait dans les nuages quand il désirait être seul pour réfléchir. Ses ailes s'étirèrent au souvenir de son vol de la nuit dernière et ses lèvres menacèrent de se retrousser.

Il avait déjà envie d'y retourner.

Et pas pour des raisons pratiques.

— Fréquenter les humains est dangereux, marmonna-t-il en se forçant à se concentrer sur la rune située à deux pas devant lui.

Seul un Séraphin pouvait repérer le symbole gravé sur un arbre et habilement dissimulé.

Gabriel ajouta ses propres marques pour désactiver temporairement l'alarme silencieuse et franchit la barrière. Osiris pourrait ressentir un vague changement s'il se cachait dans les parages, mais ce n'était pas assez pour l'inciter à enquêter. Cela ressemblait plutôt à un embêtement, comme le vent bruissant légèrement dans les arbres devant sa fenêtre.

Il repéra la seconde protection et la modifia en conséquence avant d'en arranger trois autres et de finalement pénétrer sur le terrain.

Le silence salua son entrée, confirmant qu'il avait réussi à contourner les mesures de sécurité en place. C'était une dissuasion destinée à empêcher une armée d'entrer plutôt qu'un seul individu. Osiris ne craindrait pas des assassins isolés, mais il voudrait être averti de l'arrivée d'un groupe d'assaillants. Une magie intelligente.

Gabriel considéra son environnement puis se volatilisa vers l'intérieur du labyrinthe. Il écouta les possibles menaces avant de suivre prudemment les indications d'Ezekiel. L'Ichorien l'attendait, le visage impassible.

— Félicitations. Tu as perdu quinze minutes, Stark.

— Démanteler les protections demande de la patience, répondit-il, imperturbable. Et cette conversation ne sera pas longue.

— Je m'en souviendrai quand tu te plaindras plus tard.

Ezekiel se retourna, ce mouvement laissant clairement entendre qu'il souhaitait être suivi.

Plusieurs passages et virages les menèrent ensuite près d'une belle roseraie et d'un pavillon recouvert de lilas et de fleurs exotiques. Une femme aux cheveux noir de jais les attendait sur le banc, l'impatience se lisant dans son regard azur. Elle était frêle et avait des traits pâles, mais elle était d'une beauté indéniable. Séraphique, même.

Quelle est son ascendance ? se demanda-t-il. La plupart des abominations d'Osiris possédaient une certaine contenance qu'elle n'avait pas. Intéressant.

Ezekiel s'inclina devant elle, chacun de ses mouvements empreint de révérence, tandis qu'elle le regardait d'un air absent. Gabriel s'attendait à un peu plus de passion, peut-être même à une étreinte, mais elle contemplait Ezekiel comme on observerait un insecte.

La relation semblait plutôt unilatérale.

Un amour non partagé, peut-être ? Si c'était le cas, Ezekiel était bien moins compétent que ce que Gabriel avait imaginé auparavant. Renoncer à sa vie pour des émotions était déjà déraisonnable. Se sacrifier pour une partenaire qui ne partageait pas ses intentions était la marque de la folie.

Skye se leva, sa robe blanche flottant jusqu'à ses chevilles, et s'approcha lentement de Gabriel.

— Tu es le guerrier sans visage de mes visions, celui qui doit aider mon Ezekiel à tous nous libérer, annonça-t-elle en s'arrêtant juste devant lui, sans cligner des yeux. Tu as un sacré défi à relever, Séraphin. J'espère que tu accepteras ta voie.

Les énigmes n'avaient jamais intrigué Gabriel.

— Je suis ici pour en apprendre plus sur ma mère, pas sur moi-même.

Les iris bleu clair fixaient les siens, mais il sentait qu'elle ne le regardait pas vraiment.

— Son rôle diffère du tien. Elle est porteuse d'un nouveau règne, d'un pouvoir que ce monde n'a encore jamais vu. Sethios jouera un rôle clé dans le fait d'exploiter et d'aiguiser ses dons. Sans ses conseils, elle nous détruira tous.

Ça n'avait aucun sens.

— Ma mère possède cette faculté ? Pourquoi cela se manifesterait-il après un siècle d'existence ?

— Peut-être, répondit Skye en inclinant la tête sur le côté, le regard toujours planté dans celui de Gabriel. L'énergie réside en ta mère et Sethios est le seul à pouvoir la contrôler, mais je ne peux pas voir son visage clairement. C'est l'entité inconnue qui vaincra Osiris, avec l'aide de Sethios.

Le bébé, réalisa-t-il. Elle ne pouvait pas voir la grossesse de Caro, mais elle sentait la puissance grandir *dans le corps* de sa mère.

— Que pouvez-vous me dire d'autre ?

Les pupilles de Skye se dilatèrent, ce qui lui donnait un air inquiétant.

— Toi et Ezekiel jouerez des rôles importants.

Elle cligna enfin des yeux, mais cette lueur lointaine n'avait pas disparu.

— Protection. Amour. Liberté.

Une partie de la brume se leva et elle fronça les sourcils.

— La trahison sera nécessaire pour obtenir des faveurs

et planter des graines. Car les meilleures rébellions se développent à partir du terreau.

Qu'est-ce qu'ils avaient, tous ces voyants, avec leur obsession pour les phrases hautes en couleur ?

— Qu'est-ce que ça veut dire ?

— Nous opérerons du côté du mal jusqu'à ce qu'il soit temps pour nous de rejoindre le bien, dit Ezekiel.

Il se tenait à quelques centimètres de Skye, les mains jointes derrière son dos.

— Sept ans, dit-elle d'une voix rauque, son visage pâlissant. Un grand sacrifice sera exigé de Sethios pour la protéger. Pour les protéger. Ezekiel dans les flammes. Une confiance consolidée et une foi restaurée.

Elle eut un halètement et tomba au sol avec un cri qui transperça l'air de l'après-midi.

— Nous devons partir, dit Ezekiel alors que Skye continuait à crier.

— On ne peut pas juste la laisser...

— Maintenant.

Ezekiel jeta un regard languissant à la femme qui convulsait à terre avant de se concentrer sur les haies.

— Ils arrivent.

L'Ichorien disparut sans un mot de plus, ne laissant pas d'autre choix à Gabriel que de le suivre. Il reprit le chemin par lequel il était arrivé, reformant les protections au fur et à mesure, et revint dans la ruelle d'où ils étaient partis. La trouvant vide, il se dirigea vers le bar et s'installa sur un tabouret pour attendre.

Ezekiel apparaîtrait. Il le devait. Il était hors de question qu'ils terminent leur conversation sur cette note.

— Vous êtes de retour, dit la barmaid rousse en souriant de façon bien trop enthousiaste.

— Oui.

Il supposait que ça signifiait qu'il avait besoin d'un autre verre.

— Je peux essayer un bourbon ?

Un sourire découvrit les dents de la barmaid.

— Vous pouvez essayer tout ce que vous voulez.

OK...

— Alors je vais essayer un bourbon, répondit-il lentement. N'importe quelle marque.

— Je sais exactement ce dont vous avez besoin.

Elle lui fit un clin d'œil et prit un verre.

Il sentait qu'elle voulait flirter, mais il ne comprenait pas pourquoi. Les humains étaient bizarres. Les Ichoriens aussi, d'ailleurs.

— À quelle heure fermez-vous ? demanda-t-il, curieux de savoir jusqu'à quelle heure il pourrait attendre Ezekiel ici.

Pour une raison quelconque, cela encouragea la rousse à afficher un large sourire.

Oh... Bien sûr. Elle pensait qu'il voulait savoir quand elle finirait son travail.

Ça n'était pas tout à fait ça.

— À une heure du matin, murmura-t-elle. Mais s'il n'y a plus personne, je peux fermer plus tôt.

— Une heure, c'est bien, répondit-il en regardant l'heure.

Cela donnait un peu plus de neuf heures à Ezekiel pour apparaître. Ça devrait suffire. Et s'il ne se présentait pas, Gabriel reviendrait demain. Cela pourrait nécessiter de forniquer avec la barmaid, cependant ; sinon, elle pourrait trouver pesantes ses visites répétées dans son bar.

Il regarda les courbes de la femme alors qu'elle se mettait sur la pointe des pieds pour attraper une bouteille sur l'étagère du haut. Ses longues jambes, aussi.

Il pourrait toujours dire que c'était dans un objectif de

recherche – une comparaison de l'expérience humaine à celle des Séraphins. La rousse était assez jolie, mais un peu trop pétillante à son goût. Peut-être qu'il pourrait la bâillonner ou donner à sa bouche quelque chose d'autre à faire.

Mais seulement si Ezekiel ne se montrait pas.

Ou peut-être après le départ de l'Ichorien. Il avait recommandé à Gabriel de la prendre comme passe-temps. Le bas de son corps semblait aimer l'idée, surtout quand elle se penchait sur le comptoir dans un mouvement destiné à montrer sa généreuse poitrine. Pour quoi d'autre porterait-elle un haut si décolleté ?

Un geste effronté.

Il devrait l'ignorer, mais ça n'allait pas arriver. Gabriel ne pouvait jamais négliger une occasion raisonnable d'apprendre quelque chose.

Elle servit la boisson devant lui.

— Comment vous appelez-vous ? demanda-t-elle, ses yeux noisette souriant de manière aguicheuse.

— Stark, répondit-il. Juste Stark.

16

JOUONS À PAPA-MAMAN

— J'AI FINI, appela Sethios depuis l'étage. Rejoins-moi là-haut quand tu es prête.

Le cœur de Caro palpitait d'excitation lorsqu'elle posa le couteau sur le comptoir de la cuisine. Le dîner attendrait. Sethios aurait de toute façon besoin d'y apporter la touche finale, puisque tout ce qu'elle cuisinait manquait de saveur.

Les Séraphins préparaient et prenaient des repas parfaitement équilibrés. S'ils manquaient de nutriments, il était inutile de les accommoder. Caro avait été d'accord avec cela. Puis Sethios lui avait fait découvrir le chocolat. Il avait enchaîné avec une myriade de saveurs délicieuses qu'elle n'oublierait jamais. Il ne lui restait plus qu'à apprendre à les cuisiner.

Plus tard.

Elle nettoya les résidus de légumes sur ses mains et retrouva Sethios dans le couloir devant les chambres.

— Montre-moi, le pressa-t-elle.

Il avait passé cinq jours dans cette pièce sans lui permettre d'y mettre les pieds. Il avait prétendu que les vapeurs de peinture étaient mauvaises pour le bébé, un mensonge qu'ils percevaient tous les deux, mais elle n'avait pas insisté. S'il voulait la surprendre, elle le lui permettrait.

Sethios était appuyé contre le mur, les bras croisés.

— Qu'est-ce que j'obtiens en retour ?

— Ça dépend de la qualité.

— Comme c'est moi qui ai créé tout ça, je dirais que c'est presque parfait.

Quelle arrogance !

— Si c'est le cas, alors tu auras tout ce que tu veux.

Les lèvres de Sethios se retroussèrent.

— Tu sais que je prends ça comme une invitation à te baiser de la manière que je veux, hein ?

— Je l'espère bien, répondit Caro en appuyant sa paume sur le ventre plat de Sethios et en se mettant sur la pointe des pieds pour déposer un baiser sur ses lèvres. Parce que c'est ce qui était prévu.

Sethios fit glisser ses bras autour de la taille de Caro pour la maintenir contre lui.

— C'est assez peu pragmatique de ta part.

— Au contraire, je trouve ça très pragmatique.

— Hmm...

Il frotta son nez contre le sien.

— Je suis si content d'avoir décidé de te garder.

Elle sourit.

— Arrête de me faire mariner, Sethios. Montre-moi ce que tu as fait.

Les lèvres de Sethios effleurèrent les siennes avant qu'il ne la fasse lentement tourner dans ses bras. Quand son dos rencontra son torse, il murmura :

— Tu vas adorer.

— J'attends des preuves.

— Quelle impatience ! murmura-t-il en la faisant

avancer, les mains sur ses hanches. Mais j'adore ce petit côté exigeant que j'ai libéré en toi.

— Tu te vantes un peu trop.

Une raillerie qui excitait Caro, puisqu'elle savait qu'elle ferait réagir Sethios.

— Quand j'aurai fini de te montrer la chambre, je vais te rappeler pourquoi je mérite tout ça.

Il lui mordilla le cou brusquement, ce qui la fit glapir de plaisir.

Je ne sais même plus qui je suis, songea-t-elle. *Pourquoi est-ce si excitant ?*

Ils s'arrêtèrent devant une porte fermée.

— Vas-y, ouvre, chuchota-t-il contre son oreille.

Ses lèvres se courbèrent lorsqu'elle tourna la poignée, puis s'entrouvrirent quand elle vit ce qui se trouvait au-delà du seuil.

— Oh, Sethios...

— J'aime t'entendre dire ça, dit-il en la poussant dans la chambre d'enfant.

— Comment as-tu fait tout ça ? demanda-t-elle, impressionnée.

Les murs étaient d'un bleu pâle parsemé de papillons blancs qui lui rappelaient les ailes qu'elle cachait lorsqu'elle avait sa forme corporelle. Des étoiles pendaient du plafond, au-dessus d'un berceau garni de draps et de couvertures aux couleurs similaires, et une chaise à bascule était placée sur le côté, ainsi qu'une commode et une table à langer.

— Tu as raison, souffla-t-elle avant qu'il ne puisse s'expliquer. C'est parfait.

— Pas mal pour un père débutant, hein ?

Il enroula ses bras autour de son ventre et l'embrassa dans le cou. Elle devait accoucher dans deux semaines, à quelques jours près. Sethios continuait à s'émerveiller de la rapidité de la croissance du bébé, mais Caro considérait cela comme relativement normal pour la naissance d'un Séraphin.

— C'est parfait, répéta-t-elle. C'est ce qu'il y avait dans tous ces cartons ?

Le pauvre livreur se présentait chaque jour avec de nouveaux colis, y compris pour les autres pièces de la maison. Sethios avait peut-être acheté la propriété, mais il ne l'avait jamais vraiment meublée, par rapport à l'appartement de Paris. Elle avait compris qu'il avait voulu en faire un refuge de dernier recours et qu'il n'avait donc pas investi autant d'argent. Tout cela avait changé au cours de la semaine et demie qui venait de s'écouler.

— Oui, dit-il en posant son menton sur son épaule. J'ai également commandé des vêtements dans toutes les tailles jusqu'à six mois, parce que je ne sais pas à quoi m'attendre de ce côté-là.

— Elle sera petite, dit Caro en posant sa main sur l'avant-bras de Sethios. Et elle grandira de la même manière qu'un enfant humain.

— Tu n'arrêtes pas de dire ça, mais je ne le croirai que lorsque je le verrai, dit-il en déposant un baiser dans son cou, puis sur sa joue. Alors, ça te plaît ?

— Oui.

Peut-être même qu'elle aimait beaucoup ça, bien qu'elle ne comprenne pas vraiment la différence. Elle désirait aussi beaucoup Sethios et se demandait où se situait la frontière entre ces différentes émotions.

Tout était si nouveau pour elle. Les Séraphins ne vivaient tout simplement pas de cette manière, mais plus elle y réfléchissait, plus elle réalisait que tous les sentiments avaient un but pratique. Le bonheur, par exemple, illuminait la perspective qu'elle avait sur toutes choses. Elle ne voyait plus le monde en noir et blanc, mais en nuances de couleurs. Que cela soit pratique ou non, c'était ce qu'elle préférait.

— Il y a encore quelque chose, dit-il en la libérant pour récupérer une boîte ordinaire sur le sol.

Il la déposa dans ses mains et glissa à nouveau ses bras autour d'elle, le menton sur son épaule.

— Ouvre-la.

Caro regarda le cadeau avec intérêt.

Elle enleva le couvercle et regarda les brillantes lames argentées.

— Hmm... Des couteaux.

— Des couteaux, confirma-t-il doucement. Pour remplacer ceux que tu as dû laisser à New York et à Paris.

Elle passa son doigt sur le tranchant.

— Tu les as fait graver avec nos initiales.

— Comme ça, on a chacun les nôtres, expliqua-t-il en l'embrassant dans le cou. On va les garder dans notre chambre.

L'estomac de Caro se resserra à cette idée.

— Dans la table de nuit ?

— Naturellement.

— J'approuve.

— C'est bien ce que je pensais.

Il lui mordilla le cou et soupira.

— Ça m'ennuie de laisser cette conversation très agréable de côté, mais as-tu des nouvelles de Gabriel ?

Elle secoua la tête. En dehors des filaments de satisfaction qui émanaient de son fils, elle ne lui avait pas parlé depuis qu'il était passé lors de leur première soirée dans le Montana.

— Tu t'inquiètes pour lui ?

Caro secoua à nouveau la tête.

— Non. Son aura est paisible.

Elle aurait ressenti sa détresse ou sa douleur si quelque chose de néfaste lui était arrivé.

— Auras-tu le même lien avec notre enfant ?

— Oui, répondit-elle en souriant. C'est déjà le cas. Ou tout du moins, on en est aux prémices. C'est faible, mais elle irradie la paix quand tu te trouves près d'elle.

Caro estimait que c'était la raison pour laquelle elle se sentait toujours à l'aise en présence de Sethios et pour laquelle elle le désirait autant. Parce qu'il l'apaisait aussi.

Elle posa la précieuse boîte et se retourna pour passer ses bras autour du cou de Sethios tandis qu'il se raccrochait à ses hanches.

— Emmène-moi au lit, s'il te plaît.

Il sourit.

— Tu es accro à moi ou au plaisir ?

— Les deux.

— Tant mieux.

Il l'embrassa trop brièvement.

— Je dois d'abord manger quelque chose, ensuite je te dévorerai pour le dessert.

— Où est passé celui qui réclamait une récompense pour le travail accompli ?

— Oh, j'ai bien l'intention de l'exiger, Caro, vraiment, mais j'ai besoin de me nourrir d'abord.

Il glissa ses mains sur son jean et serra ses fesses. Une promesse de ce qui allait venir.

— Le dîner n'est pas encore prêt, mais c'est en cours.

— Ça t'embête de finir pendant que je me douche ?

— Seulement si tu me rejoins ensuite dans la cuisine, juste avec une serviette.

Il tapota le nez de Caro avec son index.

— L'élève commence à dépasser le professeur.

Elle le lâcha lorsqu'il se pencha pour ramasser leurs élégantes dagues.

— Je vais les ranger aussi.

— Pour plus tard ?

Il sourit et fit un pas en arrière.

— Je descends bientôt.

Les sous-entendus épaissirent sa voix et l'intention fit briller ses yeux. Elle aimerait voir ce qu'il avait en tête pour plus tard.

— OK.

Caro se volatilisa jusqu'à la cuisine plutôt que de prendre les escaliers et prépara le dîner du mieux qu'elle put. Découper des légumes et griller des blancs de poulet, c'était dans ses cordes. Par contre, l'assaisonnement la rendait perplexe. Avec un peu de chance, cette combinaison aurait bon goût. Elle fit aussi cuire des pâtes, pensant que ça pourrait en faire un plat italien décent.

Sethios la rejoignit avec une serviette enroulée autour de la taille, comme elle l'avait demandé, et passa en revue les casseroles.

— Hmm.

— Je m'y suis mal prise ? s'inquiéta-t-elle.

— En fait, normalement, j'ajouterais aux pâtes de la sauce tomate ou quelque chose de plus crémeux, pas du beurre. Mais on va faire avec.

Il alla chercher du fromage dans le réfrigérateur, attrapa une râpe et se mit à en parsemer les pâtes.

— Remue jusqu'à ce que ça fonde.

Elle fit ce qu'il demandait pendant qu'il hachait de l'ail et du basilic derrière elle. Puis il jeta le tout dans la casserole.

Il déposa un baiser sur son épaule.

— Continue à remuer.

Sethios prit les assiettes contenant les légumes et le poulet sur le comptoir et s'affaira sur la planche à découper. Quand il eut fini, la viande était finement coupée en dés. Il mit tout dans la casserole de pâtes, ainsi qu'un peu plus de fromage. Il remit encore du beurre, puis de la crème.

— Je suis presque sûre que tu viens d'ajouter mille calories à mon plat, lui fit-elle remarquer en souriant.

— On fait avec ce qu'on a.

Il pressa ses hanches contre elle tandis qu'elle mélangeait le tout à feu doux.

— Tes papilles gustatives me remercieront pour ça.

— Probablement.

Elle avait cessé de contester cela depuis quelques semaines.

— Je veux du chocolat pour le dessert.

— Bien sûr. Tu pourras le lécher sur moi plus tard.

— Ça...

De la nourriture dans la chambre ? Du chocolat chaud ?

— Ça pourrait me plaire.

— Non, ma chérie, tu vas adorer.

Il fit glisser ses dents sur sa nuque, le long de sa colonne vertébrale, et elle ronronna son approbation juste avant qu'il ne perce la surface de sa peau. Le bras de Sethios passa autour de sa taille pour la maintenir contre lui pendant qu'il savourait son essence. L'envie de lui rendre la pareille et de boire la sienne l'assaillit fortement, mais elle ignora cette impulsion.

Leur relation fonctionnait pour le moment.

En ce qui concernait l'éternité, il faudrait en discuter plus tard.

Chaque chose en son temps.

— Je pense que je suis aussi accro à toi, Caro, chuchota-t-il après l'avoir libérée de sa morsure enivrante.

Cela la laissait toujours plutôt chaude et détendue, au lieu d'avoir mal et de se retrouver dans les vapes. C'était une sorte de magie interdite dont elle se délectait chaque fois qu'il s'imbibait de son essence.

— Et accro au plaisir ? demanda-t-elle, pour faire écho à son commentaire précédent.

Es-tu accro à moi ou au plaisir ?

— J'ai vécu dans le plaisir pendant des milliers d'années, mon ange. Mais ce désir incontrôlable a commencé quand je t'ai rencontrée.

Il lui prit la cuillère des mains, celle avec laquelle elle n'avait pas cessé de remuer depuis quelques minutes, et la porta à ses lèvres pour goûter.

— Succulent !

L'intensité de sa voix la fit frissonner.

— Est-ce que c'est plutôt riche ?

— Très.

Il replongea l'ustensile dans le plat et l'approcha de la bouche de Caro.

— Ouvre.

Elle s'exécuta et la saveur décadente la fit gémir.

— Tu es en train de me transformer en humain.

— Non, j'encourage la femme qui est en toi à sortir pour jouer.

Il l'embrassa sur la tempe et se retourna pour prendre leurs assiettes.

— Alors, mangeons. On se savourera l'un l'autre ensuite pour le dessert.

17

FAISONS ÉQUIPE

CELA FAISAIT ONZE JOURS.

Gabriel était sur le point de se volatiliser jusqu'au domaine d'Osiris pour trouver et massacrer Ezekiel lorsque l'Ichorien franchit les portes du bar avec un sourire satisfait.

— Je savais que tu serais là, mon ami, le salua-t-il en lui donnant une tape sur l'épaule.

Ezekiel fit un signe de tête à Becky, la barmaid rousse.

— Je vais prendre la même chose que lui.

— Un scotch, ronronna-t-elle.

Gabriel avait passé près de deux semaines à goûter les différents parfums et en avait conclu que son préféré était la marque qu'elle choisit sur l'étagère du haut pour le verre d'Ezekiel.

L'assassin se glissa sur le tabouret à côté de lui.

— Vous semblez plutôt proches, tous les deux.

— J'avais du temps à tuer, répondit Gabriel, impassible.

— Alors tu as suivi mon conseil et baisé la barmaid ? Joli.

Il l'avait fait, mais ils n'en parleraient pas.

— Je suppose que tu es retourné t'occuper de Skye et que c'est pour ça que tu m'as laissé en plan pendant une semaine ?

C'était la seule excuse qu'il pouvait accepter pour expliquer la disparition de l'Ichorien. Le cri de Skye résonnait encore dans ses oreilles. Gabriel n'avait jamais rien entendu de tel.

— Oui.

Ezekiel prit la boisson que lui présentait Becky et sourit.

— Merci, ma chérie. Peux-tu nous laisser quelques instants ? Nous devons discuter en privé.

Les yeux noisette de Becky se posèrent sur Gabriel, qui acquiesça. Ce n'était pas parce qu'elle l'avait vu nu, plusieurs fois, qu'elle avait le droit d'être informée de ses affaires. Elle dut noter la détermination dans son regard puisqu'elle lâcha un soupir et s'éclipsa de l'autre côté du bar.

— Ton comportement avec les filles aurait besoin d'un sérieux coup de pouce, remarqua Ezekiel avec désinvolture.

Gabriel l'ignora.

— Qu'est-il arrivé à Skye ?

— Elle a eu une vision, une vision violente.

— Concernant l'enfant de Caro ?

Il supposa qu'Ezekiel était maintenant au courant pour le bébé, surtout après les commentaires de Skye concernant l'énergie à l'intérieur de Caro.

— Qui nous concerne tous.

L'assassin prit une longue gorgée de son verre, le vidant presque entièrement avant de le reposer.

— Skye a perfectionné l'art de rapporter ses visions à Osiris de manière plutôt sibylline. Il pense qu'elle a assisté à la chute de ses ennemis, qui seraient l'entité inconnue et Sethios. Du coup, à l'heure actuelle, il est plutôt satisfait. Ce qu'il ne sait pas, c'est que toi et moi serons responsables de leur chute.

Gabriel fit tournoyer le contenu de son verre.

— J'espère que tu as plus de détails que ça.

Parce que jamais il ne trahirait sa mère.

— Oh, j'ai plus que des détails. J'ai un plan complet. Et toi, mon ami Séraphin, tu vas m'aider, que tu l'approuves ou non.

Il finit son verre et se leva.

— Allons-y. Je veux te présenter quelqu'un.

De petites taches dorées tourbillonnaient avec vivacité dans les iris noirs de l'Ichorien qui étincelaient de promesses et d'excitation. Ce qu'il avait en tête lui donnait clairement de l'énergie.

— Explique-moi ton plan.

— En chemin, répondit Ezekiel. Nous perdons du temps.

— Oh, maintenant tu es pressé ? demanda Gabriel.

— Je te ramènerai à ta précieuse barmaid pour t'amuser plus tard. Je te le promets.

Gabriel ne cilla pas.

— Ce n'est pas ce que je sous-entendais.

— Je sais.

Le sourire d'Ezekiel se faisait diabolique par nature et c'était tellement approprié.

— Ou bien tu me suis, ou bien tu restes ici. Mais tu m'aideras, que tu le veuilles ou non.

Il jeta un gros billet à côté de son verre vide et se tourna vers la sortie sans un regard en arrière.

Bon. Gabriel pouvait choisir de ne pas jouer le jeu et attendre son implication supposée, ou il pouvait suivre l'Ichorien.

Soit.

Il avait déjà attendu ici suffisamment longtemps. Autant voir ce que l'assassin avait en tête.

Gabriel rajouta de l'argent sur le comptoir et suivit l'Ichorien.

— Stark ! l'appela Becky lorsqu'il atteignit la porte.

Il se retourna en haussant un sourcil et elle lui jeta un regard exaspéré.

— Oui ? demanda-t-il.

— Bah, oublie, souffla-t-elle, les mains sur les hanches.

À quoi s'attendait-elle ? Un baiser d'adieu ? Des promesses de lendemains ?

Il eut un petit rire. *Ça ne va pas arriver.* Il ne prit même pas la peine de la saluer d'un geste avant de rejoindre Ezekiel qui affichait un sourire en coin sur le trottoir. L'Ichorien secoua lentement la tête et se mit à rire.

— Il va falloir travailler là-dessus, mon pote.

— Sur quoi ?

Ezekiel se mit en route.

— Tes manières.

— J'ai de bonnes manières, répondit-il en marchant à côté de lui.

— Pas selon les normes humaines.

— Je ne suis pas humain.

— Clairement.

Ezekiel tourna dans la même ruelle que celle d'où ils étaient partis précédemment et tendit la main.

— Tu vas avoir besoin de mon aide cette fois.

— Comment fonctionne ta faculté ? demanda Gabriel, sans accepter ni refuser sa demande. Tu traces grâce au sang et ensuite tu te volatilises jusqu'à l'endroit ?

— Fondamentalement, je m'enveloppe d'ombres et me déplace avec elles partout où l'essence que je recherche existe. Il ne s'agit pas nécessairement de sang, bien que ce soit la façon dont je traque les êtres qui respirent. Je peux également me rendre à l'endroit de mon choix, comme pour la téléportation, si la personne que je poursuis est à proximité. C'est comme ça que je t'ai trouvé le premier jour, près de la FHC.

Cela ressemblait au don de la lignée des traqueurs d'Araceli. Tous les Ichoriens et Hydraiens possédaient des talents similaires à ceux des différentes familles de Séraphins. Gabriel ne comprenait pas bien la génétique, mais il était clair que le don de vie d'Osiris modifiait le génome humain lors de leur résurrection et déclenchait des talents cachés.

Gabriel prit la main d'Ezekiel.

— Allons-y.

— Parfait.

L'obscurité envahit la vision de Gabriel pendant quelques secondes, puis disparut pour révéler un balcon surplombant une plage de sable noir. Une maison aux murs blancs et au toit bleu vif se trouvait sur sa droite, une piscine en contrebas et une colline parsemée de maisons de même style sur sa gauche.

— Nous sommes à Hydria, réalisa-t-il, reconnaissant l'architecture grecque. Pour quoi faire ?

— Pour me voir, dit doucement une voix derrière lui.

Gabriel se retourna et se trouva face à un homme à la peau sombre qui se tenait avec raideur à l'intérieur. Son regard ombragé se posa sur Ezekiel, l'incertitude se dégageant de lui.

— Owen, le salua l'Ichorien avec un sourire. Il faut vraiment que tu te détendes. Si je voulais te tuer, ce serait déjà fait.

— Tu as la réputation de jouer avec tes victimes avant de les trucider, lui fit remarquer le jeune Hydraien. Pardonne-moi de ne pas te faire confiance.

Ezekiel s'affala dans un canapé surdimensionné juste à l'intérieur et soupira.

— Ma réputation est ancienne. De plus, je ne m'ennuie plus. Pas avec mes nouveaux objectifs, en tout cas.

Gabriel appuya son épaule contre le cadre de la porte et croisa les bras.

— Commence à t'expliquer, Ezekiel. J'en ai assez d'attendre.

Owen le dévisagea, son expression exprimant visiblement la crainte de représailles de la part de l'assassin assis sur le canapé. Clairement, son instinct de survie était mauvais, puisque c'était Gabriel le plus meurtrier des deux.

— Owen, voici Stark, dit Ezekiel en guise de présentations. C'est un Séraphin.

Le pauvre garçon faillit tomber en reculant précipitamment devant Gabriel.

— Qu'est-ce qu'il fout là ? demanda-t-il, la voix tremblante.

— Il fait partie du plan.

Ezekiel avait l'air bien trop joyeux.

— Et quel est le plan ? demanda fermement Gabriel.

L'Ichorien sourit.

— Nous allons renverser Osiris.

18

CHOISIR LA BONNE VOIE

CARO NE POUVAIT PLUS VOIR ses pieds. En une semaine, son ventre légèrement bombé avait carrément gonflé.

— Ouah, souffla Sethios depuis le seuil de la porte.

Il était juste sorti courir, ce qu'elle ne pouvait absolument pas faire dans son état actuel.

La sueur luisait sur son ventre plat, donnant à Caro l'envie de se mettre à genoux et de le lécher. Sauf qu'elle en récolterait un mal de dos et qu'elle finirait probablement sur le derrière. Ne semblant pas se soucier de son sort, il s'avança et posa sa main sur son ventre.

— On dirait que tu vas bientôt exploser, Caro.

— Je n'attends que ça, admit-elle. Notre fille a fait des cabrioles en moi toute la matinée et j'ai hâte que ça se termine.

Pendant qu'elle parlait, le petit être donna un autre coup de pied. Les yeux de Sethios s'écarquillèrent et il se mit à genoux.

— Je l'ai sentie.

— Moi aussi, dit Caro avec une grimace lorsque leur fille récidiva. Gabriel remuait rarement comme ça.

— Non, il était probablement assis à attendre que tu lui dises de sortir. Il a plutôt l'air d'aimer s'ennuyer.

Sethios souleva sa robe trop grande, qu'il avait commandée en ligne spécialement pour elle, et déposa un baiser au-dessus de son nombril. Ce n'était pas destiné à la séduire, mais à la chérir.

Caro tomba un peu plus amoureuse de lui à ce moment-là. Le père de Gabriel ne lui avait jamais rendu visite pendant qu'elle portait leur enfant et n'avait jamais pris la peine de s'occuper d'elle ou de son fils après la naissance. Elle ne s'était pas attendue à ce qu'il le fasse, ce n'était pas dans les habitudes des Séraphins.

Cependant, grâce à cette nouvelle expérience, elle avait découvert qu'elle préférait les méthodes de Sethios. Sa présence l'apaisait, au point qu'elle était à peine indisposée. Une amélioration significative par rapport à sa première expérience.

— Salut, ma puce, chuchota-t-il.

— Oh, gémit Caro alors que leur enfant réagissait à la voix et au toucher de son père. Je crois qu'elle t'aime bien.

— Bien sûr que oui, murmura Sethios, son doigt caressant son ventre avec révérence. J'ai convaincu sa mère de s'adonner au chocolat et à d'autres activités plus gratifiantes.

Il agita ses sourcils en la regardant tandis qu'elle levait les yeux au ciel.

— Je doute qu'elle soit ravie par le dernier truc.

— C'est pourtant ce qui l'a créée.

Il réajusta sa robe en se levant et glissa sa main sur le bas de son dos.

— Ça fait plaisir à sa mère aussi, murmura-t-il, ses

lèvres sur les siennes. Et ça l'a convaincue de ressentir des choses.

Elle sourit contre sa bouche.

— Je ne pense toujours pas qu'elle voudra connaître tous les détails.

— Certainement pas, convint-il doucement. Comment te sens-tu, mon amour ?

— Je suis lourde, affamée, et j'ai trop chaud.

— Tout ça, hmm ? dit-il en gloussant. Donne-moi cinq minutes pour me doucher et je te prépare quelque chose à manger.

Il l'embrassa bien trop doucement et s'éloigna, se débarrassant en chemin de son short et de ses chaussettes.

Elle s'appuya contre le lit qu'ils partageaient. Se volatiliser jusqu'à la cuisine lui demanderait beaucoup d'efforts, mais elle avait besoin de toutes ses forces. Si Osiris les trouvait maintenant, ce serait déjà assez difficile de s'échapper en se volatilisant avec le bébé et elle refusait d'abandonner Sethios.

Le lien du sang, chuchota son âme.

Cette envie devenait chaque jour un peu plus pressante, mais elle continuait à la réfréner. Les chances que Sethios accepte un lien éternel étaient de toute façon minces. Il était peut-être amoureux d'elle pour le moment, mais ils ne se connaissaient que depuis deux mois à peine. Ce n'était qu'une fraction de seconde pour deux immortels. Il avait aussi mentionné le fait qu'il n'était pas du genre monogame. Ils s'étaient mis d'accord sur le présent ; l'avenir serait déterminé au fur et à mesure.

L'âme de Caro était peut-être d'accord pour le garder à tout jamais, mais son cœur et son esprit n'étaient pas convaincus.

Menteuse, la réprimanda son âme.

— Assez, marmonna-t-elle, en s'écartant du lit et en se heurtant à la forme de Gabriel qui se matérialisait.

Elle rebondit sur le matelas avec un grognement et secoua la tête.

— Aïe !

Son corps palpitait sous l'effet de l'impact inopiné et son cœur battait la chamade.

— Je ne t'ai pas senti arriver.

— Je ne t'ai pas avertie, murmura Gabriel. Désolé. Je dispose enfin de toutes les informations dont j'avais besoin et je suis revenu aussi rapidement que possible.

— Je vois que tu n'as toujours pas appris à frapper aux portes, commenta Sethios en entrant, une serviette négligemment attachée autour de sa taille.

L'eau ruisselait de ses cheveux jusqu'à ses épaules, scintillant dans la faible lumière de leur chambre. Une fois de plus, l'envie de lui lécher les abdominaux prit Caro aux tripes, ce qu'il remarqua, puisqu'il lui fit un clin d'œil.

Quel culot !

— Avez-vous pris toutes vos dispositions pour rester ici ? demanda Gabriel en ignorant Sethios.

— Pour l'instant, oui, répondit Caro en se massant le ventre.

Elle était plus appuyée contre le lit que vraiment assise dessus.

— Sethios a monté la chambre d'enfant et a commandé tout ce dont nous avons besoin pour un nourrisson, y compris plusieurs articles supplémentaires. Mais nous n'avons rien prévu à long terme.

— Commencez à vous organiser, répondit Gabriel. Au moins pour sept ans.

— Sept ans ? demanda Sethios en passant la tête dans un tee-shirt marron avant de les rejoindre. C'est plutôt précis.

— Skye a vu une autre prophétie.

— Encore une, songea Sethios. Super. Est-ce qu'on a déjà tous les détails de la première ?

Il s'installa à côté de Caro et passa son bras dans le bas de son dos, lui offrant un soutien là où elle en avait le plus besoin.

Comment fait-il pour toujours tout savoir ?

— Oui, répondit Gabriel. Mais c'est tellement plus important que ça. La prophétie concerne plus votre enfant que vous deux. Selon Skye, votre progéniture aura la force et la volonté de détruire Osiris et sa lignée.

Ses paroles restèrent en suspens entre eux alors que Caro disséquait leur signification.

— Sa lignée, répéta-t-elle lentement. Tu veux parler des Ichoriens et des Hydraiens ?

— Oui, dit Gabriel en croisant le regard de Sethios. À moins que vous ne convainquiez l'enfant du contraire.

Sethios haussa les sourcils.

— Tu veux dire, utiliser mon don de persuasion sur elle pour l'empêcher de le faire ?

— Elle ?

Gabriel jeta un coup d'œil à Caro qui hocha la tête pour confirmer le sexe. Elle était certaine qu'ils allaient avoir une fille. L'intuition maternelle et tout ça. Le regard de Gabriel s'éclaira infiniment avant de se concentrer sur la question de Sethios.

— Non. C'est votre humanité qui va la retenir et potentiellement changer son destin.

Il leva la main pour indiquer qu'il n'avait pas fini d'expliquer.

— Osiris a créé un problème et elle est la solution, ce qui fait d'elle l'arme parfaite. C'est pourquoi les Séraphins veulent que Caro retourne parmi les siens pour y élever l'enfant. Ils souhaitent façonner son esprit logique et se servir d'elle pour suivre une potentielle voie future.

— Quelle est l'autre voie ? demanda Caro, sachant qu'il existait toujours différentes options.

C'est pour ça que les voyants jouaient à ce jeu : ils aimaient modifier l'avenir pour répondre à leurs besoins.

— La disparition d'Osiris est présente dans toutes les issues potentielles, mais la destruction des Ichoriens et des Hydraiens n'existe que dans l'une d'entre elles jusqu'à présent. Celle où tu l'élèves parmi les nôtres, sans aucune influence de Sethios.

— Je vois, répondit Sethios, laissant retomber son bras du dos de Caro pour se lever. Et quelle voie préfères-tu, Gabriel ?

La tension irradiait entre les deux hommes, ce qui fit froncer les sourcils à Caro.

— Ce n'est pas à lui de se prononcer, murmura-t-elle. Nous déciderons du sort de notre fille.

— Non, dit Sethios en faisant un pas vers Gabriel. Il a déjà choisi. Je le vois dans ses yeux. La question est de savoir quelle voie. Parce que nous avons tous les deux conscience que la seule façon pour Caro d'élever *notre* enfant sans moi, c'est que je ne sois pas dans le tableau. Alors, qu'as-tu décidé, Gabriel ?

Le fils de Caro croisa le regard de Sethios sans broncher.

— La deuxième prophétie de Skye implique une trahison de la pire espèce, qui se termine mal pour vous deux. Et vous en souffrirez. Horriblement.

— Ce qui signifie que tu as choisi la première voie pour sauver Caro et te débarrasser de moi et de toute la lignée d'Osiris.

— C'est le choix logique, répondit Gabriel, le vert de

ses yeux s'accentuant. Mais hélas, non. Ce n'est pas le choix que j'ai fait.

Caro fronça les sourcils, confuse, lorsque Sethios demanda :

— Pourquoi ?

— Bien que ce soit le choix logique produisant les résultats les plus souhaitables, cela va faire du mal à ma mère, annonça-t-il en tournant son regard vers Caro. Il fut un temps où tu aurais été d'accord avec la destruction d'Osiris et de ses abominations. Je sens que cela a changé. Ai-je tort ?

Les deux hommes l'examinaient avec attention, ce qui provoqua une sensation d'inconfort dans son estomac.

Voulait-elle détruire Osiris ? Absolument. Il n'y avait aucun doute.

Voulait-elle détruire ses abominations ? Elle pinça les lèvres. Il y a deux mois, elle n'y aurait pas réfléchi à deux fois. Ces êtres ne devraient pas exister. Osiris les avait créés pour contrarier le Conseil supérieur des Séraphins, et peut-être juste parce qu'il s'ennuyait. Ou pire, pour se constituer une armée.

Elle croisa le regard vert de Sethios, dont l'expression restait impassible, alors qu'elle réfléchissait à son destin et celui, vraisemblablement, de ses amis. Il n'avait pas choisi d'être une abomination. Osiris l'avait fait pour lui. Le punir pour les crimes de son père semblait... injuste.

Et forcer son enfant à devenir celle qui infligerait cette punition à Osiris et à sa lignée paraissait tout aussi inique.

C'était le destin de sa fille, selon les voyants, tout comme cela avait été celui de Caro de coucher avec Sethios et d'engendrer leur enfant. Quelqu'un aurait dû prévenir Caro de son destin et lui donner le choix de le suivre ou non. Et ça, vraiment, c'était une décision qui pouvait changer la vie. Élever un enfant exigeait du temps et de l'attention, mais dix-huit ans, ce n'était pas long pour quelqu'un qui vivait éternellement.

Détruire un être supérieur et sa lignée entière, cependant, c'étaient une tâche et une responsabilité bien plus importantes. Une tâche qui pourrait coûter la vie à leur fille – ou pire, son âme. Ce risque ne dérangeait pas les Devins ou les Séraphins si cela signifiait qu'Osiris était anéanti. Ils sacrifieraient plusieurs âmes s'il le fallait pour accomplir cette mission. Tout comme ils avaient mis à disposition le corps de Caro sans sourciller.

Pourtant, ils ne s'étaient pas préoccupés d'Osiris avant ça. Alors pourquoi maintenant ? Pourquoi *sa* fille ? Parce qu'ils ne pouvaient pas le faire sans elle ou pour une autre raison ?

Tout ce que les Séraphins faisaient, en particulier les voyants, servait un but. Mais qui décidait réellement des objectifs à poursuivre ou à ignorer ? Le Conseil supérieur ? Les voyants ?

Les Séraphins, par nature, étaient censés être impartiaux. Pourtant, Caro ne pouvait s'empêcher de ressentir une certaine incertitude après avoir été envoyée ici pour de fausses raisons afin de mettre au monde un enfant, ce qu'elle aurait peut-être accepté de plein gré si on le lui avait demandé.

Et c'était bien là le problème. Personne ne lui avait posé la question.

— Elle mérite d'avoir le choix, dit-elle finalement. Il ne s'agit pas de ce que je veux ou crois, mais de son propre choix. Si elle est élevée par les Séraphins, elle n'aura jamais le droit de décider par elle-même.

Sa fille devait être d'accord avec ses paroles, parce qu'elle choisit ce moment pour se déplacer à nouveau, cette fois dans une cabriole plutôt douloureuse qui expulsa l'air des poumons de Caro.

Doucement, s'il te plaît, chuchota-t-elle. *C'est important.*

— Qu'est-ce que ça te ferait si notre fille détruisait mon père *et* sa lignée ? demanda Sethios, la patience de son ton étant contredite par le feu qui couvait dans son séduisant regard.

— Je... Je ne sais pas, admit-elle.

— Tu ne sais pas, répéta-t-il lentement. Tu serais d'accord pour qu'elle commette un massacre et anéantisse une population entière d'êtres ?

— Ils n'auraient pas dû exister, dit Caro en serrant les dents.

Son ventre était anormalement comprimé. Elle essaya de s'appuyer davantage contre le lit, mais cela ne l'aida pas du tout à se détendre. Face au froncement de sourcils de Sethios, elle ajouta :

— Osiris les a créés contre l'ordre naturel des choses.

— Il m'a aussi créé contre l'ordre naturel des choses, Caro. Qu'est-ce que ça fait de moi ? Je suis juste assez bon pour baiser et rien d'autre ? demanda-t-il en secouant tristement la tête et en s'éloignant d'elle d'un pas supplémentaire. Et moi qui pensais qu'on arrivait à quelque chose.

— Ce n'est pas... ce n'est pas...

Bon sang ! Son abdomen lui faisait mal. Très mal. Elle se tenait le bas-ventre en essayant de prononcer les mots que Sethios avait besoin d'entendre, mais son esprit continuait à voler en éclats avec la douleur qui s'échappait de ses entrailles.

— Je n'en connais aucun...

Elle souffla brusquement, sans pouvoir terminer sa phrase.

— Et parce que tu n'en as jamais rencontré, à part moi et Ezekiel, ça te semble normal d'exterminer une race entière d'immortels ? En fait, techniquement, ce sont même deux races, si on considère que les Hydraiens sont distincts des Ichoriens.

Elle ravala péniblement sa salive.

— Ezekiel a voulu me tuer quand on s'est rencontrés.

Non pas qu'elle puisse reprocher cela à leur race entière.

Sa fille se déplaça vers sa vessie, l'empêchant d'ajouter quoi que ce soit à cet argument alors qu'elle combattait la réaction naturelle de son corps à ce mouvement.

Et maintenant, je suis légèrement mouillée, mais pas de la façon dont je préfère.

Elle cligna des yeux.

Une pensée carrément inappropriée !

— Parce qu'il pensait que tu étais un humain, grogna Sethios. C'est ce qui justifie donc ta haine envers tous les Ichoriens ? Ezekiel est un connard et ne nous représente absolument pas.

— Et toi, qu'est-ce que tu es ? demanda-t-elle, voulant plaisanter.

Mais elle réalisa trop tard que cela avait l'effet inverse. Les yeux verts de Sethios étaient remplis de fureur.

— Détruire Osiris, je comprends. Putain, je pourrais même le tuer moi-même. Mais sa lignée ? Ça impliquerait qu'elle devrait également me tuer, moi, son père. Tu veux qu'elle ait ça sur la conscience ? Tu pourrais vivre avec ça sur ta propre conscience ?

Des questions remplies d'émotions profondes qu'elle ne pouvait pas nommer.

La douleur ricocha le long de sa colonne vertébrale, la forçant à fermer les yeux. Sa langue était endolorie à force de la mordre si fort. Il voulait une réponse, mais elle ne pouvait pas l'exprimer. Pas sans crier.

— Je vois, murmura-t-il. C'est une bonne chose que nous sachions où nous en sommes.

— Je peux vous interrompre ? demanda Gabriel, blasé.

— C'est le moment où tu essayes de m'éliminer pour que je n'interfère pas dans les plans des Séraphins pour mon enfant ? Parce que je pense que tu vas avoir une sacrée surprise.

Sethios avait l'air désinvolte, presque au point d'être cruel. Et d'après la trajectoire de sa voix, il se trouvait désormais de l'autre côté de la pièce, près de la porte.

— Non, répondit Gabriel. C'est le moment où je vous suggère d'aider Caro, car elle est en train d'accoucher.

Elle ouvrit les yeux et tomba sur ceux, vert clair, de Gabriel, puis elle écarquilla les siens en réalisant qu'il avait raison.

— Elle est en avance.

Gabriel haussa les épaules.

— Seulement de quelques jours. Je vais chercher des serviettes.

L'instant d'après, Sethios était à ses côtés, son contact doux alors qu'il l'aidait à s'installer sur le matelas.

— Oh, tu ne veux pas...

— Je le remplacerai, répondit-il, devinant sa pensée sur le fait de ruiner le lit sans qu'elle ait besoin de l'exprimer. Allonge-toi.

Elle s'exécuta et la douleur lancinante dans son flanc la fit grimacer. Il fallait tout de même qu'elle dise quelque chose...

— Sethios ?

— Oui ?

Malgré sa proximité, la douceur de son ton n'avait pas la chaleur à laquelle elle était habituée. Tout comme ses yeux verts lorsqu'elle croisa son regard. La note d'inquiétude était agréable, mais elle voulait l'autre émotion qu'il affichait, celle qui l'aidait à se sentir... chérie.

— Je n'ai pas pu...

Elle s'interrompit dans un cri alors que l'agonie lui déchirait l'estomac.

— Quelque chose... ne va pas.

Elle prononça ces mots dans un souffle, mais ne put inspirer pour reconstituer sa réserve d'oxygène.

— Caro ?

Les sourcils de Sethios se froncèrent, puis ce qu'il vit sur son visage les fit se hausser.

— Caro !

Elle tenta de répondre, mais n'y arriva pas. Sa gorge était serrée, ses poumons aussi. Tout son corps refusait de fonctionner, comme s'il était figé dans le temps.

Tout sauf son cœur.

Il battait frénétiquement alors qu'elle luttait pour respirer, sans y parvenir. Puis elle s'effondra devant l'angoisse qui se lisait sur les traits de Sethios.

— Ne me fais pas ça, mon ange. Allez. Respire.

La chaleur caressa ses joues et son cou, mais elle faiblissait partout ailleurs.

Et puis elle se mit à flotter. Haut dans les nuages. Non. Trop léger. Peut-être. Elle cligna des yeux pour revenir dans la pièce, puis dans les nuages, et encore une fois.

Une présence familière l'entourait. Sethios la tenait ? L'appelait par son nom ? Elle n'en était pas certaine. Tout partait à la dérive...

Ça ne pouvait pas arriver, pas maintenant. Elle avait encore tellement de choses à dire.

Ce qu'elle pensait des liens du sang.

Ce qu'elle pensait de *lui*.

De leur avenir.

De l'avenir de leur enfant.

Elle ne voudrait pas choisir une voie de destruction. Et si elle pensait en effet que le problème des abominations devait être traité, il s'agissait plus d'Osiris que d'autre chose.

Sethios n'était pas une abomination.

Ou peut-être qu'il l'était.

Quoi qu'il en soit, elle l'adorait toujours. Peut-être même l'aimait-elle, si cette émotion existait chez les Séraphins.

L'obscurité envahit sa vision, prenant possession des nuages et de la pièce en même temps.

Sauve-la, pria-t-elle. *Sauve notre fille.*

19

L'APPARITION D'UNE NOUVELLE PUISSANCE

— BOUGEZ, ordonna Gabriel.

— Va te faire foutre, grogna Sethios tandis que ses mains parcouraient la forme inanimée de Caro sur le lit.

Elle avait perdu connaissance et il avait bien l'intention d'y remédier. D'une manière ou d'une autre. Peut-être.

Putain !

— Avez-vous déjà mis au monde un enfant séraphin ? Non. Alors, bougez. Tout de suite.

Gabriel le poussa hors de son chemin. Derrière lui se tenait une superbe femme aux cheveux blonds, à la peau de porcelaine et aux yeux bleu-vert.

— D'où viens-tu, bordel ? demanda sèchement Sethios, son attention partagée entre la nouvelle venue et son envie de tuer le fils de Caro.

— Pas le temps, dit Gabriel en se déplaçant sur le côté. Aide-la, Leela.

La femme s'avança avec un sac et commença à déballer ses affaires.

— J'ai besoin d'eau chaude, annonça-t-elle. Et plus de serviettes.

Gabriel se volatilisa tandis que Sethios regardait la femme.

— Vous êtes un Séraphin.

— Oui, répondit-elle.

Il n'avait pas la force de poser plus de questions et il s'en fichait tant qu'elle aidait Caro et le bébé.

Il se passa la main sur le visage et soupira. *Merde !* Il avait été tellement frustré par les paroles de Caro qu'il n'avait pas remarqué que son état se détériorait et, plutôt que d'être là pour elle, il l'avait repoussée.

Je suis un salaud.

Sethios s'agenouilla à côté de Caro et serra sa main glacée entre les siennes.

— Reviens, ma chérie, chuchota-t-il. Ne me fais pas ça. Reviens.

Le visage pâle et les lèvres violettes de Caro lui brisaient le cœur.

Si quelque chose lui arrive... Il ne savait pas comment finir cette pensée. Elle survivrait. Il le fallait.

— Elle va s'en sortir, dit Gabriel en réapparaissant. La plupart des femelles meurent plusieurs fois pendant l'accouchement en raison de l'intensité du processus. Il faut beaucoup d'énergie pour donner naissance à un Séraphin, surtout à un être aussi redoutable que ma future sœur.

— Qu'est-ce que je peux faire ? demanda Sethios, impuissant.

Gabriel le regarda en clignant des yeux.

— Offrez-lui du réconfort. Cela peut... aider.

— Ça ne semble pas très scientifique, lui fit remarquer Sethios, tout en se penchant pour déposer un baiser sur le front de Caro.

— Ça ne l'est pas, mais la grossesse de ma mère a bien répondu aux soins que vous lui prodiguiez. Par conséquent, ce pourrait aussi marcher pour l'accouchement. Seul le temps nous le dira.

— Elle n'est dilatée que de sept centimètres, murmura Leela. On n'a pas assez de temps.

— De temps pour quoi ? Pour que le bébé vienne au monde normalement ? demanda Sethios. On ne peut pas attendre ?

— Ce n'est pas nous qui attendons, mais l'enfant, répondit Gabriel. Les Séraphins guérissent de toutes les blessures, y compris d'une rupture comme celle-ci.

Sethios frissonna en comprenant ce qu'il impliquait et se glissa dans le lit à côté de Caro pour la tenir du mieux qu'il pouvait.

Il effleura sa tempe de ses lèvres, puis sa joue, et souhaita qu'elle revienne à lui pour qu'ils puissent vivre ça ensemble. Tout le mal que les paroles de Caro avaient causé s'était dissipé alors qu'il se concentrait sur leur enfant et sur la sécurité de Caro.

Il toucha son ventre et murmura :

— Pas encore, ma puce. Donne un peu de temps à ta maman pour s'acclimater. S'il te plaît.

La dernière chose qu'il souhaitait voir, c'était Caro se faire éventrer par leur fille.

— Ça ne va pas aider, dit Leela, sa voix étrangement émotive pour un Séraphin. Comme l'a dit Gabe, le bébé viendra, que le corps de Caro soit prêt ou non.

— Je t'avais prévenue que cette grossesse n'était pas normale, dit Gabriel en regardant la main de Sethios sur le ventre de Caro. Le bébé lui répond.

Sethios les ignora et se concentra sur sa future fille.

— Attends ta maman, ma chérie. S'il te plaît. Je sais que tu ne veux pas la blesser.

Il caressa le ventre de Caro tout en parlant et maintint sa bouche près de l'oreille de sa fille. Leela et Gabriel devaient penser qu'il était fou, et peut-être qu'il l'était en effet, mais il se devait d'essayer quelque chose. Il ne pouvait pas rester à ne rien faire pendant que Caro souffrait.

Tant de choses avaient changé ces deux derniers mois. Ce qui n'était au départ qu'une amusette s'était transformé en quelque chose qu'il n'aurait jamais imaginé vouloir : une famille.

Sethios n'était pas destiné à être père. Il n'avait certainement pas eu envie de le devenir. Il n'avait jamais voulu d'une relation monogame avec la mère d'un enfant non plus.

Mais Caro... Elle avait tout changé, y compris sa vision de la vie.

Il *aimait* jouer à papa-maman avec elle. Peut-être parce que c'était très nouveau, ou peut-être à cause d'une connexion plus profonde qu'il refusait de reconnaître.

Quelle qu'en soit la cause, ses yeux s'étaient ouverts à une façon de vivre encore inexplorée. Une direction dans laquelle il avait vraiment un but : élever et faire grandir un enfant. Adorer et chérir une autre personne que lui-même.

Les doigts de Caro tressaillirent dans la main de Sethios lorsque le bébé donna un coup de pied dans la main opposée de son père. Les yeux de Caro restaient fermés, mais son pouls reprenait.

— Caro ? chuchota-t-il.

— Sethios, souffla-t-elle.

Il ne s'y attendait pas, mais le fait d'entendre son nom dans la bouche de Caro, même si c'était faible et douloureux, lui envoya une décharge électrique droit au cœur.

Merci pour l'immortalité.

— Je suis là, lui assura-t-il. Tout va bien, mon amour.

— Ne...

Caro fut interrompue par une toux rauque qui fit se convulser tout son corps.

— Chut, n'essaye pas de parler, lui dit-il en dessinant des cercles apaisants sur son ventre. Il faut que vous vous détendiez, toutes les deux.

Elle secoua la tête, les yeux toujours fermés.

— Non. Je ne veux pas...

Elle ravala sa salive, sa gorge nouée l'empêchant de parler.

— Tu ne veux pas quoi, mon ange ? demanda-t-il, inquiet.

Il vaudrait mieux qu'elle ne dise pas qu'elle ne veut pas de moi.

Certes, il s'était comporté comme un salaud juste avant, mais en gros, elle avait quand même lâché qu'elle s'en fichait s'il mourait. Et pire, qu'elle se fichait que leur propre enfant le tue.

— Tu es une abomination.

Les doigts de Caro se replièrent pour fermer son poing alors que son cœur s'arrêtait de battre. Allait-elle vraiment continuer cette conversation maintenant ? En plein accouchement ? Cette femme avait-elle envie de mourir ?

— Mais... poursuivit-elle d'une voix rauque.

Elle se racla la gorge deux fois avant de continuer, alors que le corps de Sethios restait totalement figé à côté du sien.

— Mais tu es *mon* abomination.

Il fronça les sourcils, ne comprenant pas.

— On peut en discuter après...

— Non, dit-elle, un peu plus fort, ses yeux s'ouvrant enfin pour révéler deux flaques de saphir liquide. Tu es *mon* abomination, Sethios. *À moi.*

Elle desserra son poing pour appuyer sa main sur la sienne.

— Personne ne te tuera. Personne.

Il cligna des yeux, surpris.

Quand il lui avait demandé plus tôt si elle pouvait supporter que leur propre enfant le tue, elle n'avait pas répondu. Il avait supposé que c'était parce qu'elle ne savait pas quoi répliquer. Mais la véhémence de son regard suggérait qu'elle savait plus que jamais où elle en était, à ce sujet. Au départ, elle n'avait pas répondu parce qu'elle ne pouvait pas.

Maintenant, bien que leur fille soit en train de lui déchirer les entrailles, la première chose qu'elle faisait, avec d'immenses d'efforts, ce n'était pas d'accoucher, mais de lui dire ce qu'elle ressentait.

À moi.

Il ravala sa salive sous l'émotion que ces seuls mots avaient fait naître en lui. Parce qu'il ressentait la même chose pour elle. Non pas qu'il veuille l'admettre à voix haute. Surtout avec les témoins actuels.

Ils devaient encore discuter de son point de vue sur les Ichoriens et les Hydraiens, ainsi que de l'avenir de leur fille, mais cela pourrait être traité au fil du temps.

— Viens-tu de me déclarer ton amour, mon ange ?

Il baissa la voix pour tenter de la taquiner et d'alléger l'atmosphère intense de la pièce, mais les lèvres de Caro ne frémirent pas.

— Oui.

Il n'y avait aucune hésitation, aucune légèreté dans son ton. Pas même un clin d'œil.

— Oh, Caro, dit-il en prenant son visage entre ses mains. Tu es trop émotive en ce moment. Nous reparlerons de tout ça après la naissance du bébé, d'accord ?

— Je suis sérieuse, Sethios, dit-elle avec une conviction absolue dans ses paroles. Je ne tolérerais jamais...

Elle poussa un cri de douleur, mettant fin à tout ce qu'elle voulait dire.

Sethios reposa aussitôt sa main sur son ventre.

— Attends, ma puce. Tu fais du mal à ta maman.

L'urgence et l'exigence remplissaient sa voix tandis que Caro frissonnait à côté de lui. Il fit glisser son autre main de son visage à sa nuque alors qu'elle inclinait la tête vers son épaule.

— Chut, mon amour, tout va bien.

— S'il te plaît, ne me lâche pas, chuchota-t-elle. S'il te plaît.

— Jamais, mon ange, lui assura-t-il en embrassant le sommet de son crâne. Je ne te lâcherai jamais.

Les mots s'échappèrent de sa bouche comme s'ils avaient été tirés de son âme. Il n'avait jamais promis à une femme d'être là pour toujours, ou même demain, mais il l'avait déclaré si facilement à Caro. Et il découvrait, de façon choquante, qu'il le pensait.

Était-ce de l'amour ? Un être avec l'ascendance qu'il avait en était-il capable ? Il ne méritait certainement pas d'obtenir son attention et sa dévotion, et elle ne devait pas vraiment désirer la sienne en retour, mais il ne maudirait pas le destin pour ce cadeau.

Sethios refusa de s'attarder trop longtemps là-dessus. Il vivrait dans l'instant et profiterait des sensations tant qu'elles dureraient. Parce que demain, tout pourrait changer.

— Fascinant, dit Leela d'un air songeur, se rappelant à sa présence. Tu avais raison, Gabe. Le bébé réagit à ses demandes.

Gabriel se tenait appuyé contre le mur de l'autre côté de la pièce, les bras croisés, et avait l'air de s'ennuyer. Il haussa une épaule en réponse. Rien de plus.

— Tu n'as pas fini de nous parler de la prophétie.

Puisque Sethios avait fait dérailler la conversation et

avait exigé de savoir quelle voie le Séraphin avait l'intention d'emprunter.

— Elle a déjà commencé, répondit Gabriel. Ma mère souhaite laisser à ma sœur le choix de son destin. C'est une décision motivée par l'émotion, mais je la comprends et il se trouve que je suis d'accord avec ça. Ce qui signifie que je vais devoir travailler avec Ezekiel bien plus que je ne le voudrais dans un futur proche.

— Ezekiel ? répéta Sethios. Pourquoi ?

— Nos destins sont liés, c'est tout ce qu'il a dit.

Sethios aurait bien demandé plus de détails, mais le mouvement dans l'estomac de Caro exigeait son attention.

— Reste calme, chuchota-t-il au bébé. Nous allons faire ça tous ensemble.

— Je peux sentir son amour pour toi à travers le lien, dit Caro, l'émerveillement illuminant son visage et la chaleur faisant briller ses yeux. Elle te fait confiance.

— Ce qui prouve ce que je disais, intervint Leela. Non pas que le Conseil m'écoute. Je suis trop émotive pour eux.

La femme leva les yeux au ciel d'une manière très peu séraphique.

— Elle est de la lignée de la fertilité, expliqua Caro, captant les pensées de Sethios.

Leela pouffa de rire.

— C'est un terme fantaisiste pour la luxure. Je suis spécialisée dans le sexe, ce qui me qualifie apparemment pour être sage-femme.

Il y a deux mois, la très belle femme aurait intrigué Sethios. Mais un autre Séraphin avait capturé son regard et l'avait apprivoisé d'une manière qu'il n'aurait jamais crue possible.

Caro était la seule qu'il voulait.

Il dut quand même demander :

— Vous êtes spécialisé dans le sexe, à quel titre ?

— Vous aimeriez bien le savoir, hein ? répondit la femelle avec un sourire malicieux.

La main de Caro glissa vers le poignet de Sethios et elle enfonça ses ongles dans sa peau. Il se pencha pour l'embrasser avant qu'elle ne puisse formuler une plainte et frotta son nez contre le sien.

— Tu es à moi aussi, mon amour, chuchota-t-il. C'était juste de la curiosité.

Les yeux bleus de Caro s'enflammèrent dans les siens.

— Tant mieux.

Il sourit.

— J'aime bien ce petit côté possessif. Il va falloir le travailler davantage plus tard.

— Beaucoup plus tard, ajouta Leela. Parce que le bébé est prêt, tout comme Caro.

Sethios tordit si rapidement son cou que c'était un miracle que sa tête ne soit pas tombée.

— Maintenant ?

— Oui, dirent Caro et Leela en même temps.

Il renonça à essayer de comprendre le processus de la naissance d'un bébé. Tout ce qu'il pensait savoir à ce sujet ne s'appliquait pas au cas présent. Une période de gestation de deux mois. Un accouchement de moins d'une heure. Des immortels mourants qui guérissaient miraculeusement. Des bébés qui obéissaient à ses ordres.

OK. Pourquoi pas ?

— Dois-je faire quelque chose ? demanda-t-il d'une voix remarquablement calme compte tenu de la situation.

Caro serra sa main.

— Parle-lui. Elle aime ta voix.

Ça aussi, c'était bizarre. Mais sa fille aurait apparemment le pouvoir de détruire une lignée entière, alors pourquoi cela devrait-il le choquer ?

Il embrassa Caro une fois de plus avant de dessiner des motifs sur son ventre exposé et de roucouler :

— OK, ma puce. C'est l'heure, mais sois gentille avec ta maman, d'accord ? Elle serre ma main comme un étau et je ne voudrais pas la perdre.

Caro répondit en resserrant son emprise sur lui, ce qui l'aurait inquiété davantage si elle n'avait pas également gloussé en faisant ce geste.

Voilà mon ange, pensa-t-il avec chaleur.

Sa tolérance à la douleur devait être élevée étant donné tout ce que son corps avait subi ces deux derniers mois. La sueur qui perlait sur son front et les rides de stress autour de sa bouche étaient les seules indications que ce qui se passait était douloureux.

Il continua à masser légèrement son ventre et à parler à leur fille.

— J'ai hâte de te rencontrer, ma chérie, admit-il doucement. J'espère que tu ressembles plus à ta maman qu'à moi, cela dit. Elle est bien plus jolie.

— Menteur, souffla Caro, les yeux fermés alors qu'elle se concentrait pour expulser un être vivant de son corps.

Bordel, c'est en train d'arriver.

Je vais être papa.

Il était déjà au courant. Mais la réalité s'imposa à lui lorsque Leela demanda à Caro de pousser une première fois. Rien ne se passa, mais il sentit que leur enfant était sur le point de faire son entrée dans le monde.

— Elle est têtue, grommela Caro. *Ça*, elle le tient de son père.

Ce qui fit glousser Sethios, même s'il se réjouissait de cette possibilité.

— Je suis sûr que c'est un effort combiné, ma chérie.

— Pousse encore maintenant, insista Leela. Vas-y, Caro.

La douleur parcourut le bras de Sethios quand son ange s'empara de sa main pour de bon. Pas pour le punir, mais pour son soutien, et il le lui accorda. Merde, elle donnait naissance à un miracle. Quelques os brisés, ça n'était rien à côté de ça.

— Elle arrive, annonça Leela.

— Je sais ! grogna Caro, son front dégoulinant de sueur. Putain !

Sethios se mordit la lèvre pour s'empêcher de rire devant ce qui semblait devenir l'un des mots préférés de Caro. Au même titre que *baise* qu'elle utilisait assez souvent, généralement quand elle voulait obtenir quelque chose de lui.

— Allez, Caro. Je sais que tu peux faire mieux que ça, la réprimanda Leela. Continue.

Une réponse peu élégante sortit de la bouche de Caro, ce qui fit glousser Leela. Définitivement, elle n'était pas un Séraphin normal. Où Gabriel l'avait-il trouvée ? Il jeta un coup d'œil à l'homme stoïque, toujours appuyé avec nonchalance contre le mur. Ces deux-là ne pouvaient pas être amants. Des amis, peut-être. Si ce gars en avait, d'ailleurs.

La douleur parcourut à nouveau son avant-bras alors que son ange lui empruntait des forces.

— Tu t'en sors bien, mon amour, murmura-t-il, sans savoir si c'était vrai ou non.

L'expression de Caro ressemblait à celle d'une déesse guerrière, toute de feu et de sang, mise en valeur par de magnifiques vagues de cheveux blonds et un visage béni par les cieux. La trouver séduisante à ce moment-là allait probablement à contre-courant, mais Sethios doutait qu'il puisse un jour la trouver repoussante.

— Ouah, lâcha Leela, impressionnée par ce qu'elle voyait entre les jambes de Caro.

Une réponse inappropriée s'arrêta net dans sa bouche quand il *sentit* la présence de sa fille. Identique à la façon dont il ressentait l'arrivée de son père, mais en beaucoup plus puissante.

— Pourquoi ne pleure-t-elle pas ? demanda-t-il, impressionné.

— Elle est contente.

La réponse douce de Caro attira son attention sur ses joues pâles et ses yeux décolorés. Ses iris avaient une étrange lueur blanche qui ne semblait pas du tout naturelle.

— Caro, l'appela-t-il en se glissant plus près d'elle sur le lit, ses deux mains se portant à son visage. Parle-moi, ma chérie.

— Ça va... bien, bredouilla-t-elle, les yeux révulsés.

Son visage se mit à se convulser alors que la magie se répandait dans l'air et elle passa rapidement de son état éthéré à son état corporel, à plusieurs reprises.

— Leela, dites-moi que c'est normal, demanda-t-il fermement.

— C'est normal, répondit-elle automatiquement.

Il lâcha un juron, réalisant qu'il l'avait contrainte à donner cette réponse par inadvertance.

— Dites-moi ce qui se passe.

— C'est l'échange de pouvoir, répondit calmement Gabriel. C'est normal. Elle crée des liens avec votre fille.

Caro ne lâcha pas sa main et sa prise ne s'atténua pas, mais cela n'empêchait pas Sethios de s'inquiéter. Il observait l'essence de Caro se transformer, les couleurs passant tour à tour de marine à azur, ses ailes apparaissant et disparaissant, et ses yeux clignant rapidement.

— Regardez, chuchota Leela.

Il dut faire un effort pour détourner son regard suffisamment longtemps pour voir ce qu'elle tenait, puis sa mâchoire tomba par terre. Sa fille était déjà emmitouflée et propre.

— Comment est-ce... ?

— Vous étiez trop concentré sur Caro pour le remarquer, murmura Leela. Et votre fille n'a pas pleuré.

— Est-ce normal ? demanda-t-il, inquiet. Les bébés sont censés pleurer, non ?

— Pour un Séraphin, c'est normal, commenta Gabriel. Elle se baigne dans l'aura de sa mère.

Leela sourit à la petite fille dans ses bras. Elle l'avait emmaillotée dans une serviette, cachant tout sauf son visage.

— Elle ressemble à Caro, dit Sethios, sa voix se brisant alors qu'une chaleur qu'il n'avait jamais ressentie caressait sa poitrine. Elle est absolument parfaite.

Il garda une main appuyée contre la joue de Caro et tendit l'autre pour effleurer le visage de sa fille. Un courant électrique bourdonna en lui quand il la toucha, accélérant les battements de son cœur.

— Tant de puissance, s'émerveilla Leela. Ça fait des siècles que je fais ça, mais je n'ai jamais rien ressenti de tel.

Elle tourna ses iris bleu-vert en direction de Gabriel.

— Dans quoi m'as-tu entraînée ?

— Dans le futur, répondit le Séraphin. Tout va changer.

Les lèvres de Leela se retroussèrent en un sourire sournois.

— Il était temps.

20

L'ÉTERNITÉ REDÉFINIE

SETHIOS JOUAIT avec une mèche de cheveux de Caro pendant qu'elle dormait. Il lui avait donné un bain, sur la recommandation de Leela, et quand il revint, le matelas et la literie ne présentaient plus aucune trace de ce qui s'était passé une heure auparavant. La seule preuve était endormie dans le couffin à côté du lit.

Sa fille.

Rien de tout cela ne correspondait à ce à quoi il s'était attendu, mais il avait renoncé à poser des questions. Les Séraphins n'étaient clairement pas humains.

Caro bâilla en se blottissant contre sa poitrine, son corps récupérant et retrouvant déjà sa forme naturelle. Un autre avantage des immortelles. Personne n'aurait pu dire qu'elle venait d'accoucher, encore moins qu'elle avait été enceinte.

— Fascinant, murmura-t-il, émerveillé par l'expérience.

Sa fille répondit en émettant un petit bruit de contentement à côté de lui. Il se souleva sur un coude pour jeter un œil dans le couffin et la trouva en train de le regarder avec des yeux verts brillants qui rappelaient les siens. Caro pouvait oublier sa théorie sur les nouveau-nés séraphins qui ressemblaient aux bébés humains.

— D'après ce que j'ai compris, tu devrais avoir les yeux bleus, lui dit-il. Mais ils ont définitivement ma nuance de vert.

Et ils rayonnaient d'une intelligence qui témoignait de son héritage surnaturel.

— Je peux la voir ? demanda doucement Caro. S'il te plaît.

Il reporta son attention sur la magnifique blonde lovée contre lui.

— Tu étais endormie.

— J'ai senti qu'elle s'était réveillée et tu l'as confirmé quand tu t'es mis à lui parler.

Elle s'étira, faisant tomber le drap de ses seins. À un autre moment, il aurait pris ça comme une invitation. Mais pour l'instant, ils avaient un témoin.

Il s'assit et examina sa fille.

— Salut, ma chérie, roucoula-t-il. Tu veux voir ta maman ?

Mon Dieu, qu'elle était petite ! Elle pourrait facilement tenir dans la paume de sa main, ce qu'il réalisa en la soulevant doucement. Il ne connaissait pas grand-chose aux bébés, mais son instinct le poussa à soutenir sa tête et à la positionner avec précaution dans le creux de son bras.

— Oh, souffla Caro alors qu'il se tournait vers elle. Elle est parfaite.

— Tout comme sa mère.

Il caressa la joue de leur fille du revers de ses doigts et sourit.

— Il te faut un nom, mon petit ange.

— Tu en as un en tête ? demanda Caro, son regard brillant posé sur l'enfant qu'il tenait dans ses bras.

Il réfléchit et acquiesça.

— Oui.

— Dis-moi.

Une exigence, pas une demande.

Les lèvres de Sethios se retroussèrent à cause de l'impatience dans le ton de Caro. Déjà, elle était redevenue l'ange qu'il adorait.

— *Anastasia* signifie « résurrection » en grec ancien, mais c'est beaucoup trop simple pour elle.

Il fit glisser le revers de sa main le long de son cou jusqu'à la couverture qui enveloppait son petit corps. Si douce...

— Que penses-tu d'Astasiya ? demanda-t-il à sa fille, plutôt qu'à Caro. Une variation d'Anastasia, mais unique, puissante et magnifique.

La joie lui tiraillait le cœur, confirmant son choix.

— Elle approuve, murmura Caro. Et moi aussi. On peut lui donner Stas comme diminutif.

— C'est un prénom masculin populaire en Russie et en Europe de l'Est, indiqua Gabriel depuis le seuil de la chambre. Mais pertinent.

Sethios leva les yeux et vit Leela rayonnante aux côtés de Gabriel, le regard fixé sur le bébé. *Définitivement pas un Séraphin normal.*

— C'est une future briseuse de cœur, déclara la blonde, laissant apparaître son hilarité. J'ai hâte de la connaître dans quelques décennies.

Elle jeta un coup d'œil à son poignet comme pour regarder l'heure, mais elle ne portait pas de montre.

— Eh bien, je crois que mon travail ici est terminé. À moins que vous n'ayez besoin de moi pour autre chose ?

— Une rune, intervint Gabriel.

Tous les regards se braquèrent immédiatement sur lui, mais Caro prit la parole en premier.

— Pardon ?

— Astasiya a besoin de quelque chose de subtil, une marque qui puisse la faire passer pour une Novice. Quelque chose qui explique son immunité aux dons ichoriens et qui la rend vulnérable vis-à-vis des Hydraiens, au moins jusqu'à sa majorité.

— Pourquoi ferions-nous ça ? demanda Sethios.

Une poigne invisible serra son cœur, lui rappelant l'être vulnérable qu'il tenait délicatement contre son torse.

— Désolé, mon petit ange.

Il ne savait pas si c'était les mots ou le ton qu'elle n'avait pas aimés.

— Tu avais tort de penser que ça ressemblait à une naissance humaine normale, Caro.

Parce qu'il était certain que les nouveau-nés ne réagissaient pas de cette manière.

— Elle est bien au-dessus de la moyenne, même pour un Séraphin, répondit Caro, sa voix empreinte de fierté, même si elle regardait toujours Gabriel en plissant les yeux.

Bien qu'elle ne soit recouverte que d'un drap, elle avait une allure tout à fait royale.

— Explique-nous pourquoi nous avons besoin de la rune.

— Pour la protéger.

Il pénétra finalement dans la pièce, mais se contenta de s'adosser au mur, les mains dans les poches de son jean.

— Selon Skye, poursuivit-il, elle sera un jour prise pour une Novice et la rune expliquera certaines anomalies. Foncièrement, cela protégera son identité jusqu'à ce qu'elle soit prête à se faire vraiment connaître du monde entier.

Le raisonnement fit rire Sethios.

— Nous serons là pour la protéger. Ça rend cette exigence supplémentaire sans objet.

— Non. Vous ne serez pas là.

Pour la première fois, l'émotion vacilla dans le regard du Séraphin. Elle fut brève, mais profonde, et dégagea une tristesse qui fit taire tout le monde.

— Skye a altéré les prophéties de telle manière qu'Osiris ignore l'existence d'Astasiya. Mais dans sept ans, un sacrifice sera nécessaire pour protéger son identité. Si l'un de vous refuse, Osiris apprendra qu'elle existe et la fera tuer.

Ses paroles rendirent l'air autour d'eux glacial, pétrifiant le cœur de Sethios. Il ne pouvait parler et apparemment Caro non plus.

— Ezekiel a élaboré un plan que j'ai perfectionné, mais il implique de jouer plusieurs coups d'échecs pour qu'il fonctionne. Un seul faux pas et nous risquons de perdre Astasiya.

Il croisa le regard de Caro.

— J'ai entendu tous les scénarios possibles, maman, et bien que la voie la plus simple soit d'élever et de protéger Astasiya parmi les Séraphins, je ne suis pas convaincu qu'elle y serait en sécurité. C'est, selon mon opinion éclairée, la meilleure voie et je suis prêt à prêter un serment de sang. Pour ma sœur.

Caro et Leela sursautèrent, ce qui provoqua un froncement de sourcils chez Sethios.

— Qu'est-ce que ça veut dire ? demanda-t-il.

— Il propose de prêter un serment de fidélité à Astasiya, expliqua Caro, la voix pleine d'étonnement. C'est un honneur qui n'est accordé qu'aux membres du Conseil supérieur.

— Si les prophéties sont exactes, ce que je crois, ils ne méritent plus ma loyauté. Ma sœur, par contre, oui. Et elle aura besoin de mes conseils pour réussir en ton absence. C'est le seul moyen.

— En s'engageant aux côtés d'Astasiya, il sera mis au

ban de la communauté des Séraphins et sera ainsi libre de faire ce qu'il veut parmi les humains. Ce qui lui donnera la possibilité de la surveiller autant que nécessaire, dit Caro en secouant la tête avec tristesse. Je ne peux pas te demander ça, Gabriel. Tu en as déjà fait assez.

— Tu ne me demandes rien du tout. Je t'annonce simplement ce que j'ai l'intention de faire. Un édit va arriver d'un jour à l'autre, t'ordonnant de retourner auprès d'eux avec Astasiya et probablement d'éliminer Sethios. Obéiras-tu ?

Sethios n'eut pas besoin de demander ce que signifiait cette dernière partie − les Séraphins exigeraient de Caro qu'elle le tue. Parce que c'était le seul moyen qu'elle aurait de lui enlever son enfant.

— Non, répondit Caro en relevant le menton. Et s'ils tentent de me forcer, je riposterai de manière létale. Notre fille aura le choix de son avenir.

— Seront-ils capables de te retrouver ? demanda Sethios, curieux. Je veux dire, ta faculté, c'est de te dissimuler, non ?

Les yeux de Caro se mirent à pétiller de malice.

— C'est exact et je me suis cachée depuis que nous sommes arrivés ici. La seule personne qui puisse me trouver, à part Gabriel, c'est ma mère, mais elle est plongée dans le sommeil pour au moins quelques décennies encore.

— Le Conseil pourrait la réveiller, prévint Leela. Mais je vous en informerai si cela se produit.

— Tu vas aussi lui jurer fidélité ? demanda Caro, clairement stupéfiée.

— Pas encore, parce que vous aurez besoin de moi à l'intérieur et le Conseil ne doit pas savoir que je suis au courant de cette situation. C'est d'ailleurs pour ça que ton brillant fils a fait en sorte de me volatiliser jusqu'ici. En fait, je n'ai aucune idée de l'endroit où nous nous trouvons sur Terre en ce moment, et comme il m'a d'abord forcée à boire son sang, nos anciens ne pourront pas non plus me retrouver.

Elle donna un coup de coude à Gabriel, qui lui adressa une expression semi-irritée.

— Quoi ? Tu sais que tu es brillant.

— Oui, mais tu n'as pas besoin de me toucher.

Elle leva les yeux au ciel.

— Sérieux, Gabe. Décoince-toi.

— Ne fais pas cette suggestion.

— Oh, je n'ai pas besoin de ça, répondit-elle en le regardant avec une expression franchement espiègle. Tu t'es amusé à New York, non ?

Il s'éclaircit la voix.

— Peut-on exécuter la rune et en finir ? J'ai d'autres détails à régler, notamment ramener cette princesse de la luxure chez elle.

— Princesse de la luxure ? répéta Leela en riant. C'est un nouveau surnom.

Il l'ignora et lança un regard implorant à Caro.

— C'est le meilleur moyen de la protéger. Acceptez ma proposition.

— Tu n'as pas besoin de mon accord, répondit Caro d'une voix douce. Je te fais implicitement confiance.

Elle reporta son attention sur Sethios.

— C'est de son approbation que nous avons besoin. Sans cela, je ne peux pas accéder à ta demande.

Une preuve indéniable de solidarité. Il n'y aurait pas de décisions à moins qu'ils ne les prennent ensemble.

Sethios approuva sa démonstration.

— Pouvez-vous nous laisser quelques instants pour discuter ? demanda-t-il à Leela et Gabriel, tout en observant Caro.

— Bien sûr, répondit Gabriel en s'avançant, les bras ouverts. Je peux ?

— Tu veux la prendre ? demanda Sethios, incertain de ce qu'il ressentait à cet instant précis.

Il aimait bien la tenir contre lui.

— Je ne quitterai pas la maison, promit-il. Je veux juste avoir une discussion avec ma sœur concernant sa future vie amoureuse.

Sethios se crispa.

— Sa vie amoureuse ?

Le regard de Gabriel s'assombrit.

— Ouais.

— Elle n'a pas de vie amoureuse.

C'était un bébé. *Son* bébé.

— Ça n'arrivera pas.

Même quand elle serait adulte, il l'enfermerait et tuerait tous ses prétendants. Problème résolu.

— Oh, nous sommes d'accord sur ce point, convint Gabriel en observant Astasiya avec une lueur protectrice dans le regard.

Leela secoua la tête.

— Elle n'a même pas deux heures et vous lui collez tous les deux une ceinture de chasteté !

— J'ai quelques années pour les travailler au corps, murmura Caro, son index effleurant le minuscule nez d'Astasiya. Ne t'inquiète pas.

Ses yeux bleus sourirent à Sethios.

— Donne-la à Gabriel et laisse-le lui transmettre sa sagesse de grand frère. Nous devons parler de la rune et d'autres choses.

Sethios réfléchit au point qu'il voulait contester en premier, mais il céda finalement à sa demande et remit Astasiya à Gabriel. Surtout parce qu'il percevait que sa fille était contente d'aller avec son frère.

— Comment puis-je la sentir ? demanda-t-il doucement alors que les deux Séraphins quittaient la pièce avec sa fille bien calée dans les bras de Gabriel.

Une pensée plus pertinente le frappa en plein cœur.

— Attends, Osiris peut-il la sentir ? Peut-il la traquer ? Est-ce que...

Caro pressa un doigt sur ses lèvres, son regard brillant d'humour.

— Notre fille est en sécurité, Sethios. Tu es lié à elle par le sang, c'est pourquoi tu peux la sentir.

— Mais Osiris est mon père. Il peut la sentir aussi ?

Puisque le sang de son père coulait dans les veines de Sethios *et* d'Astasiya.

Caro pinça les lèvres.

— S'ils se rencontraient, il pourrait capter une certaine familiarité sans pour autant pouvoir la définir. Pour ce qui est de la trouver, il ne peut pas te localiser, non ? Il en va de même pour elle.

Les épaules de Sethios se relâchèrent légèrement, mais la tension était encore accumulée dans ses membres.

— Tu es sûre ?

— Oui. Les liens du sang sont prépondérants chez ceux qui en prennent l'engagement, et entre un parent et son enfant. Tu es bien plus lié à Osiris qu'Astasiya ne le sera jamais.

Il eut un petit rire.

— Si je pouvais rompre ma connexion avec lui, je le ferais.

Parce qu'il ne voulait pas du tout être lié à son père. Le seul avantage qu'il en avait retiré, c'était son don de persuasion.

— Il y a...

Elle laissa sa phrase en suspens, sa bouche se contractant à la commissure des lèvres. Il haussa un sourcil, attendant qu'elle termine alors qu'elle se débattait avec ce qu'elle voulait dire. Elle s'éclaircit la voix et se redressa, toujours en serrant le drap contre sa poitrine.

— Il y a un moyen d'y remédier, mais cela demande un engagement.

Cela capta l'attention de Sethios.

— Un engagement envers quoi ?

— Pas envers quoi, mais envers qui.

Elle prit une profonde inspiration, son expression redevenant celle qu'il avait vue sur son visage le soir de leur rencontre : un regard détaché.

— Les Séraphins peuvent former des liens de sang entre eux. C'est rare, mais c'est une façon d'unir les lignées et de créer une nouvelle famille en quelque sorte. Les sensations que tu éprouves avec Astasiya pourraient s'appliquer à une autre personne, mais il ne s'agit pas d'un lien temporaire. C'est... éternel.

— Et cela briserait le lien avec mon père.

— Essentiellement, oui. Parce que tu établirais une nouvelle branche familiale.

Même sa voix conservait un air indifférent, mais une légère lueur d'émotion s'échappait de son regard.

— Est-il courant pour un Séraphin de pratiquer un lien de sang ?

Elle secoua la tête.

— Non. Cela n'arrive que lorsque les Devins le prescrivent comme étant nécessaire, et occasionnellement...

Elle ne finit pas sa phrase, son regard se détournant de lui pour se fixer sur le mur.

— Les Séraphins s'unissent rarement à moins qu'il y ait une raison pour cela, mais j'ai entendu dire que certains s'étaient liés parce qu'ils le désiraient.

— Par amour, traduisit-il.

Les pupilles de Caro se dilatèrent.

— Oui. Comme tu peux l'imaginer, c'est mal vu, mais c'est arrivé.

— Une fois que tu as formé le lien, peux-tu t'attacher à quelqu'un d'autre ?

Les iris de Caro s'enflammèrent lorsque son attention se reporta à nouveau vers lui.

— Non. Cela irait à l'encontre de l'objectif de cette union par le sang.

C'est pour ça qu'elle avait dit que ce serait éternel. Il étudia ses traits angéliques, si fragiles en apparence, mais laissant deviner une férocité qu'il adorait. Une guerrière masquée par un océan de beauté. La partenaire parfaite. La mère de son enfant. La femme qui détenait son avenir.

— Un engagement d'éternité, chuchota-t-il.

— Oui.

— C'est beaucoup demander.

— Comme le lien du sang d'un Séraphin, répliqua-t-elle.

C'était de bonne guerre. Ce n'était pas seulement son engagement, mais aussi celui de Caro.

— Nous serions liés pour toujours, mon ange. Tu es sûre que tu veux ça ?

— Je ne l'ai pas proposé.

Les lèvres de Sethios se soulevèrent à la commissure et sa voix se fit douce.

— Si, Caro. Tu l'as fait.

Pas avec des mots, certes. Mais tout dans son comportement laissait transparaître ses intentions, surtout son regard.

— Le lien renforcerait-il aussi celui que j'ai avec Astasiya ?

— Oui.

— Améliorant ainsi notre capacité à la protéger.

Caro ravala sa salive et son regard revint sur le mur.

— Oui.

Il effleura sa joue du revers de ses doigts avant de glisser sa paume sur sa nuque. Il voulait qu'elle se concentre sur lui, pas sur la peinture monotone de cette pièce.

— Quels sont les autres avantages, mon ange ? Serais-tu capable de déceler mes sentiments et mes humeurs ?

La tristesse teintait ses iris bleus lorsqu'elle croisa son regard.

— Oui, tout comme tu serais capable de ressentir les miens. Nos dons se mêleraient également. C'est-à-dire que je deviendrais certainement capable de persuader, peut-être même d'hypnotiser, puisque tu as mentionné que c'était un talent de la lignée de ta mère. Et tu seras dissimulé de façon permanente, comme le veut le don de la mienne.

— Je vois, dit-il en passant son pouce dans son cou. Quoi d'autre ?

— Nous pourrons nous télégraphier des messages, comme Gabriel le fait avec moi.

— Hmm...

Il l'examina de près.

— C'est un sacré engagement, Caro.

Elle baissa les paupières et passa la main sur sa joue tout en hochant la tête.

— Oui.

— Nous ne nous connaissons que depuis deux mois et l'éternité, c'est long, ajouta-t-il.

Elle hocha de nouveau la tête, la bouche pincée par la tension qui l'empêchait de parler.

Il se pencha pour poser ses lèvres contre les siennes.

— Ce sera difficile, chuchota-t-il. Et je suis certain que nous le regretterons à certains moments – probablement plus pour toi que pour moi. Je suis autoritaire, impitoyable, et plutôt encroûté dans mes habitudes. Et peut-être plus important encore, je ne suis pas quelqu'un qu'une femme pourrait choisir comme fidèle partenaire.

D'autres hochements de tête, pour acquiescer à tout ce qu'il venait de dire, ou plus probablement, pour tout accepter. Parce que c'étaient des vérités, pas des opinions.

— Mais, poursuivit-il doucement, si je reconnais mes défauts, je me rends également compte qu'avec toi, ils n'existent plus. Tu es la seule personne que je désire avoir dans ma vie, Caro. Et je me battrai pour toi – *pour nous* – pendant toute l'éternité, si tu veux bien de moi.

Exister depuis trois mille ans, c'était long. Il comprenait mieux que quiconque ses préférences, savait ce qu'il aimait dans la vie, ce qu'il détestait, ce qu'il appréciait et ce dont il avait envie. Et avec Caro, il cochait toutes les cases.

Elle l'encourageait à rire. Elle le captivait à la fois dans la chambre et en dehors. Elle se battait contre lui, n'avait pas peur de lui et refusait de plier devant lui.

Deux mois, c'était le temps d'un clin d'œil, mais quand on avait vécu aussi longtemps que Sethios, on apprenait à interpréter les situations rapidement. Et Caro l'intriguait comme peu l'avaient fait.

L'éternité avec elle ne serait pas simple, mais la facilité ne l'intéressait pas. Il préférait les défis. Il avait besoin d'une partenaire qui puisse le remettre à sa place et l'exciter en même temps.

Caro incarnait tout ce qu'il désirait, et plus encore. Que leur lien améliore sa capacité à protéger Astasiya était un bonus important. Comment pourrait-il refuser une telle occasion ?

— Lie-toi à moi, Caro, dit-il en caressant sa joue. Si tu me veux pour toujours.

21

LES LIENS DU SANG

LE CŒUR de Caro s'arrêta de battre.

— Tu veux le lien du sang ?

Elle était persuadée qu'il aurait refusé ou, pire, qu'il se serait moqué d'elle. Mais comme pour tout ce que faisait Sethios, il l'avait encore une fois surprise.

Il n'avait pas hésité.

— Oui.

— À cause d'Astasiya ?

Elle savait que c'était une possibilité très réelle et acceptait cette issue, mais elle retenait son souffle en attendant qu'il réponde.

— À cause de toi, dit-il, ses lèvres toutes proches des siennes. À cause de nous. Ce n'est pas du court terme, Caro. Ça ne l'a jamais été.

Ses mains étaient brûlantes contre les joues de Caro alors qu'il tenait son visage.

— Nous avons créé une vie ensemble et, dans le processus, nous avons formé quelque chose de bien plus puissant entre nous. Tu m'as offert une expérience dont je ne pensais pas vouloir.

La sensation resserra la gorge de Caro, provoquant une brûlure dans ses yeux. Elle n'avait pas réalisé à quel point elle désirait une connexion avec lui jusqu'à ce qu'il accepte. Cela semblait juste, comme si le destin lui-même encourageait cette union.

Elle ravala sa salive et le monde ralentit autour d'elle.

— Le lien se rapproche d'un mariage, mais il est beaucoup plus intense et éternel. Rien ne peut le briser, pas même un Séraphin aussi fort que toi.

Les lèvres de Sethios se relevèrent en un sourire à couper le souffle.

— Je pensais que j'étais une abomination. Pas un Séraphin.

Elle plaça sa paume contre son torse.

— Tu es suffisamment séraphin pour moi.

Il n'avait peut-être pas d'ailes ou la capacité de se volatiliser, mais le pouvoir rayonnait de lui comme d'un phare. Et il l'attirait à lui de manière indicible.

— Tu es meilleur qu'un Séraphin, précisa-t-elle doucement.

Il avait pris soin d'elle, lui avait appris à ressentir des choses, l'avait initiée au plaisir et lui avait donné une fille magnifique − qu'elle pouvait sentir sourire grâce au lien familial.

— Tu m'as irrévocablement changée et je n'ai aucun désir de redevenir ce que j'étais avant.

La Caro d'il y a deux mois s'ennuyait ; elle ne s'en rendait simplement pas compte. Maintenant, elle se sentait plus vivante que jamais et elle devait remercier l'homme à ses côtés pour cela.

Il l'embrassa, sa langue glissant légèrement dans sa bouche pour en explorer chaque centimètre en de longs et langoureux mouvements. Elle le lui rendit bien, son corps répondant au sien comme s'il ne vivait que sous ses ordres.

— Caro, souffla-t-il en la repoussant dans le lit et en s'installant sur elle.

Il avait échangé sa serviette contre un jean à un moment donné, mais n'avait pas pris la peine d'enfiler un tee-shirt.

Son torse était brûlant contre ses seins nus, envoyant de délicieux picotements à chaque terminaison nerveuse du corps fraîchement guéri de Caro.

— Je ne me lasserai jamais de ça, jura-t-elle en se cambrant contre lui.

Sethios se releva sur ses coudes qu'il posa de part et d'autre de sa tête, la moitié inférieure de son corps se calant entre ses cuisses.

— J'ai été avec des milliers de femmes, et des hommes aussi quand je m'ennuyais, ou la combinaison des deux parfois. La majorité de mes expériences ont été des événements assez peu mémorables. Et honnêtement, plus rien ne me surprend, et mon intérêt pour de nouvelles partenaires a tendance à s'émousser rapidement.

Il pressa un doigt sur ses lèvres lorsqu'elle les ouvrit pour lui faire remarquer que ce n'était ni un discours romantique ni quelque chose qu'elle voulait savoir. Elle préférait en fait qu'il *arrête* de parler.

— Mais, poursuivit-il, un sourire dans la voix, tu me surprends, Caro. À chaque tournant. Quand j'ai négocié avec toi cette première nuit, je pensais que quelques heures suffiraient à satisfaire ma curiosité. Au contraire, ça l'a accentuée. Et depuis, chaque moment a attisé cette curiosité pour en faire une flamme éternelle qu'il faudra des siècles pour éteindre, peut-être même une éternité. Cependant, ce n'est pas moi qui devrais m'inquiéter de perdre mon intérêt, c'est toi. J'ai fait les quatre-cents coups des milliers de fois avant, mais pas toi. Et ça, ma Caro adorée, ça représente pour moi le plus grand de tous les défis. Je dois maintenir ton intérêt – pour l'éternité.

— Quelque chose me dit que ton ego peut le supporter, dit-elle sur un ton pince-sans-rire.

Ce qui le fit glousser.

— Oh, c'est une tâche que je suis impatient d'accomplir. Tous. Les. Jours.

Elle essaya de sourire, mais quelque chose la tiraillait encore, même s'il était allongé sur elle pour discuter de leur intimité future. Il avait peut-être raison de dire que son manque d'expérience pouvait être un problème et la ferait s'écarter du lien, mais c'est lui qui avait admis plusieurs fois que l'engagement à long terme n'était pas son point fort.

Si jamais Sethios s'engageait ailleurs, Caro exigerait d'en faire de même – ne serait-ce que pour se cacher de la douleur de la trahison de Sethios. Parce que ce serait cela, d'autant plus qu'elle serait capable de ressentir ses émotions à travers le lien.

Il fronça les sourcils en la dévisageant.

— Je ne voulais pas te causer de la peine, mon amour. Je souhaitais seulement t'expliquer que mon histoire renforce ma décision de m'attacher à toi parce que j'ai vécu assez longtemps pour savoir qu'être avec toi est un véritable cadeau de la vie. Mais tu ne fais que commencer à éprouver du plaisir et des sensations. Par conséquent, c'est à moi que reviendra la tâche de te divertir pour l'éternité – physiquement, mentalement et émotionnellement.

— Tu sous-entends que nous serons monogames ? demanda-t-elle prudemment.

— Oui.

Elle fronça les sourcils.

— Mais tu as admis il y a quelques instants qu'une

femme ne devrait pas te désirer comme compagnon fidèle. Où cela nous mène-t-il ?

— À toujours nous battre l'un pour l'autre, répondit-il. Et comme je l'ai dit, je suis prêt à me battre si tu l'es.

Sa bouche toucha brièvement la sienne.

— Je m'engage envers toi, notre enfant et nous. Tu n'as qu'un mot à dire.

Un poids invisible disparut de la poitrine de Caro alors que la lumière dansait autour d'eux. Sethios la regardait avec révérence, ses iris d'un vert luminescent. Il se tenait en équilibre sur un seul coude et caressait ses plumes de sa main opposée. Elle n'avait pas l'intention de se volatiliser.

— Mon côté angélique accepte, chuchota-t-elle, le visage rougi.

C'était son âme qui se réjouissait des paroles de Sethios et l'explosion de bonheur avait fait battre ses ailes dans son dos. Cela aurait dû lui faire mal, vu la façon dont elles avaient dû se déplier entre ses omoplates et le matelas, mais son euphorie était bien trop importante pour qu'elle s'en soucie.

La bouche de Caro attaqua celle de Sethios, insinuant dans leur baiser tout ce qu'elle ressentait et même plus. Il accepta et le lui rendit, mêlant sa langue à la sienne d'une manière qui la laissa faible et tremblante sous lui, et lui donna envie d'en recevoir plus.

— Un dernier point à discuter, mon amour.

Les mots étaient prononcés contre ses lèvres et avaient un goût de luxure et de désir.

— La rune.

— Si Gabriel dit que ça protégera Astasiya, je le crois. Il a passé les dernières semaines à enquêter sur son avenir. Pour nous.

Sethios lui caressa le nez et dit dans un souffle :

— Pas pour nous, mais pour elle. Il a beau se cacher

derrière sa mine stoïque, j'ai vu la façon dont il la regardait.

Caro sourit parce qu'elle l'avait aussi remarqué.

— Il ne lui fera jamais de mal. Et si je l'ai bien entendu tout à l'heure, il travaille avec Ezekiel.

— Oui, il a mentionné le plan d'Ezekiel et le fait de bien jouer leurs coups. J'imagine que cette rune en fait partie.

Sethios fit glisser sa bouche le long de sa mâchoire jusqu'à son cou où il mordilla la peau tendre sous son oreille.

— Si tu penses que c'est une bonne décision, je ferai confiance à ton instinct. Tu en sais plus que moi sur les runes.

Si c'était possible, le cœur de Caro se gonfla encore plus en entendant ses paroles.

La confiance, réalisa-t-elle. *Un partenariat.*

Ils discuteraient ces décisions entre eux et se mettraient d'accord, en tant qu'équipe. Toujours. C'était la seule façon pour que cela fonctionne et cela poserait les bases de leur lien.

Elle était peut-être folle d'envisager de se lier à lui pour l'éternité, mais cela lui semblait juste. Les Devins l'avaient piégée pour qu'elle crée un bébé. Peut-être était-ce également leur objectif depuis le début, mais désormais, peu lui importaient leurs prédictions et leurs plans. C'était sa vie et, dorénavant, elle prendrait ses décisions elle-même. Y compris celle-ci.

— Alors, nous donnerons notre accord pour la rune et permettrons à Gabriel de jurer fidélité. C'est le meilleur moyen de la protéger.

Sethios acquiesça contre son cou.

— Et nous allons accomplir le lien du sang tout de suite, ajouta-t-elle avec audace. Mords-moi.

— Avec joie, murmura-t-il, en promenant ses dents contre sa peau trop chaude.

La piqûre de ses incisives suscita un soupir du plus profond de son être, son âme angélique palpitant d'excitation en elle. Il s'imbiba de son essence alors que ses ailes s'ébouriffaient sous elle. Elle n'avait pas encore retrouvé son état corporel et peut-être qu'elle ne le ferait pas avant un bon moment.

Caro passa ses doigts dans les cheveux épais de Sethios pendant qu'il buvait son sang, et ferma les yeux de contentement. Ce soir, il aurait besoin de plus que d'habitude, ce qu'elle lui montra, plutôt que de le lui dire, en le gardant contre elle.

Le corps de Sethios se tendit au-dessus d'elle et ses muscles se contractèrent d'une manière qui suggérait qu'il voulait se retirer, mais elle exerça une pression pour le maintenir en place et arqua son cou pour lui donner un meilleur accès.

Ce n'est qu'après avoir ressenti des picotements dans ses orteils et le bout de ses doigts qu'elle murmura :

— Arrête.

Il se retira, son regard vert scintillant de puissance.

— Ça fait beaucoup de sang.

Oui, elle avait imaginé ce moment, mais n'en avait jamais fait l'expérience. Elle posa sa main sur son épaule et le poussa sur le dos.

Il accepta en haussant les sourcils.

— Tu essayes de prendre les choses en main, Caro ?

— C'est toujours moi qui commande, Sethios, répondit-elle, fatiguée par la perte de sang.

— Tu essayes de te convaincre, mon ange ?

Elle tenta de sourire, mais ses lèvres étaient trop froides. Ses ailes se rétractèrent et elle essaya de rouler sur lui. Son sang était glacé, alourdissant tous ses membres.

OK. Peut-être que Sethios avait pris trop de sang.

— Viens.

Les mains de Sethios attrapèrent ses hanches pour l'attirer sur lui.

Elle déposa un baiser reconnaissant sur son menton avant de se frotter à son cou et de trouver sa veine. Pourtant, quand elle ouvrit la bouche pour mordre, sa mâchoire refusa de remuer.

Mon âme n'a pas complètement récupéré de l'échange d'énergie avec Astasiya, réalisa-t-elle, engourdie. Dans sa hâte de se lier à Sethios, elle avait ignoré sa propre guérison angélique.

Elle essaya d'ouvrir les yeux pour le lui dire, mais sa gorge était trop sèche pour prononcer quoi que ce soit. Mince. Elle devrait attendre de guérir et recommencer.

— Mon ange ?

Sethios souleva son menton et observa son expression.

Ce qu'il y vit lui fit froncer les sourcils.

— Tu n'étais pas prête.

Elle cligna des yeux en réponse tandis que son cœur soupirait en voyant à quel point il la connaissait bien.

— Hmm.

Il la poussa de nouveau sur le côté, tenant sa tête contre son épaule, et mordit le poignet de son autre bras. Puis il pressa la plaie contre sa bouche.

— Bois, mon amour.

La première goutte de son sang atterrit sur sa langue et la fit grimacer. Elle n'avait jamais goûté l'essence d'un autre être et ne savait pas à quelle saveur s'attendre. Il semblait apprécier la sienne, alors elle n'aurait jamais pensé qu'elle puisse avoir une note amère.

Puis elle glissa dans sa gorge et les yeux de Caro s'écarquillèrent.

Il gloussa.

— Ouais, ça peut prendre une minute.

Oh.

Sucré.

Tellement sucré.

Comme le meilleur chocolat mélangé à du vin.

De l'ambroisie.

Caro en avala encore et ses paupières se refermèrent.

Oui. Encore, s'il te plaît.

— Prends-en autant que tu en as besoin, chuchota-t-il, son poignet pressé fermement contre ses lèvres.

Elle lécha la blessure qu'il avait faite et en créa une nouvelle avec ses dents lorsque la peau de Sethios commença à cicatriser. Le bras qui l'entourait se tendit, l'encourageant à se rapprocher de lui, et elle glissa son mollet entre les jambes de son jean.

L'électricité scintillait entre eux alors que l'énergie se déversait du corps de Sethios vers celui de Caro. Et ouah... Ça faisait un bien fou. Elle en voulait plus et aspira encore plus fort, exigeant plus de son essence pour remplir son être.

— Tu feras ça à ma bite plus tard, chuchota-t-il rudement.

Les cuisses de Caro se resserrèrent. Ce serait une autre partie de son corps qui aspirerait sa queue plus tard – celle que faisait bourdonner le courant chaud qui circulait entre eux.

— Bon sang, lâcha-t-il en serrant les dents. Je peux *sentir* ton excitation.

Elle aurait souri s'il ne l'avait pas frappée avec une vague de ses propres besoin et désir. Cela secoua son fondement et la força à lâcher son poignet dans un gémissement guttural. Elle grimpa sur lui et prit sa bouche avec une férocité qu'elle ressentit plus qu'elle ne la comprit.

—J'ai envie de toi. Tout de suite.

Ses mains se dirigèrent vers son jean, le

déboutonnèrent et forcèrent la fermeture éclair pour libérer son membre engorgé. Elle ne lui laissa pas une seconde pour s'ajuster ou pour finir d'enlever son pantalon et le chevaucha pour le mettre exactement là où elle le voulait.

— Merde, souffla-t-il, ses hanches se jetant contre les siennes alors qu'elle l'enfourchait comme ils l'exigeaient tous les deux.

Des sensations irrésistibles fracturèrent sa conscience, la transformant en un animal passionné. Ses ailes apparurent et disparurent dans son dos, son côté angélique impatient de jouer avec son compagnon – son égal dans la vie.

À moi.

— Oui, grogna Sethios. Et à moi.

Mon Dieu, ce lien ! C'était bien plus profond que tout ce qu'elle avait ressenti ou imaginé jusqu'à présent. Les Séraphins ne discutaient jamais des détails, mis à part l'échange de pouvoir, et elle n'avait jamais vécu une telle expérience avec ses enfants ou ses parents.

Mais Sethios...

Tout ce qu'il faisait continuait à l'étonner et, bien sûr, ceci n'était pas différent.

La magie s'agitait autour d'eux, augmentant les sensations de leurs corps unis et déversant de l'énergie statique dans ses veines. Elle ronronnait sous la puissance étrange et connue, et leur excitation la faisait trembler.

Caro chevaucha Sethios jusqu'à l'oubli, ses efforts ballottant ses seins, et son sens pratique se cachant dans un brouillard de sensualité.

Les mains de Sethios tenaient ses hanches, la forçant à un rythme vigoureux qui la jeta dans un état orgasmique. Il la suivit, les faisant tomber en cascade dans une éternité commune d'oubli et de plaisir. Cela dura quelques minutes, peut-être des heures, avant qu'elle ne s'effondre sur lui, épuisée.

Il la fit rouler sous lui, bandant toujours en elle, et l'embrassa avec révérence. Son nom fut chuchoté à plusieurs reprises alors qu'il continuait à se déplacer lentement et délibérément en elle.

— Sethios...

Elle fit glisser ses ongles le long de son dos, se cambrant dans l'extase qu'il lui procurait. Les émotions de Sethios caressèrent son cœur, lui montrant, sans mot dire, à quel point il lui était dévoué et tenait à elle. Caro savait qu'il la désirait, mais sentir l'adoration plus profonde qui fleurissait en lui, spécifiquement pour elle, la déstabilisa presque. L'amour était un mot trop faible pour un tel lien. Des âmes sœurs, peut-être. Des partenaires angéliques. Une nouvelle essence de sang.

— Une nouvelle famille.

Les mots furent prononcés dans le cou de Caro.

— Nous avons créé quelque chose que personne ne peut briser. Je peux te sentir si profondément, Caro. Tout ton trouble, tes soucis, ton plaisir, ton cœur.

Il eut un frisson.

— Merde, je sens tout.

— Moi aussi, chuchota-t-elle.

Toute sa haine pour Osiris.

La peur de Sethios que Caro ne l'accepte pas parce qu'il était un sang-mêlé – ce qu'il ne semblait pas réaliser lui-même.

Son inquiétude pour l'avenir de leur fille.

Son besoin inné de toujours se protéger d'abord et le fait de découvrir pour la première fois de sa vie qu'il tenait non pas à un, mais à deux êtres en plus de lui-même.

Elle frémit sous lui alors que son cœur s'enflait de façon incroyable. Ses inquiétudes quant à sa fidélité étaient vaines. Il avait sans doute un passé, mais il ne voyait qu'elle dans son futur.

— À moi pour toujours, jura-t-il.

— Pour toujours, convint-elle.

Le bonheur de leur fille vibrait sur la même ligne, interrompant brièvement l'instant, mais repartant ensuite lorsque Sethios prit la bouche de Caro dans un baiser charnel non destiné à de jeunes esprits.

Il s'empara de Caro avec sa langue et son corps, la faisant basculer dans un autre état de félicité cataclysmique qui fit éclater son monde. Tant de sensations. Tant d'adoration. Tant de cœur.

Rien.

Personne.

Ne leur enlèverait jamais ça.

Un lien façonné pour résister au temps et à l'espace.

Peu importaient les Devins. Parce que Sethios et Caro survivraient à tout et n'importe quoi. Même aux moments les plus sombres qui apparaîtraient à l'horizon.

PARTIE III
DES LIENS BRISÉS

Memento mori. Souviens-toi
que tu dois mourir.

— Osiris

22

LE COMMENCEMENT

Sept ans plus tard...

— ASTASIYA, qu'est-ce que je t'ai dit sur ton talent de persuasion ?

Sethios haussa un seul sourcil en direction de la petite fille blonde à côté de lui.

Elle tordit ses lèvres sur le côté, avec un regard vert pensif.

— De ne pas l'utiliser sur des étrangers, dit-elle lentement. Mais je voulais tellement cette glace et il refusait de me la donner.

— Ce n'est pas une raison pour le contraindre.

Elle croisa les bras et essaya de hausser ses sourcils à son intention.

— Mais tu demandes tout le temps à maman de faire des choses qu'elle ne veut pas faire quand *tu* veux quelque chose.

Caro se mordit la lèvre pour réprimer un sourire, mais il sentit son amusement à travers le lien.

Mignon, songea-t-il en la regardant avant de s'agenouiller pour se mettre à la hauteur de sa fille.

— Ce que je fais avec ta mère est très différent et c'est privé. Est-ce que je persuade des étrangers ?

Oui, lui envoya Caro par leur lien. Ou il supposa que c'était ce qu'elle essayait de lui dire puisqu'il reçut une vision d'elle hochant la tête à plusieurs reprises.

Ça... n'aide... pas... lui répondit-il.

Astasiya pinça à nouveau les lèvres et secoua lentement la tête.

— On ne le montre pas aux étrangers.

— Et pourquoi ne persuade-t-on pas les étrangers ? demanda-t-il d'une voix douce.

— Parce qu'ils ne comprennent pas et qu'ils peuvent provoquer de mauvaises choses.

C'était quasiment ça.

— C'est bien.

Avoir une fille qui pouvait contraindre les gens à faire ce qu'elle voulait n'était pas de tout repos. Heureusement, Astasiya était bien plus intelligente qu'un enfant humain normal. Elle ne comprenait pas totalement ses différences, mais les saisissait assez pour garder ses talents particuliers cachés.

En général, en tout cas.

Il se leva et lui tendit la main.

— Tu veux t'entraîner plus tard ?

Le regard vert d'Astasiya se mit à pétiller d'excitation.

— Oui !

Caro et Sethios essayaient de travailler sur ses talents de persuasion avec elle chaque jour. Les autres dons n'avaient pas besoin d'être cultivés ou n'étaient pas encore actifs. Ils remerciaient les Devins pour cela, car enseigner à un enfant à utiliser correctement la contrainte n'était pas facile.

— A-t-il remarqué quelque chose ? demanda Caro alors qu'ils marchaient vers leur voiture.

— Oui, mais je m'en suis occupé.

En suggérant avec force que sa fille était tout simplement adorable et qu'on ne pouvait rien lui refuser. L'homme âgé avait accepté avec un sourire amusé, sans rien remarquer.

— Tant mieux. Nous devons...

Caro ne finit pas sa phrase quand elle vit son fils appuyé contre leur voiture, sous sa forme angélique. Ses ailes bleues et blanches dépassaient fièrement de son dos et il observait le trio avec le stoïcisme qui le caractérisait. Sauf qu'une pointe de douleur se cachait dans son regard lorsqu'il regarda sa mère.

Caro jeta un coup d'œil autour du parking avant de murmurer :

— Je reviens dans un instant.

Elle se volatilisa dans sa forme éthérée pour rejoindre son fils tandis qu'Astasiya jetait des regards alarmés autour d'elle.

— Ah ! s'écria-t-elle en tapant du pied en signe de frustration. Maman triche toujours à cache-cache ! Et elle n'a même pas dit qu'on jouait.

Cela fit rire Sethios.

— Elle est juste allée parler à un vieil ami.

Ils avaient convenu tous ensemble de ne présenter Astasiya à Gabriel que plus tard dans la vie de la petite fille. Elle avait déjà assez de questions sur ses origines et le Séraphin n'aurait fait qu'augmenter sa confusion. Heureusement, elle ne pouvait pas le voir, ni aucun autre de son espèce, tant qu'elle n'aurait pas acquis ses propres capacités de volatilisation.

— Un ami ange ? chuchota Astasiya à voix haute.

— Oui.

Il serra sa main de manière rassurante.

— Je suis sûr qu'elle sera de retour dans...

Sa voix mourut lorsqu'une onde de douleur traversa le lien, le frappant directement à la poitrine.

— Maman ! appela Astasiya qui avait manifestement ressenti la même chose.

Elle tenta de courir vers la voiture, ayant clairement senti où Caro s'était volatilisée, mais Sethios la retint tout en captant le regard de son ange. Une horreur abjecte teintait son expression quand Gabriel disparut.

Sethios prit Astasiya dans ses bras et s'approcha rapidement de Caro.

— Qu'y a-t-il ?

— Sept ans, murmura-t-elle, sa peau devenant pâle lorsqu'elle reprit sa forme corporelle. Le moment est venu.

Astasiya tendit ses mains vers Caro, demandant un contact physique après avoir senti la douleur de sa mère.

— Je vais bien, mon petit ange, lui assura Caro. Je vais bien.

— Tu as mal, chuchota Astasiya. Très mal.

— Je sais, ma chérie. Mais tout va bien.

Elle attira leur fille dans ses bras et la serra contre elle en fermant les yeux.

— Je t'aime.

— Je t'aime aussi, maman, chuchota-t-elle.

— Je te donnerais tout ce qu'il y a au monde si je le pouvais, mon trésor. Pour toujours et à jamais.

— Je veux juste toi, maman.

— Je sais, ma chérie. Je sais.

Le déchirement s'entendait dans sa voix.

Sept ans.

Le moment est venu...

L'estomac de Sethios se resserra face à la détermination qui lui arrivait par le lien avec Caro. Ils avaient décidé ensemble, après avoir entendu la prophétie de ce jour dans son intégralité, qu'ils iraient jusqu'au bout. Pour Astasiya.

— C'est le seul moyen, chuchota Caro, répétant les mots que Sethios avait prononcés lorsqu'ils avaient fait leur choix.

Ou nous risquons de perdre notre fille, c'était la phrase qui n'avait jamais été prononcée entre eux.

— Aujourd'hui ? demanda-t-il.

Elle hocha la tête.

— Il nous donne une heure.

Le cœur de Sethios se serra en réalisant que c'était peut-être la dernière fois qu'il voyait sa fille avant des années, ou même des décennies. Il n'y avait aucun moyen de savoir combien de temps cela prendrait.

Caro lui tendit Astasiya et il la serra si fort qu'elle s'en plaignit. Mais il ne relâcha pas son étreinte pour autant, son âme se brisant en deux alors qu'il se résignait à ce destin.

Il ne s'inquiétait pas tant pour lui que pour ses deux anges. Les amours de sa vie.

Caro les avait rejoints dans cette étreinte, son aura dégageant la même férocité protectrice contre tous les êtres, à l'exception de lui et de leur fille.

Puis elle croisa à nouveau le regard de Sethios, le sien reflétant la promesse qu'ils s'étaient faite l'un à l'autre. Pour surmonter tout ce qui se trouverait sur leur chemin, peu importait les épreuves ou la douleur. Ils ne se trahiraient jamais.

À moi, lui dit-il.

À moi, approuva-t-elle.

— Rentrons à la maison, dit-il à voix haute. Nous devons nous préparer.

Caro acquiesça et prit les clés pour qu'il puisse tenir Astasiya dans ses bras une dernière fois pendant le trajet. Elle se blottit contre sa poitrine, sa tête blonde repliée sous son menton, et renifla.

— Tu me fais peur, papa.

— Ne crains rien, ma fille chérie, murmura-t-il. Tu es plus forte que tu ne le crois.

— Alors, pourquoi vous êtes si tristes ?

— Parce que parfois la vie exige un sacrifice suprême par amour et, même si c'est la bonne chose à faire, ça fait quand même mal, lui dit-il en embrassant sa tête et la serrant contre lui. Mais pour toi, mon petit ange chéri, je donnerais tout. Et ta mère aussi. Le moment est juste venu pour nous de le prouver. C'est tout.

Elle le regarda à travers ses cils humides.

— Je ne comprends pas.

— Je sais, mon ange. Je sais, dit-il en balayant ses cheveux de son visage et en la ramenant contre lui. Un jour, je te dirai tout. Je le jure. Mais pour aujourd'hui, nous allons jouer à un grand jeu de cache-cache, d'accord ? Tu te souviens de cet endroit où nous allons toujours ? Là où maman ne peut jamais nous trouver ?

Ses petits sourcils se froncèrent sous l'effet de la confusion.

— Ah oui ?

— Quand on rentre à la maison, je veux que tu ailles là-bas et que tu n'en sortes pas. Peu importe ce qui se passe. Compris ?

Elle renifla encore.

— Aujourd'hui, je ne veux pas jouer, papa. S'il te plaît, ne m'oblige pas.

Il sourit doucement, le cœur triste.

— Tu dois jouer aujourd'hui, mon petit ange. Pour moi et ta maman. Juste au cas où les méchants viendraient, d'accord ?

— À cause de la glace ? chuchota-t-elle, les yeux écarquillés.

Caro arrêta la voiture dans l'allée et lança un regard à Sethios.

— Non, chérie, pas à cause de la glace. Les méchants qui pourraient venir seront là pour moi et ta maman, pas pour toi. Donc tu dois rester cachée et attendre que je te trouve, comme toutes les autres fois où nous avons joué.

Elle fronça le nez.

— Mais cette fois-ci, j'ai l'impression que c'est différent.

Parce que tu es une petite fille brillante, songea-t-il en ouvrant la portière côté passager.

— C'est pareil que les autres fois, mentit-il. Cache-toi et attends qu'on te trouve. Ensuite, nous irons chercher de la glace.

L'expression de Caro se brisa en entendant ce mensonge évident, mais elle sourit à temps lorsqu'Astasiya la regarda.

— Vas-y, ma fille chérie. Fais-moi vite un câlin et cours dans ta cachette. Et j'essayerai de te trouver.

Sethios lui donna un autre baiser et un câlin – sa version des adieux. Puis il fit la chose la plus difficile qu'il ait jamais eue à faire. Il la déposa et la laissa partir. Il savait que c'était le seul moyen de la protéger. Osiris devait croire que c'était Caro et Sethios qui menaçaient sa vie. Ils ne pouvaient pas prendre le risque que son père découvre l'existence d'Astasiya. Ils devaient la garder en sécurité.

— Oh, ma fille chérie, murmura Caro en serrant Astasiya très fort contre sa poitrine. Je t'aime plus que la vie elle-même. Tu le sais, hein ?

— Je t'aime aussi, maman, dit-elle en embrassant Caro sur la joue. S'il te plaît, ne m'oublie pas dans la cachette.

— Je ne t'oublierai jamais, mon petit amour. Jamais.

— Jamais, renchérit Sethios, la gorge serrée par l'émotion. Maintenant, vas-y, mon ange. Cache-toi.

Caro vint à ses côtés et força un sourire à l'intention de leur fille.

— Vas-y, ma chérie. On va te trouver. Je te le jure.

Astasiya semblait presque douter de la véracité de leur jeu et de leurs paroles, mais un sourire et un clin d'œil de Sethios la firent courir vers son endroit secret. Celui qu'il avait créé spécialement pour ce jour.

Dès qu'elle fut hors de vue, Caro s'effondra contre lui, son corps tremblant de tristesse.

— Dis-moi que c'est la bonne décision, demanda-t-elle fermement. Dis-le-moi.

— C'est la seule décision, répondit-il doucement.

— Alors pourquoi ça fait si mal ?

— Parce que nous sacrifions nos cœurs, chuchota-t-il. Par amour.

Elle secoua la tête contre lui, mais ne dit rien de plus. Parce qu'il n'y avait plus rien à dire ou à faire. Ils ne pouvaient qu'endurer ce qui allait arriver. Pour Astasiya.

Il prit Caro dans ses bras et embrassa ses cheveux, son front, sa tempe, ses yeux et ses lèvres. Mémorisant chaque centimètre carré de la femme qu'il avait appris à chérir et à vénérer au fil des ans. Sa compagne. Son autre moitié. Sa partenaire en tout.

Quelques décennies sans Astasiya ne les tueraient pas.

Elle les sauverait. Tant qu'ils jouaient ce coup d'échecs de la bonne manière.

— L'éternité, chuchota Caro.

— L'éternité, convint-il, en l'embrassant profondément.

Après d'innombrables heures au lit et dans les bras l'un de l'autre, il la désirait toujours autant que cette première nuit. Peut-être même encore plus, maintenant qu'ils se connaissaient si bien.

Une présence familière chatouilla les sens de Sethios et son corps se raidit contre celui de Caro. La seule indication que le moment était venu.

— Eh bien, ça fait longtemps, murmura Ezekiel, le regard dur.

Il était chargé de l'une des tâches les plus difficiles.

— Ezekiel, répondit Sethios. Quelle désagréable surprise ! À quoi devons-nous cette visite ?

Un soupçon de douleur se lisait sur le visage de son plus vieil ami, mais il la refoula tout aussi rapidement.

— Osiris aimerait vous parler, à toi et au Séraphin.

— Tu m'en diras tant, dit Sethios en souriant. Tu peux lui dire que je refuse.

— Ce n'était pas une demande.

Non, ça ne pouvait pas en être une.

— Tu devais te douter que nous n'accepterions pas, alors qu'as-tu prévu ?

Sethios le savait déjà, tout comme Ezekiel, mais aucun des deux partis ne pouvait l'admettre sans gâcher cette mascarade.

— Hmm, ce n'est pas une question de planification, vraiment, répondit Ezekiel d'un air songeur. C'est plutôt l'élément de surprise.

Le pistolet apparut dans sa main comme par magie et tira tout droit dans la poitrine de Sethios avant qu'il ne puisse prononcer un mot − exactement comme Gabriel l'avait prévu. Ce que ce dernier avait omis de mentionner, c'était la sensation de brûlure.

— Put...

Il n'eut pas le temps de prononcer le mot en entier. Il

tomba à genoux, dans une douleur atroce. À côté de lui, Caro poussa un cri qui se finit dans un gargouillement lorsqu'une autre balle la toucha vraisemblablement avant qu'elle ne puisse se volatiliser.

Des flammes jaillirent de la peau de Sethios, mais il ne pouvait pas les sentir sous la pression du sang qui battait dans ses veines.

Qu'est-ce que c'est que cette arme ?

— Des balles incendiaires, expliqua Ezekiel nonchalamment. Elles ont été conçues par les chercheurs de Jonathan pour les Sentinelles de la FHC. Cela dit, je ne crois pas que ce soit tout à fait au point, sur le plan scientifique, parce que ce n'est pas censé être aussi évident. Mais bon, ça l'est carrément.

Connard, songea Sethios alors que son corps était pris de convulsions. Il pouvait sentir sa peau fondre et se guérir à une vitesse remarquable. Étant de sang séraphin, il ne pouvait pas mourir. Et son corps travaillait très dur pour continuer à respirer, malgré la technologie qu'Ezekiel lui avait injectée.

Son sang était en feu. Littéralement. Et si l'on se fiait à l'agonie de Caro, le sien l'était aussi.

Merde.

Cela ne faisait *pas* partie du plan. Pas plus que le rire maniaque d'Ezekiel ou le choc venant du lien avec Astasiya.

À travers les flammes qui l'engloutissaient, il croisa une paire d'yeux terrifiés qui le regardaient au loin. Merde ! Elle n'aurait pas dû voir ça. Elle était censée se cacher. *Quoi qu'il arrive*, c'était leur promesse. Elle l'avait rompue. À cause de la douleur qui résonnait dans leur lien.

Ils l'avaient trahie. Ou le ferait, en tout cas, si Osiris apparaissait tout de suite.

Cours ! lui ordonna-t-il avec le reste de son énergie. *Cache-toi !*

L'agonie déforma l'expression de la fillette tandis qu'il forçait ses petites jambes à bouger, puis Gabriel apparut juste derrière elle sous sa forme éthérée. Son regard croisa celui de Sethios pendant une fraction de seconde, juste le temps de lui adresser un signe de tête rassurant, et ils disparurent tous les deux.

Sethios se détendit malgré la situation difficile dans laquelle il se trouvait, heureux que son enfant soit en sécurité. Gabriel la protégerait.

— Ma foi, dit une voix glaciale au-dessus du chaos qui rongeait le corps de Sethios. Je vois que tu as finalement réussi, Ezekiel.

— Oui, Sire, répondit Ezekiel, qui semblait assez content de lui. J'ai suivi une piste qui s'est avérée fructueuse.

— Quelle piste ?

— Un appel téléphonique entre un commerçant et sa femme. Il a prétendu que quelqu'un l'avait contraint – juste pour une glace, figurez-vous.

Ezekiel gloussa et le cœur de Sethios ne fit qu'un bond. Son ami avait volontairement omis de préciser qu'il s'agissait d'une petite fille qui avait exercé la contrainte, mais si Osiris cherchait à en savoir plus, tout cela serait inutile.

Caro avait dû ressentir la même chose, car la panique filtra à travers le lien, même s'il lui avait demandé de rester calme. Déjà, le feu qui les engloutissait s'éteignait, la réaction chimique qui agitait son sang semblant se dissiper. Cinq minutes s'étaient écoulées, peut-être même moins.

— Je pensais que le but de ces balles était de désintégrer le corps, ajouta Ezekiel, détournant habilement la conversation. J'étais plutôt impatient de voir le Séraphin se régénérer de ses cendres.

Osiris gloussa.

— N'oublie pas d'informer Jonathan qu'il a encore du travail à faire.

— Considérez que c'est fait.

Ezekiel s'accroupit et se servit du pistolet posé contre la tête de Sethios pour le forcer à regarder vers le haut.

— Ah, te voilà. Déjà en train de guérir, je vois. Dois-je à nouveau le tuer, Sire ?

— Non, ton jouet n'est plus nécessaire. Je prends le relais.

— Dommage.

Ezekiel se leva et empocha l'arme.

— Récupère le Séraphin en premier. J'ai besoin de certaines choses de sa part.

L'agonie passa à travers le lien alors qu'Ezekiel obéissait aux ordres d'Osiris et que Sethios combattait son instinct de protection. Le fait qu'il ne pouvait pas encore bouger, son sang se régénérant toujours dans ses veines, l'aidait. Une fois le processus terminé, il aurait à sa disposition la gamme complète de ses talents.

— Magnifique, murmura Osiris, en s'avançant. Dis-moi, ma petite, quel est ton nom ?

— Caro, dit-elle dans un râle, la douleur résonnant en elle.

Ce bâtard la forçait à parler alors que son corps n'avait pas encore fini de se reconstituer.

— Je ne crois pas qu'on se connaisse, affirma Osiris en s'approchant d'elle, son pied atterrissant juste à côté de la tête de Sethios. Dis-moi qui t'a envoyée, et dans quel but.

— Le Conseil supérieur. Un édit.

La gorge de Caro était sèche, ses mots à peine audibles.

— Je vois.

Sethios sentit, plus qu'il n'observa, Osiris se gratter le menton. Il avait cette habitude avant de faire quelque chose de vraiment terrible.

— Donne-moi le contenu de l'édit. Tout de suite.

Sethios tressaillit, ses réflexes s'activant en réalisant à quel point cet ordre était cruel pour quelqu'un dans la position de Caro. Sa gorge n'était même pas encore guérie, mais elle devait quand même prononcer chaque mot.

— Le Conseil supérieur des Séraphins...

Elle fit une pause pour tousser, sa misérable voix étant rauque à l'extrême.

— Tout de suite, mon enfant. Je n'ai pas toute la journée devant moi.

Sethios lâcha un grognement, son instinct prenant le dessus alors qu'il engageait son don. Mais quand il essaya de contraindre Osiris à s'arrêter, l'ordre se réduisit en cendres dans sa tête.

Merde.

Son père le contraignait à *ne pas* utiliser ses dons, ce qui signifiait qu'il avait probablement aussi entravé la faculté de Caro à se volatiliser.

Pourtant, Sethios réessaya, déterminé. Il n'avait jamais tenté d'utiliser son talent contre celui de son père, mais leurs forces n'étaient pas comparables. Surtout lorsque Sethios est toujours en train de guérir.

Osiris lui donna un coup de pied à la tête. Violent.

— Attends ton tour, fiston. Je m'occuperai de toi ensuite. Parle, ma petite. Maintenant.

Tout se mit à tourner autour d'elle quand Caro s'exécuta.

— Le Conseil s-supérieur des Séraphins informe par la p-présente Osiris de l'édit de s-sang suivant.

Bon sang, ses mots étaient à peine audibles et envoyaient des impulsions atroces à travers le lien. Sethios ne put s'empêcher d'essayer une fois de plus de neutraliser la contrainte de son père, mais le Séraphin était trop fort pour lui.

Le seul qui ait toujours fait en sorte que je me sente faible...

— Vos activités i-immorales de ces derniers temps sont en v-violation directe avec votre b-but dans cette d-dimension. Utiliser votre don de vie après la m-mort pour empoisonner le sang de l'humanité v-vous vaut cinq millénaires de s-solitude supplémentaires.

Une toux épouvantable s'échappa de ses poumons, mais l'édit continua à sortir de sa bouche sous la contrainte d'Osiris.

— La c-clémence vous sera a-accordée si, et seulement si, v-vous débarrassez la T-Terre de vos a-abominations. Le non-respect de cet édit p-pourra entraîner d'autres s-sanctions de la part du Conseil.

Elle n'avait plus de souffle, la fureur se mêlant à l'horreur dans son aura. Ils savaient tous les deux que cela allait faire mal, mais rien ne pouvait être pire que de voir Osiris anéantir Astasiya.

Sethios se raccrocha à cela, s'empara de ce rappel avec force et télégraphia sa détermination à Caro pour renforcer l'énergie de celle-ci.

— Eh bien, c'est fascinant, dit son père, l'air presque amusé. Il t'a fallu sept ans pour délivrer ce message ? Tu dois être le messager le plus incompétent que le Conseil supérieur a jamais vu. Ils me remercieront de les avoir débarrassés de toi, j'en suis sûr.

                    retenue, dit Sethios, la gorge sèche et

            e, répéta-t-il. Je l'ai obligée à rester.

            n mensonge puisque c'était comme ça
            encé.

— Pourquoi ?

Sethios haussa les épaules autant qu'il le put, étant donné sa position à terre.

— C'était un bon coup au lit.

Cette déclaration lui fit plus mal au cœur qu'à la gorge, surtout quand il perçut le tressaillement de Caro à côté de lui.

— Elle peut aussi se volatiliser, ajouta-t-il, se sentant plus fort à chaque seconde. C'est utile quand on essaye d'échapper à un fou.

— Je vois, répondit Osiris avec une note de cruauté dans la voix, suivie par un sourire meurtrier. Et le lien entre vous a été forcé aussi ?

Sethios se figea. Caro était certaine qu'Osiris ne pouvait pas sentir leur connexion.

Qu'en était-il d'Astasiya ?

Son père pouvait-il également la sentir ?

Son sang se glaça, refroidissant les vestiges du feu qui l'avait détruit seulement quelques instants auparavant. Il se força à relever la tête, son regard se posant sur celui si semblable au sien.

— Je l'ai aussi contrainte à le faire, dit-il avec toute la nonchalance qu'il pouvait mobiliser dans sa voix. Ça m'a aidé à dissimuler mon essence vis-à-vis de toi et Ezekiel.

— En effet, dit son père tout en se tapotant le menton pendant qu'il réfléchissait. Une ruse logique.

Les épaules de Sethios se détendirent de manière infime tandis qu'il rassemblait ses forces pour se lever.

— Tu sais que seule ma survie compte.

Osiris l'évalua d'un regard ennuyé.

— Je sais, mais je suis aussi au courant quand tu mens. Et là, tu n'es pas sincère. Tu l'aimes.

Sethios se mit à ricaner, mais sa poitrine palpitait.

— Vraiment ?

Son père releva un sourcil condescendant.

— Tu le nies ?

Il haussa encore les épaules.

—Je l'aime bien.

— Et toi ? demanda Osiris en reportant son attention sur Caro. Tu nies l'aimer ?

— Les Séraphins n'aiment pas.

Une réponse attendue. Caro avait même ressorti son vieux ton stoïque. Cette constatation contenta Sethios, car elle indiquait que Caro s'était complètement remise de la balle incendiaire.

— Mais tu l'aimes quand même, murmura Osiris. Tu oublies que je suis le Séraphin de la Vie. Je sens que votre lien s'épanouit sainement et cela nécessite un engagement émotionnel.

Les commissures de ses lèvres se crispèrent.

—J'ai hâte de l'anéantir.

Un froid glacial parcourut la colonne vertébrale de Sethios. Caro avait dit que les liens étaient impénétrables. Comment son père pourrait-il le briser ?

L'inquiétude lui parvenait également de Caro, la panique qui l'assaillait étant d'une clarté presque écrasante. Si Osiris détruisait le lien entre eux, quel impact cela aurait-il sur Astasiya ?

Gabriel les avait avertis qu'ils vivraient dans l'agonie pendant un certain temps, mais il avait omis de mentionner cette partie-là. Est-ce que c'était quelque chose que Skye n'avait pas prédit ? Ezekiel les avait-il tous trahis ? Son regard se fixa sur son meilleur ami, mais l'expression de celui-ci restait indéchiffrable. Aucune pointe de tristesse ne flottait dans ses yeux d'ébène.

Merde.

Sethios savait que l'assassin ferait tout pour Skye – et il le comprenait même, maintenant que Caro était entrée dans sa vie – mais leur faire du mal de cette manière ? Sethios voulait croire que son meilleur ami les aurait au moins prévenus.

— Ah, ce beau silence prouve mon argument. Un lien d'amour, dit Osiris en découvrant ses dents. Le châtiment sera approprié, en effet, et m'encouragera peut-être même à vous laisser vivre. Cela dit, croyez-moi quand je dis que vous préférerez tous les deux la mort.

Ni Caro ni Sethios ne pouvaient parler. Qu'y avait-il à dire ? Supplier ne ferait qu'intriguer le Séraphin fou.

— Je sais ce que tu penses, ma petite, poursuivit Osiris. Que rompre un lien est impossible et, sur ce point, tu as peut-être raison tant que les deux Séraphins sont en vie. Mais quand l'un d'eux meurt, le lien s'affaiblit.

— Vous ne pouvez pas tuer un Séraphin, grogna-t-elle. Sinon, croyez-moi, je vous aurais déjà liquidé.

— Oh, quelle ardeur ! s'exclama-t-il en applaudissant avec enthousiasme. Oui, cela va être amusant de vous briser, en effet. Et je comprends l'attrait, fiston.

Son regard se balada paresseusement sur Caro d'une manière qui poussa Sethios à serrer les poings.

— Tu as bien choisi.

— Ne la touche pas.

Sethios pouvait supporter la torture, mais souiller sa compagne ? Non. Putain, non.

Que vas-tu faire ? chuchota une voix sombre.

Le tuer.

Comment ?

À mains nues.

Le gloussement qu'il entendit ressemblait beaucoup trop à celui de son père, même si Sethios savait que cela ne pouvait pas être le sien. Osiris ne possédait pas le don de télépathie. C'était simplement le subconscient de Sethios qui se moquait de lui.

Connard.

— Et voici la preuve de ce mariage d'amour, dit son père d'un air songeur. Je le sentais déjà avant, mais maintenant il s'épanouit comme le plus ardent des feux. C'est fascinant.

Sethios croisa les bras.

— Préviens-moi quand tu auras fini de frimer. Ça commence à me raser.

L'amusement disparut des traits de son père, son regard d'émeraude se durcit.

— Ça te rase ? Eh bien, ça n'est pas une bonne chose.

Il se gratta le menton, son attention se reportant sur Caro.

— Comme je l'ai dit, la mort brise le lien ou rend la communication très difficile. Et bien qu'un Séraphin ne puisse que guérir et renaître, un état constant de mort détruit essentiellement la connexion.

Une pointe de peur parcourut le lien lorsqu'ils absorbèrent ses paroles.

— Mais je ne peux pas vous mettre tous les deux hors service, sinon, ce ne serait pas aussi divertissant.

Son regard se porta sur Sethios et une énergie malveillante se dégagea de lui.

— Je vais te contraindre à l'oublier et ne te permettrai de te souvenir d'elle que lorsque j'aurai envie de m'amuser. Pendant ce temps, elle sera lâchée au plus profond de l'océan, où elle restera impuissante et mourra encore et encore. Pour l'éternité.

La puissance envahit Sethios qui tentait futilement de briser le sort que son père avait jeté sur ses dons, tandis que le monstre devant eux se contentait de sourire.

Caro s'empara de la main de Sethios et la serra fort. Une vision de leurs vœux l'un envers l'autre apparut tout à coup dans son esprit, un rappel de ce qu'ils s'étaient promis.

Parfois, l'amour exige le sacrifice ultime, lui disait-elle. *Nous nous retrouverons. Pour l'éternité.*

Le fait qu'elle acceptait leur destin le mettait à la fois en colère et le fascinait. Il était prêt à faire tout ce qu'il pouvait pour protéger leur enfant, un être qu'Osiris ne connaissait manifestement pas, mais renoncer à ses souvenirs du temps passé avec Caro et la laisser se faire engloutir par les vagues...

Merde.

Il refusait.

Mais il était impuissant et ne pouvait empêcher ça. Ses talents, aussi forts qu'ils soient, se ranimaient à peine en lui. Parce qu'Osiris avait étouffé sa flamme intérieure.

— Je m'attendais vraiment à plus de combativité, murmura son père. Dommage que tu n'aies pas encore exploité tout ton potentiel après tous ces siècles.

— Quelque chose me dit que tu as quelque chose à voir avec ça ?

— Parce que tu es mon fils, répondit Osiris, les lèvres retroussées. Et tu me connais mieux que la plupart des gens. Bon. On s'y met ?

Sethios ouvrit la bouche pour lui envoyer quelques sarcasmes, mais en un rien de temps, le souvenir de la réplique qu'il avait préparée ou même de la raison pour laquelle il en avait une à dire avait disparu.

Bizarre.

Il jeta un coup d'œil autour de lui, désorienté par leur environnement.

Le Montana.

OK. Il possédait une propriété ici. Un refuge quand il voulait se cacher. Ça avait dû être une sacrée nuit.

Une main chaude contre la sienne lui fit baisser les

yeux puis, en les relevant, il vit la plus belle créature qu'il avait jamais rencontrée.

Ah, il avait passé la nuit à divertir cette beauté. Dommage qu'il ne puisse pas se souvenir de ce moment en sa compagnie. Cela avait dû être douloureux, si l'on en croyait la lueur de souffrance dans son regard.

Hmm. Pourquoi cela suscitait-il soudain une profonde tristesse dans son cœur ?

Elle le fixait avec un tel tourment dans le regard qu'il le ressentait. C'était bizarre. Il essuya la larme sur la joue de Caro et sourit.

— Tout va bien, ma belle. Je promets d'être plus gentil la prochaine fois.

Elle baissa les paupières et ses épaules se voûtèrent sous l'effet d'une souffrance insondable. Que lui avait-il fait la nuit dernière ? Elle semblait plutôt indemne. Peut-être que les marques étaient dissimulées par ses vêtements. Il aimait bien cacher ses morsures d'amour entre les cuisses des femmes.

Un autre élan de douleur écartela son corps, embrouillant tous ses sens.

Qu'est-ce qui m'arrive, bordel ?

— Je vous déteste, chuchota-t-elle. Je vous tuerai, un jour.

La véhémence dans sa voix stupéfia Sethios, mais pas autant que la réponse qui suivit.

— Non, ma petite. Ça n'arrivera pas.

Sethios croisa le regard de son créateur.

— Que fais-tu ici, père ?

— Je règle un problème, répondit-il sans réfléchir. Retourne à la propriété avec Ezekiel pendant que je m'occupe de tes ordures.

Sethios lâcha la main de la femme avec un haussement

d'épaules. Ce n'est pas comme si elle avait été si remarquable.

— OK. Amuse-toi bien.

Il reçut un autre coup à l'abdomen, ce qui le fit sursauter. Puis il rencontra le regard de l'ange à côté de lui et cligna des yeux. Pendant un instant, il aurait juré la connaître. Puis la sensation disparut aussi vite qu'elle était apparue.

Étrange.

Il avait clairement besoin d'une douche et peut-être d'une boisson forte.

Ezekiel attendait, la main tendue, le regard sombre.

Sethios fronça les sourcils. *Que caches-tu, mon vieux pote ?*

Son cerveau luttait pour résoudre le puzzle qui l'entourait : comment s'était-il retrouvé là, pourquoi ressentait-il un lien si réel avec l'étrange femme à ses côtés, pourquoi son père était-il ici, dans ce que Sethios considérait comme son refuge préféré ?

Je n'ai jamais parlé de cet endroit à Osiris. Ou à Ezekiel. Sethios avait prévu de s'y cacher en cas de besoin.

Son regard fut attiré et retenu par les beaux yeux bleus de la blonde. Puis une vision de lui la tenant dans ses bras traversa son esprit. Et une autre de leurs ébats amoureux. Une petite fille blonde. Leur fille ? Une vie dont il ne savait rien et qu'il n'aurait jamais désirée non plus.

— Tu es un Séraphin, réalisa-t-il en l'examinant. Une ensorceleuse, qui plus est.

— Ne t'inquiète pas pour elle, dit son père. Je m'en occupe. Va avec Ezekiel et attends-moi.

Le soupçon de persuasion dans son ton força Sethios à faire un pas en avant. Il leva les yeux au ciel.

— J'y vais, père. Pas besoin de faire ton cinéma.

— Tu sais combien j'apprécie un bon spectacle.

Malheureusement, Sethios était au courant. Avec un

dernier regard à la femme qui lui semblait trop familière, il tendit la main à Ezekiel et la vit disparaître.

Son cœur vibrait d'agonie, lui coupant le souffle, alors que les murs bien connus de son ancienne chambre apparaissaient autour de lui. Il tomba à genoux avec un cri, son monde complètement perturbé.

— Que s'est-il passé ? demanda-t-il avec insistance d'une voix rauque.

— Bienvenue dans mon monde.

Ce furent les seules paroles d'Ezekiel qui s'éloignait.

Sethios le suivit du regard, son corps étant trop affaibli pour bouger.

Son pouls s'emballa à cause d'une peur soudaine qui se concentrait dans ses tripes et rayonnait dans ses veines. Cela le laissa essoufflé et affligé, mais il n'en connaissait pas la cause. Pourtant, le visage du magnifique Séraphin filtrait dans son esprit et les émotions de celle-ci coulaient à flots en lui.

Il bascula alors que la terreur de la femme criblait tout son être et fut suivie d'un picotement dans ses poumons.

Merde. Il ne pouvait plus respirer.

L'eau s'infiltra par tous ses pores, le faisant gargouiller.

Il avait l'impression que sa chambre avait été engloutie dans les profondeurs de la mer et pourtant, il pouvait voir la lumière du soleil par ses fenêtres ouvertes.

Rien de tout cela n'avait de sens.

Mais ça faisait mal, bordel. Tout son corps en tremblait, ressentant le besoin d'inhaler de l'air et la brûlure lorsque le sel pénétra dans ses entrailles.

Je suis en train de mourir, réalisa-t-il.

En train de se noyer.

Dans sa propre chambre.

Il se mit en boule alors que des larmes coulaient sur son visage, car ce n'était pas l'agonie de la vie qui lui glissait entre les doigts qui lui faisait le plus mal, mais le sentiment d'une perte qui le submergeait. La rupture d'une connexion qu'il chérissait profondément et dont il ne savait rien.

Alors que les derniers vestiges de sa conscience disparaissaient, un nom étrange se mit à flotter dans ses pensées. Un nom qui vivrait pour toujours dans son cœur.

Caro...

ÉPILOGUE

GABRIEL TRESSAILLIT lorsque le lien avec sa mère se brisa à nouveau.

Il avait espéré utiliser leur connexion pour la retrouver, pour la libérer de sa prison, mais Osiris l'avait abandonnée quelque part dans l'océan et Gabriel n'avait aucune chance de la localiser seul. Cela nécessiterait des pouvoirs bien plus puissants, ceux de la jeune fille qui lui tenait la main.

Après une semaine passée à tenter de gagner sa confiance et à réaffirmer leur lien par la fidélité qu'il lui avait jurée lorsqu'elle était née, elle avait enfin cessé de pleurer. Voir les corps de ses parents partir en flammes n'avait pas fait partie du plan, mais l'esprit curieux et le courage de la fillette l'avaient poussée à sortir de sa cachette et l'avaient conduite vers leur agonie. Si Gabriel n'était pas arrivé à ce moment-là, le résultat aurait pu être catastrophique.

Hélas, il la gardait saine et sauve à Havre, dans le Montana.

Il avait choisi ce foyer, une famille qui connaissait tout

de lui et de la petite fille spéciale qu'il était sur le point de leur confier.

Personne d'autre n'était au courant, pas même Caro ou Sethios. Il ne pouvait pas prendre le risque qu'Osiris trouve leur fille en les torturant. Pour tout le monde, y compris Ezekiel pour le moment, c'était Gabriel qui l'élèverait, mais il jouerait son rôle plus tard.

— Prête ? demanda-t-il doucement.

Elle secoua la tête, son petit corps tremblant.

— Ils te protégeront, comme l'ont fait tes parents.

Elle se mordit la lèvre et regarda la maison.

— Mais maman continue de me parler. Elle a besoin d'aide.

Il fit une grimace, comprenant ce dont elle parlait. Sa mère, bien qu'elle ait probablement essayé de ne rien télégraphier, continuait à envoyer des images angoissantes de ses morts répétées à travers le lien. Cela s'atténuerait avec le temps, en espérant que cela ne harcèlerait Astasiya que dans ses rêves. Sinon, il modifierait suffisamment la rune dans son dos pour lui donner un semblant de paix.

— Je vais chercher ta mère, jura-t-il. Pendant que tu vis ici, d'accord ? Et puis un jour, nous irons la retrouver ensemble.

— Promis ? demanda-t-elle, ses yeux verts fixant les siens avec une intensité rare pour une enfant de sept ans.

— Je le jure, répondit-il en lui serrant la main. Nous la trouverons.

— Ensemble, exigea-t-elle.

— Ensemble, convint-il.

Quand tu seras prête.

— Gabriel, chuchota une voix douce.

Des ailes marines effleurèrent brièvement sa vision alors que le Séraphin qu'il avait recruté pour cette tâche nécessaire apparaissait à ses côtés.

Le moment est venu de se dire au revoir, songea-t-il.

Son cœur ressentit une étrange douleur pour la fillette blonde qui lui tenait la main. Il refusa de l'analyser et mit un genou à terre devant elle. Il y avait tant d'intelligence et de puissance cachées dans ce regard, mais elle méritait d'avoir une enfance. Et il était déterminé à lui en donner une.

— Astasiya, murmura-t-il. Tu ne te souviendras pas de moi quand on se reverra, mais je ferai en sorte que tu saches la vérité le moment venu.

Ses petits sourcils se contractèrent en un froncement.

— Mais je te connais.

— Oui, mais pour te garder en sécurité, j'ai besoin que tu m'oublies. Pour le moment.

Croisant le regard patient de Vera, il ajouta à son intention :

— Et tout ce qui s'est passé cette semaine, y compris Osiris si elle l'a vu.

— Pour le décès ? demanda-t-elle.

— Elle en a besoin pour grandir, répondit-il. Et Ezekiel doit être le méchant.

Vera acquiesça.

— Je peux faire ça. Autre chose ?

— Oui. Donne-lui des doutes sur la vraie nature de Caro.

— Ça va être difficile.

— En effet, c'est pourquoi j'ai demandé l'aide de la meilleure manipulatrice de mémoire qui existe.

Il reporta son attention sur l'enfant complètement désorientée à ses côtés.

— Considère-moi comme ton Séraphin personnel, Astasiya. Je veillerai toujours sur toi.

Il l'embrassa sur le front, à la grande surprise des Séraphins qui observaient cet échange, et se mit debout.

— Maintenant, Vera.

— J'ai déjà commencé, chuchota-t-elle.

Il hocha la tête.

— Au revoir, petite sœur.

Gabriel s'estompa, son doigt effleurant la sonnette avant de disparaître complètement.

Ce serait les Davenport qui l'élèveraient désormais, avec plusieurs anges gardiens qui se tiendraient en silence à leurs côtés.

Nous nous retrouverons. Bientôt.

L'histoire se poursuit avec *Les liens des anges.*

Les liens des anges

Un amour si défendu qu'il transcende les frontières...
Mais même les liens les plus forts exigent des sacrifices.

Stas et Issac ont enfreint toutes les règles. Et le moment est venu d'en assumer les conséquences. Une reddition nécessaire mène à la dévastation, obligeant Stas à choisir entre son cœur et son avenir.

Issac restera-t-il à ses côtés ? Ou sont-ils destinés à suivre des chemins différents ?

Alors que la rumeur de l'émergence d'un nouveau pouvoir se répand, le traité des immortels vole en éclats et une lutte d'ambitions menace de tout détruire dans son sillage.

La guerre a commencé.

Et la mort régnera.

Jusqu'à ce qu'un ange surgisse des flammes de la destruction...

LA MALÉDICTION DES IMMORTELS
PROCHAIN ÉPISODE

Chers lecteurs,

Merci d'avoir lu *Les liens du sang*. Je n'avais pas prévu de partager ce récit. Caro et Sethios occupaient toujours mon esprit, ne connaissant leur histoire pour la seule raison qu'elle façonnait le monde, mais je me suis finalement sentie obligée de l'écrire. Et je suis très heureuse de l'avoir fait.

Stas et Issac sont les suivants dans *Les liens des anges*, qui se déroule dix-huit ans après les événements de l'épilogue des *Liens du sang*. Stas va-t-elle enfin découvrir la vérité sur ses origines ? Ou va-t-elle prendre conscience de son potentiel trop tard ?

Enfin, parce que je sais que vous vous posez tous la question, qu'en est-il de Sethios et Caro ? Disons juste que je suis loin d'en avoir fini avec eux. ;-)

Pour des avant-goûts, des discussions autour du livre et d'autres révélations amusantes, rejoignez mon groupe de lecteurs sur Facebook ou inscrivez-vous à ma newsletter. Je vous remercie vraiment d'avoir pris le temps d'en savoir plus sur Caro et Sethios. J'espère que vous les avez appréciés autant que moi. <3

À bientôt xx

Lexi

LES LIENS DU SANG
LISTE DE LECTURE MUSICALE

We Gotta Get Out of This Place – Danemark + Hiver
World of Shame – Ego Likeness
Rescue Me – Eurielle
You Said – Eurielle
Lithium – Evanescence
Remember Everything – Five Finger Death Punch
Heavy In Your Arms – Florence + The Machine
Hurts Like Hell – Fleurie
Haunting – Halsey
Immortalized – Hidden Citizens
Heaven's a Lie – Lacuna Coil
Where Do We Go From Here? – Ruelle
Wicked Game – Theory of a Deadman

REMERCIEMENTS

Ouah... Ce livre est probablement l'une des histoires les plus émouvantes que j'ai eu le plaisir d'écrire. Il a fallu beaucoup de personnes spéciales pour m'aider à le rendre parfait.

D'abord, comme toujours, Matt : Je ne pourrais jamais faire ça sans ton soutien. Je sais que je le dis chaque fois, mais merci de me supporter, ainsi que la folie dans ma tête. Je t'aime.

Allison : Merci d'avoir lu et relu, et relu encore, et pour toutes les conversations de fin de soirée. Je serais perdue sans toi comme lectrice alpha !

Tracey : Merci d'avoir été ma courageuse lectrice bêta qui n'a pas eu peur que *Les liens des anges* soient dévoilés à l'avance. Merci également d'avoir compris que Sethios était à moi et de t'être assurée que le monde entier le sache. ;-)

Casey : Merci de t'être chargée de modifier le récit. Je sais que je n'étais pas d'accord avec tout, ce qui est probablement la faute de Sethios, mais j'apprécie vraiment tous tes commentaires et conseils ! Un jour, nous ferons la bible d'une série. Un jour...

Louise et Melissa : Ah, mes « sbires » ! Je vous aime tellement toutes les deux ! Surtout pour toutes les photos, les commentaires, le soutien et les rires.

Bethany : Tu es mon roc. Sérieusement. Je te suis reconnaissante de tout le travail et de tous les efforts que tu fournis pour éditer mes récits. Merci de toujours répondre à mes questions et de pardonner mon incompréhension de la ponctuation correcte (#VirgulesMaléfiques).

Barb, Delphine et Pam : Vous êtes toutes si extraordinaires. Vous corrigez toutes les erreurs, vous donnez votre avis sur le contenu et vous m'aidez à rester honnête là où j'en ai le plus besoin. Je vous aime toutes les trois. <3

Julie : MERCI D'AVOIR SAUVÉ MA COUVERTURE ! Oui. Tout en majuscules. C'est mérité. Tu es ma sauveuse. Les ailes... Ah... Je les adore !

Famous Owls : Vous me gardez tous en vie. Merci pour votre soutien, vos tags sur les réseaux sociaux, vos partages, vos commentaires, votre amour et votre amitié.

Et aux lecteurs : Merci d'avoir lu l'histoire de Caro et Sethios. Elle m'a touchée d'une manière que je ne peux expliquer. Je ne devrais pas avoir de favoris, mais bon... ☺

Merci à tous ! <3

L'auteure à succès d'*USA Today* Lexi C. Foss est une écrivaine perdue dans le monde de l'informatique. Elle vit à North Carolina, avec son mari et leurs enfants à fourrure. Quand elle n'écrit pas, elle est occupée à cocher des cases sur sa liste de voyages à faire. On peut retrouver beaucoup des endroits qu'elle a visités dans ses écrits, notamment le monde mythique d'Hydria, inspiré d'Hydra, dans les îles grecques. Elle est excentrique, boit beaucoup trop de café et adore nager. Tchao !

https://www.lexicfoss.com/Français

Pour être au courant des dernières nouvelles et connaître les dates de publication, abonnez-vous à ma newsletter:
https://www.lexicfoss.com/la-newsletter-de-lexi